KB001698

올빼미 무덤

이 도서의 국립중앙도서관 출판시도서목록(CIP)은 e-CIP홈페이지(http://www.nl.go.kr/ecip)와
국가자료공동목록시스템(http://www.nl.go.kr/kolisnet)에서 이용하실 수 있습니다.
(CIP제어번호: CIP2016028139)

강희진
장편소설

올빼미 무덤

은행나무

차 례

Welcome to Poongdo

안개는 신부의 베일처럼 섬의 속살을 감싸고 있다.

바람이 불면 베일은 물속으로 숨었다가 바람이 잠들면 살며시 일어나 섬을 안았다. 풍도는 바다와 안개, 섬과 바람이 펼치는 황홀경이다. 그곳에서 내가 본 것은 섬의 속살이 아니라 신기루인지도 모른다. 그때 내가 보았던 것은 무엇인가? 지금 내가 보고 있는 것은 무엇인가? 정말 베일 속의 풍도인가? 머릿속으로 짙은 안개가 파고든다. 눈앞이 제대로 보이지 않는다. 비문증(飛蚊症) 때문인가? 몽롱하다. 내가 보고 있는 것은 무엇인가? 모든 것은 나의 환영이었을까?

풍도호가 안개 속을 벗어나자 섬이 모습을 드러냈다. 나는 얼굴에 와서 부딪히는 물방울 때문에 눈을 떴다. 넓은 선실이었다. 뱃멀미에 지쳐 바닥에 곯아떨어졌던 것이다. 열어둔 창문 너머로 물거품이 튀어 들어왔다.

내 옆에서 자고 있던 여자가 뒤척이며 몸을 돌렸다. 누나였다. 하�고 조그만 얼굴. 머리칼이 흐트러진 뺨 위에 자잘하게 주근깨가 흩어진 그 얼굴은 분명 누나였다. 약간 벌어진 입술에서는 한숨인지, 잠꼬대인지 알 수 없는 소리가 나지막이 울렸다. 숨소린가? 고르지 못한 숨소리, 불규칙한 호흡이라고 느꼈는데, 숨소리가 아니었다.

그것은 물방울 소리였다. 열대어가 헤엄치는 수족관에서 들려오는 소리처럼 누나의 입에서 물방울이 흘러나오는 것을 보았다. 수포가 뽀글거리며 내 주변으로 피어올랐다. 그 소리는 누나의 심장에서 나는 소리였다. 누나의 머리칼이 물속의 해초처럼 흔들렸다. 나는 손을 뻗어 누나를 깨우려 했다. 얼마 만에 보는 얼굴인가? 누나라는 말이 입 밖으로 튀어나가려는 순간, 여자가 눈을 뜨고 움칠하더니 나를 쳐다보았다. 여자는 금방 수족관을 휘젓고 다니다가 큰 물고기를 만난 자라처럼 눈을 동그랗게 뜨고 놀란 표정을 지었다. 나는 여전히 여자의 심장에서 물방울이 터지는 소리를 들었지만 그녀는 누나가 아니었다. 처음 보는 낯선 여자였다. 뒤쪽에는 딸인 듯한 계집애 하나가 여자의 등에 엉겨 붙어 있었다. 바위 위에 단단히 붙어 있는 홍합처럼.

선실 밖에서 사람들이 웅성거리는 소리가 들렸다. 꿈인가? 꿈을 꾼 것인가? 나는 무안해져서 고개를 돌리며 자리에서 일어났다. 선실 밖으로 나가면서 살짝 고개를 돌려 여자를 훔쳐보았다. 여자는 다시 잠이 들었는지 꼼짝하지 않았다.

발동선의 끄트머리에 앉아 핸드폰으로 통화를 하던 여자가 전화를 끊었다. 이어 나를 바라보고 싱긋 웃었다. 나는 뭔가 싶어 뒤를 돌아보고야 이유를 알았다. 여자가 앉은 자리에서 선실 내부가 환히 들여다보였다. 그녀는 내가 낯선 여자와 민망한 자세로 나란히 누워 잠든 광경을 내려다본 듯했다. 나는 얼굴이 후끈 달아올라 고개를 돌렸다. 창을 통해 잠든 여자의 모습이 눈에 들어왔다. 믿을 수 없을 만큼 누나를 닮은 얼굴이었다. 내 귀에는 아직도 물방울 소리가 들렸다. 한쪽 구석에는 새끼 돼지 한 마리가 엎드려 자고 있었다.

나는 주머니에서 담배를 꺼내 물다가 입 주위에 묻어 있는 음식 찌꺼기를 손으로 문질렀다. 멀미 때문에 먹은 것을 게워내고, 입가를 채 닦지도 못하고 쓰러져 잠이 들었다. 몸에서 시큼한 냄새가 났다. 담배를 피워 무니 정신이 한결 맑아졌다. 다시 담배 연기를 빨아들이다 눈을 번쩍 떴다. 눈앞을 가로막고 있던 안개가 옆으로 흩어졌다. 마치 물러날 시간이라는 듯이. 그러자 살짝 베일을 벗은 풍도가 나타났다. 섬은 은밀한 곳을 감추려는 수줍은 여인처럼 물안개를 두르고 나를 쳐다보았다.

나는 손등으로 눈을 비볐다. 바다 위에 황홀한 풍경이 펼쳐졌다. 지병인 각막혼탁 때문에 생긴 환영인가? 눈에 안개가 끼는 현상은 종종 경험하는 일이었다. 어떤 때는 파리들이 나타나 곤혹을 치렀다. 최근에는 바퀴벌레에 쥐까지 출몰했다. 허공에서 폭포수가 쏟아져 내리는 향연이 펼쳐지는 경우도 있었다. 의사는 비문증이라는 근사한 병명을 알려주었지만 증세는 너무 고통스러웠다. 나는 심해지는 각막혼탁 때문에 바쁜 도시의 초등학교 교사 생활을 정리하고 섬으로 들어가는 길이었다.

눈을 깜박여 안개 속에 숨은 대상의 진위를 판별하기 위해 애를 썼다. 물안개가 핀 바다 위에 솟아오른 마법의 성이었다. 안개 사이로 기암절벽과 아름드리 푸른 소나무, 물놀이하는 수달들, 해변으로 길게 펼쳐진 몽돌 자갈밭이 보였다. 나는 신비로운 모습에 넋을 잃었다.

처음 섬을 보았을 때의 감동을 아직도 잊을 수 없다. 하지만 그것은 시작에 불과했다. 나는 그곳에서 잊을 수 없이 긴 한 학기를 보냈고, 다시 육지로 돌아가는 것도 여의치 않았다. 풍도는 그만큼 매혹적이고 위험한 곳이었다.

나는 한동안 멍하니 섰다가 아기 울음소리에 정신을 차렸는데, 정작 아기는 보이지 않았다. 하지만 아기는 여전히 울어댔다. 내가 주변을 두리번거리자 카메라를 목에 건 금발의 남녀 외국인이 난간에 기대어 아이패드로 GPS를 검색하는 모습이 눈에 들어왔다. 다도해 끝자락에 붙은 풍도에 찾아온 외국인들이었다. 풍도에 적잖은 외국인들이 들락거린다더니 거짓말이 아니었다.

배 끄트머리에 앉아 있던 한 여자가 백인 여자를 힐끔 쳐다보고 내 앞으로 다가왔다. 입에서 술내가 풍겼다. 순간 그가 남자인가, 하고 생각했다. 오밀조밀한 생김새가 남자라기에는 너무 고와 보였다. 그러나 목젖이 도드라진 것이 남자가 분명했다. 그는 내 생각을 읽었는지 피식 웃으면서 내 옆을 지나갔다.

그가 지나가자 담배를 피우던 할머니가 바닥에 둔 광주리를 옆으로 치웠다. 누가 뭐라고 한 것도 아닌데, 아낙들도 남자가 지나가는 길을 당연하다는 듯이 비켜주었다. 그가 바닥에 주저앉았다. 광주리를 챙겨 든 할머니가 그에게 담배 한 개비를 내밀었다. 남자가 말없이 담배를 받아들었다. 옆에 앉아 있던 아낙이 불을 켜서 들이밀었다. 고개를 숙인 그가 손으로 바람을 가렸다. 바람이 거친 섬에 사는 사람답지 않게 부드러운 살결이었다. 그는 얼른 담뱃불을 붙이지 못해 머리를 아래로 갖다 댔다. 이번에는 멍하니 바다를 보던 아낙이 엉덩이를 비틀어 바람을 막아주었다. 다른 아낙도 덩달아 몸을 돌렸다. 모두가 무심결에 이뤄진 퍽이나 자연스러운 행동이었다. 남자는 한마디 인사도 없이 당연한 시중이란 듯이 담배를 피워 물었다.

"풍도에 양키 귀신 붙겠네. 백마는 밤에 끼고 잘 때나 소용이 있을까, 뭣에 쓸 거야?"

남자가 배 위를 걸어가는 금발 여자를 보고 구시렁거렸다. 외국인들이 남자를 흘깃 쳐다보았다.

"야, 입조심 안 해, 쓸데없는 무당 새끼가."

선장이었다.

"니 마누라는 무당이 쓸데 있다던데."

남자가 언성도 높이지 않고 빙긋이 웃으며 말했다. 옆에 앉은 아낙들이 킬킬거렸다. 선장의 얼굴이 확 붉어졌다.

"뭐라카노, 어디서 굴러온 돌멩이가."

"돌멩이가 아니라 귀한 손님이지. 어디서 찾아온……"

"이 좆만 한 새끼가 오늘 한번 죽어볼래."

"내 좆? 아니면 니 좆? 니 좆만 하면 곤란하지."

선장이 앉아 있는 남자의 멱살을 틀어쥐었다. 그 바람에 남자의 입에 물려 있던 담배가 바닥으로 떨어졌다. 그는 얼굴을 찡그리더니 선장의 뺨을 사정없이 후려쳤다. 선장이 남자를 치려고 손을 들어 올리자 주변에 있던 아낙이 그의 손목을 잡았다.

"뭔 짓이고, 손님한테."

앞쪽 선실에서 팝송을 흥얼대며 배를 몰던 아낙이 뒤돌아 소리를 질렀다. 선장은 감전된 것처럼 몸을 움츠리고 남자의 멱살을 놓았다.

"여편네, 성질 또 나온다."

선장은 일어나 뒤로 물러서며 기어들어가는 목소리로 중얼거렸다. 그의 아내인 듯했다. 남자는 선장의 아내를 쳐다보면서 다시 피식 웃었다. 선장이 뭐라고 구시렁대며 외국인들 쪽으로 가버렸다. 선장은 턱밑에 칼자국이며 손목에 담뱃불로 지진 흉터하며 영락없는 해적이었다. 그렇지만 보기와는 달리 인텔리인지도 모른다. 그는 내가 정신을 잃기 전, 금발의 남녀 외국인과 안면이 있는지 한참 동안 말을 주고받았다. 외국인이 핸드폰이 터지지 않는다고 하자 풍도에 가면 팡팡 터질 테니 걱정하지 말라는 내용을 유창한 영어로 설명했다. 그것은 대충 한두 마디 익힌 영어가 아니었다. 발음이나 적절한 표현 등이 꽤 오랫동안 영어공부를 한 사람 같았다.

발동선이 요란한 소리를 내면서 머리를 돌렸다. 저만치 선착장이 눈에 들어왔다. 소란 때문인지 선실에서 자고 있던 여자가 일어났다. 그녀의 딸로 보이는 계집애는 아직 그대로 자고 있었다. 한쪽 구석에서 쓰러져 있던 돼지도 일어나 킁킁거렸다.

아기의 울음소리가 다시 들렸다. 그 소리가 나는 곳을 알아차렸다. 바다 위에 기다란 말뚝을 세워 만든 멸치잡이 죽방이 안개 속에서 희미하게 보였다. 그 말뚝 하나하나에 갈매기들이 을씨년스럽게 웅크리고 앉아 있었다. 좀 전의 아이 울음소리는 갈매기 소리였다.

"분교장님."

앞에 앉아 있던 아낙이 말을 하고 플라스틱 광주리 속을 뒤졌다.

"이게 송종욱 맞지예?"

아낙은 흰색의 알파벳이 박힌 검은색 문패를 들고 일어났다. 한글 문패와는 달리 영문명이 가로쓰기로 적혀 있었다.

"맞아."

다른 아낙이 덩달아 몸을 일으켰다.

"네, 맞아요."

"봐라, 내 말 맞잖아."

"내도 알지만 혹시나 해서."

아낙은 문패를 수건으로 닦았다. 그들의 광주리에는 영문 문패가 하나씩 놓여 있었다. 풍도 사람 전체가 영어에 목숨을 걸었더라는 본교 주임의 말이 떠올랐다. 문패도 영문으로 바꾸는 모양이었다.

여기저기 흩어져 있는 부표 쪼가리들이 물살을 견디면서 바다 위에 위태롭게 매달려 있었다. 부표들 너머로 수달 한 마리가 물결 위로 떠다녔다. 마냥 물살에 몸을 맡긴 것이 아니라 수면에 드러누워 배 위에 몽돌을 올려놓은 장난을 치고 있었다. 그러다가 손으로 몽돌을 하나씩 쥐고 소리 나게 부딪쳤다. 금발의 외국인들이 수달을 발견하고 탄성을 지르면서 얼른 카메라를 갖다 댔다.

발동선이 속력을 줄였다. 엔진 소리도 수그러들었다. 섬은 베일 같은 물안개를 벗어던지고 사람을 맞이했다. 안개와 바람의 섬, 풍도였다. 바람이 안개를 몰아가자 바다를 베고 누운 기다란 방파제가 눈에 들어왔다.

"숲속에서 행대감을 닮은 사람을 봤다는 사람이 있어."

한쪽에 앉아 있던 할머니가 혼잣말로 중얼거렸다.

"무덤을 파헤치니 귀신이 안 나오면 이상하지."

한 아낙이 할머니의 말을 받았다.

"행대감 얘기를 왜 합니꺼."

"섬 찾아온 손님도 타고 있는데."

아낙네 둘이 차례로 핀잔을 주었다.

"마을사람들만 싣지 손님들을 왜 태우노?"

할머니가 주변을 돌아보면서 말했다.

발동선은 섬을 다니는 정기연락선이 아니었다. 연락선을 타려면 많이 기다려야 했고, 그 배는 인근 섬을 들렀다가 풍도로 들어가기 때문에 시간도 많이 걸린다고 했다. 그래서 나는 마을사람들이 타고 다닌다는 풍도호에 올랐다.

"할매, 앞으로 객지 사람들 앞에서 행대감 얘기는 하지 마소."

얼굴이 역삼각형인 남자가 다시 할머니를 나무랐다. 그는 어눌해 보이긴 해도 깡말라 고집이 있을 것 같은 얼굴이었다. 앞에 서 있던 이장 할머니도 고개를 돌려 그 할머니를 쳐다보았다. 선장은 내가 배에 오르자 나를 알아보고, 이장 할머니에게 데려갔다. 나는 마을 이장에게 인사를 드렸다. 그녀는 나를 보자 반갑다는 말과 함께 환하게 한 번 웃었다. 하지만 항해 중에는 줄곧 무표정이었다.

"……"

할머니는 아무 말이 없었다.

"멸치파시 기념관을 세우자는 말은 없어 다행이네."

무리와 떨어져 혼자 앉아 있던 아낙이 중얼거렸다. 얼굴에 짙은 화장을 한 그녀는 배가 출발할 때부터 선실에 앉아 아이패드를 들여다봤다.

어떨 때는 인터넷에 접속해 무슨 정보를 찾아내 옆에 앉은 이장 할머니에게 보여주었다. 언뜻 눈에 들어온 것이 페이스북 같았다. 무표정한 할머니도 그녀가 내미는 화면을 보고 미소를 지었다. 여자가 인터넷에 접속이 잘 되지 않는다고 투덜거릴 때쯤 나는 뱃멀미를 시작했다.

"그걸 지을 수도 없고, 안 지을 수도 없고……"

나이를 먹은 중년 남자였다. 그의 앞니는 보기 싫게 깨져 있었다.

"철수 아버지 그놈 때문에……"

역삼각형 얼굴의 남자가 말을 하다가 나를 보고 입을 다물었다. 그가 입을 다문 것은 뒤쪽에 말없이 서 있는 이장 할머니 때문이었다. 그녀가 남자를 노려보고 쓸데없는 말을 한다는 표정이었다.

나는 짐을 챙기려 선실로 들어갔다. 가방을 끌고 가려고 손잡이를 쥐다가 누나를 닮은 여자와 눈이 마주쳤다. 공연히 무안해져 헛기침을 했다. 여자가 계집애를 데리고 일어났다. 그녀가 나를 향해 웃었다. 약간 수줍어하는 표정, 그러면서도 나를 물끄러미 쳐다보는 표정이 누나를 닮았다. 하마터면 여자에게 다가가 말을 붙일 뻔했다. 그녀가 나를 빤히 쳐다보았기 때문이다.

그런데 여자는 나를 본 것이 아니었다. 그녀는 선실 바깥에 앉아 있는 남자, 선장이 무당이라고 부른 여자같이 해사한 남자를 보고 있었다.

발동선은 새로 지은 근사한 선착장에 도착했다. 무당이라는 남자가 뱃머리로 걸어가 훌쩍 뛰어내렸다. 이번에도 동네 아낙들이 뒤로 물러나 길을 열어주었다. 사람들이 뒤를 따랐다. 여자와 딸이 새끼 돼지를 데리고 내렸다. 돼지는 여자의 것이었다.

풍도에서 나를 반긴 것은 전광판이었다.

선착장 앞 절벽에 설치된 대형 전광판에는 풍도에 오신 것을 환영한다는 뜻의 영어 문장이 흐르고 있었다. 한글은 나오지 않았다. 대형 전광판 설치는 내셔널지오그래픽채널에서 방송한 초분 다큐를 보고 섬에 관광객들이 찾아오기 시작하자 남해군과 국내 굴지의 통신사가 벌인 여러 투자 사업 중 하나였다. 나는 선착장을 바라보았다. 여자와 딸이 돼지를 몰고 앞으로 걸어갔다. 뒤따르던 해사한 얼굴의 남자가 돼지를 성큼 안아 들었다. 무당은 여자를 보며 환하게 웃었다. 선착장 입구에 목이 잘린 동상 하나가 서 있었다. 끔찍하게 동상을 왜 저런 모습으로 세워둔 것일까? 나는 마중 나오기로 한 송기사를 찾았다.

"분교장님."

저쪽에서 송기사로 보이는 젊은 친구가 자기 손에 쥔 아이패드를 높이 들고 흔들어 보였다.

"분교장님 맞죠?"

그 역시 선장처럼 나를 한눈에 알아보았다.

초고속 인터넷

나는 수업을 끝내고 컴퓨터로 한 학생의 생활기록부를 보다가 교무실을 나섰다. 철수란 놈인데 무엇 때문인지 며칠째 학교에 나오지 않고 있었다. 풍도 분교는 오지 섬마을이라고 믿기 어려울 정도로 학생들이 많았다. 그래도 아이가 하나라도 빠지면 눈에 띄었다. 이주여성의 아들인 철수는 고아였으나 공부를 잘하는 모범생이라고 해서 더욱 신경이 쓰였다.

풍도 아이들의 영어 실력은 전혀 뜻밖이었다. 풍도의 영어교육 시스템은 도시의 영어 특성화학교 수준이 아니었다. 본교 교감이 풍도 분교 수업 방식을 얘기해줄 때는 반신반의했다. 그것은 아이들이 영어를 모국어처럼 사용할 때 가능한 수업이었다. 내심 그런 식으로 수업을 진행한다면 아이들이 공부를 제대로 할 수 있을까 싶었다. 하지만 내 예상은 빗나갔다. 수업 내용을 아이들은 대부분 알아들었다. 그들은 학교 안팎에서 영어와 한국어를 자연스럽게 구사했다. 뒤쪽 게시판에는 도교육감이나 인근 도시의 교장 선생님들이 다녀간 사진이 걸려 있었다. 그들이 괜히 해안에서 멀리 떨어진 풍도를 찾아온 것이 아니었다. 이들의 영어교육을 위해 마을에 사는 필리핀 출신의 이주여성 전부가 동원되었다. 그들 중 영어가 시원찮은 여자들은 학교에서 따로 공부시키고 있었다. 학교에서 일할 수 있는 조건은 영어를 할 수 있냐는 것이었다. 아이들의 영어는 하루아침에 이루어진 것이 아니었다. 남해군청과 교육청, 서울의 통신회사가 지원한 영어 동화책이며 영상 교재가 도시의 여느 학교보다 월등히 많았다. 꽤 오랫동안 아이들의 영어공부에 공을 들인 것이 분명했다.

나는 교정 한쪽에 세워진 간판석에서 눈을 떼지 못한 채 걸었다. 멸치떼가 부조된 돌덩이에는 'English is the future of Poongdo island'(영어는 풍도의 미래다)라는 영문이 한글번역 없이 새겨져 있었다. 그 아래에는 영어로 예전 멸치파시 때의 영광을 되찾자는 내용이 적혀 있었다. 문장 중간에 사람 이름이 나왔는데, 누가 망치로 친 듯 뭉개져 있었다. 교정으로 들어서다가 그 간판석을 발견하고는 풍도 분교장의 구인 광고가 비로소 이해되었다. 분교장의 임용 조건은 다른 무엇보다도 영어 구사력이었다. 나는 그 광고를 보고 본교인 송림초등학교에 지원서를 냈다. 의사는 비문증이 악화될 수 있으니 스트레스를 피하라고 했고, 이곳에 오면 좀 더 편하게 지낼 수 있을 것 같았다.

교정 한쪽에서 필리핀 이주여성 소피아와 올리비아가 아이들을 데리고 방과 후 영어 수업을 하고 있었다. 그들의 발음은 외국 연수를 삼 년이나 다녀온 영어전문 교사인 내가 부끄러울 정도로 완벽했다. 귀에 이어폰을 낀 숙희가 민지에게 뭐라고 재잘대며 운동장을 걸어갔다. 서울에서 태어나 자란 숙희는 아버지를 따라 풍도로 내려왔다. 영어 공부를 늦게 시작한 탓에 영어가 서툴렀고, 그 때문에 스마트폰의 영어회화 애플리케이션을 통해 영어에 매달리고 있다고 했다. 숙희가 민지에게 말을 하다가 나를 보자 흠칫 놀라면서 손으로 입을 막았다. 방금 우리말을 한 모양이었다. 학교에서는 원칙적으로 국어 관련 수업 외에는 한국어를 못하도록 되어 있었다.

조금 전 송기사가 낚싯대를 챙겨 나가면서 선착장으로 나오라고 한 말이 생각났다.

나는 여기저기 파이고 허물어진 운동장을 가로질러 걸어갔다. 학교는 공사 중이었는데, 교정을 다듬고, 허름한 울타리를 걷어내 담장을 아예 없애려는 모양이었다. 풍도의 학교와 면사무소, 마을회관 외의 건물들은 대체로 낡은 모습들이었다. 하지만 그런 외관과 어울리지 않게 지붕 위에는 위성방송 수신 안테나가 종종 걸려 있었다. 내가 인터넷으로 검색해본 인근 섬의 건물이나 집들은 하나같이 깔끔했고, 체육 시설들도 즐비했다. 정부나 지자체에서 주는 도서개발 사업비 덕분이었다. 풍도는 그 돈을 우선 학교에 투자했다. 그 결과 풍도 분교는 도시의 현대식 건물과 시설을 갖추게 되었다. 마을사람들의 전략은 풍도의 낡은 집들을 그대로 두어 인근의 다른 섬들과 차별화하는 것이었다. 그들은 마을이 남해안 최고의 관광 명소가 되기를 바랐다. 나는 인부가 없는 공사현장을 둘러보면서 정문을 나섰다. 다행히 '송림초등학교 풍도 분교'라는 학교 이름만은 한글로 쓰여 있었다.

학교 앞 자갈밭에서 배를 만드는 목수가 구석에 쪼그리고 앉아 스마트폰을 들여다보고 있었다. 간간이 들리는 소리로 보아 게임을 하고 있는 것 같았다. 나는 주머니에서 스마트폰을 꺼냈다. 풍도로 들어온 닷새 뒤에 좀 엉뚱한 사진들을 전송받았다. 한 장이었다면 무엇을 찍은 것인지도 모른 채 무심코 지나쳤을 텐데 여러 장이었다. 그것들을 넘겨 가면서 차례대로 보자 사진 속 상황이 이해되었다. 그것은 절벽 바위틈에 솟아 있는 나무에 뭔가 걸려 있는 사진이었다. 멸치잡이 어선의 찢어진 깃발이 바람에 날려 절벽 나뭇가지에 엉겨 있는 것 같았다.

아무리 봐도 흥미를 가질 만한 것이 없는 사진이었다. 내 호기심을 자극했던 것은 사진 속 장면이 아니라 사진에 찍힌 날짜였다. 몇 년에 걸쳐 동일한 대상을 같은 날에 찍은 것이었다. 절벽 한가운데 걸린 찢어진 깃발을 몇 년에 걸쳐 찍어, 그것을 내게 보내다니, 너무 의아했다. 뭔가 의미가 있는 것일까 싶어 손가락으로 화면 확대를 해보았지만 정작 천 쪼가리는 나무에 가려 잘 보이지도 않았다. 나는 사진을 전송한 사람에게 무슨 사진이냐고 묻는 문자를 보냈다. 하지만 아무런 응답도 없었다.

나는 마을회관 벽면을 쳐다보았다. 그곳에는 영어와 한글로 초분에 관한 상세한 설명이 붙어 있었다. 그 앞을 지나가다가 숙희 아버지를 만났다. 뒤에는 풍도호에서 봤던 역삼각형 얼굴의 사내가 따라오고 있었다. 그는 학교 영어선생 올리비아의 남편이자 현기 학생의 삼촌이었다. 숙희 아버지는 어릴 적에 떠났던 고향으로 돌아와 마을 청년회 회장이 되었다. 대기업 과장 출신이라는 그는 송씨가 아니라 방씨였다. 송씨의 집성촌인 풍도에서 방씨가 청년회 회장이 된 것은 그가 영어를 잘하기 때문이었다. 송씨 가문의 자손으로 이곳에서 줄곧 살았던 현기 삼촌은 부회장이었다. 그들이 인사를 했다. 나도 머리를 숙였다.

물이 빠져나간 선착장에서 송기사가 호미질을 하고 있었다. 나도 아래로 내려가 소매를 걷어붙이자 그가 호미를 들고 일어섰다. 그사이 제법 많은 갯지렁이와 조개를 판 것이었다. 나는 낚싯대를 챙겨 들고 선착장으로 올라가다 얼굴을 찡그렸다. 선착장 밑에는 쥐덫이 여러 개 놓여 있고, 그 속에는 물을 먹고 배가 불룩한 상태로 죽은 쥐들이 한 마리씩 들어 있었다. 쥐덫으로 쥐를 잡아 썰물 때 선착장 밑에 두어 익사시킨 것이었다.

"이놈은 아직도 살아 있네."

송기사가 아래에 놓인 쥐덫을 보면서 중얼거렸다. 몸에 상처까지 심하게 난 쥐가 말똥말똥한 눈동자로 바깥을 쳐다보았다. 눈이 빨갛게 변해 성냥불 두 개를 켠 것 같았다. 나는 구역질을 가까스로 참고 위로 올라갔다.

"저기, 저기 또 있네."

그가 뒤따라 올라오다가 소리를 질렀다. 큼지막한 쥐꼬리가 바위틈으로 쏙 들어갔다.

"동네가 죄다 쥐판이라예."

그가 인상을 찡그렸다. 목소리에도 짜증이 묻어 있었다.

"고양이들을 모두 죽이고 나서부터 마을이 이래예."

며칠 전에 송기사가 해준 말이 생각났다.

예전부터 풍도에는 쥐가 많았는데 어느 날 마을사람들이 논의 끝에 고양이를 풀어놓았다고 했다. 그런데 풍도 펜션에서 숙박을 하고 간 관광객들이 밤에 고양이 울음소리 때문에 잠을 못 잤다는 방문 후기가 풍도 홈페이지에 올라왔다. 그 밑에는 놈들의 소리가 소름 돋는다는 댓글이 여럿 달렸다. 마을사람들이 들쥐가 많아질 것을 우려해 고양이를 잡아야 하나 말아야 하나, 망설이던 차에 또 다른 사건이 터졌다. 관광객들이 밤에 숲속을 돌아다니다가 고양이들의 공격을 받아 아이가 다리에 상처를 입었다. 그날부터 마을에서는 대대적인 고양이 소탕 작전이 이루어졌다.

산을 넘어 낚시터에 다다랐다.

먼저 눈에 들어온 것은 산꼭대기에 솟아 오른 철탑이었다. 통신사에서 설치해둔 기지국과 이런저런 설비들이 한데 엉겨 철탑을 이루고 있었었다. 도시에서는 흔하게 눈에 띄는 것이 기지국인데, 여기서는 예사롭게 보이지 않았다. 이곳의 기지국은 도시의 그것보다 훨씬 덩치가 컸고, 다른 설비들 위로 우뚝 올라서 있었다. 마치 숲속에서 공룡 한 마리가 일어나 바다를 내려다보고 있는 것 같았다. 저보다 작은 기지국이 풍도 곳곳에 숨어 있다고 했다. 그것들이 풍도와 육지의 도시를 이어주는 통신망이었다. 여기에 적지 않은 사람들이 찾아온다는 증거이며, 또한 외딴섬이 아니라는 표시이기도 했다. 풍도가 소통하는 곳은 남해안의 작은 도시가 아니라 전국의 주요 도시였다.

책에서나 봤던 이색 묘지인 초분을 구경하겠다고 찾아온 서울 사람들이 가장 많았다. 대전이나 부산, 광주, 창원, 여수 등 전국을 망라했다. 초등학생들이 단체로 와서 초분을 구경하고 풍도 아이들의 영어 교육 현장을 보고 가는 경우도 있었다. 이곳에 외국인들이 자주 들락거리니 뭔가 대단한 문화유산이라도 있나 싶어 찾아오는 사람들도 많았다. 마을회관 앞 게시판에는 풍도 방문자들의 수와 인적 사항 등이 상세히 기록되어 있었다.

고개를 돌리자 멀리 섬의 끝자락에 세워진 초현대식 하얀색 펜션이 눈에 들어왔다. 마을에서 협동조합을 만들어 공동으로 짓고 함께 운영한다는 도시인들의 휴양시설이었다.

옆에서 송기사가 낚시 장구를 꺼냈다. 나는 그를 거들어 통에서 갯지렁이를 꺼내 낚싯바늘에 끼워 물속에 던졌다. 바다를 마주하고 앉자 작은 섬 하나가 눈에 들어왔다. 풍도는 몇 개의 크고 작은 섬들을 거느리고 있었는데, 눈앞의 섬에는 얼마 되지 않은 나무들이 비대칭으로 서 있었다. 흡사 푸른 깃발을 꽂아놓은 형국이었다.

"바람 때문이죠. 바람이 불면 나무들이 죄다 저런 모양으로 변하는 곳도 있어요."

송기사가 말했다.

"평소에는 대칭을 이루고 있다가요?"

"네. 깃발나무 숲이라고."

괜히 풍도가 아닌가보았다.

작은 섬에는 텐트와 사람들이 보였다. 저곳에서 먹고 자면서 낚시를 하는 모양이었다. 송기사가 낚싯대를 설치하고 나서, 저쪽 끝에 먼저 와 자리를 잡고 앉은 풍도 파출소의 소장이란 사람에게 나를 새로 부임한 분교장이라고 소개했다. 그리고 그의 낚시통을 열었다. 빈 통에 소주 두 병이 가지런히 놓여 있었다. 파출소장은 송기사를 쏘아보더니 재빨리 뚜껑을 닫았다. 이어 바다 위에 드리워진 낚싯줄을 거두어 떠나버렸다. 자신의 물건을 허락 없이 만진 것이 못마땅한 모양이었다. 송기사가 따라가면서 죄송하다고 사과를 했지만 아무런 대꾸도 없이 걸어갔다.

맞은편 섬의 해변에는 세 사람이 나란히 서서 바가지가 달린 장대를 쥐고 바닷물을 퍼내 바위 위에다 뿌렸다. 내가 저게 뭐하는 거냐고 묻자 갯가로 노출된 미역이 햇빛에 마르지 않도록 물을 뿌리는 것이라고 했다. 지금처럼 마을에 사람들이 몰려들기 전에는, 돌미역 농사와 죽방렴 멸치 덕분에 그나마 마을이 명맥을 유지할 수 있었다는 것이다. 그렇지 않았다면 마을이 인근 섬들처럼 무인도로 전락했을 것이라고 했다. 그들은 낚시를 하는 것이 아니라 미역 농사를 짓고 있었다.

나는 스마트폰을 꺼내 송기사에게 내밀고, 이게 무슨 사진 같냐고 물었다. 그는 건성으로 쳐다보면서 잘 모르겠다고 말하고, 바위틈에 낚싯대를 끼워 가지런히 놓았다. 그러더니 낚시통 위에 놓인 내 폰을 다시 집었다.

"천천히 넘겨봐요. 절벽 가운데 나뭇가지에 뭔가 걸려 있잖아요."

내가 낚시에 미끼를 매달면서 말했다.

"이걸 누가 보냈습니꺼?"

송기사가 사진을 쳐다보면서 물었다.

"모르겠어요. 보낸 사람한테 무슨 사진이냐고 묻는 문자를 보냈는데, 답이 없네요."

"이, 이, 이게 뭐지?"

송기사가 놀란 표정으로 말을 더듬었다. 나는 사진보다 송기사의 반응에 놀랐다.

"왜, 저한테 이것을 보냈을까요?"

"누가 장난친 거겠지예. 다시 보니까 아무것도 아니네예."

송기사가 짐짓 태연한 표정으로 낚시를 건져 미끼를 새로 달았다. 만약 무엇을 잘못 보고 놀랐으면 그것에 대한 설명을 해야 옳았다. 그런데 놀란 가슴을 진정시키느라 그럴 겨를이 없어 보였다. 송기사가 왜 놀란 것일까? 내가 알면 안 되는 뭐가 있는 것일까? 나는 더 이상 묻지 않고 핸드폰을 집어 주머니에 넣었다. 괜히 그를 난처하게 만들고 싶지 않았다.

바다에서 서너 명의 해녀가 물질을 하고 있었다. 그들 주위를 수달 두 마리가 맴돌면서 재주를 부렸다. 낚싯대를 바위에 걸쳐두고 뒤웅박에 몸을 얹고 수달과 장난을 치는 해녀들을 바라보았다. 그러나 수달들은 한 사람 주변만 맴돌았다. 잠시 후, 수달과 장난을 치던 여자가 알아들을 수 없는 소리로 뭐라고 웅얼대며 해변으로 다가왔다. 수달이 뒤를 따랐다. 왠지 귀에 익은 소리였다. 바위에 끼워둔 낚싯대가 흔들렸지만 나는 여전히 해녀를 쳐다보았다. 해변에 나온 그녀가 망사리 속에서 생선을 꺼내 바다에 던졌다. 밖으로 나온 수달이 물속으로 뛰어들었다.

나는 낚싯대를 잡아당겨 지렁이를 끼우고 고개를 돌렸다. 꽉 끼는 해녀복을 입고 나온 아낙은 돌고래를 연상시켰다. 적당한 키에 잘록한 허리, 탐스러운 엉덩이. 알몸이 근사할 것 같은 여자였다. 내 머릿속에 떠오른 불경스러운 상상에 공연히 쑥스러워 고개를 돌리다가 흠칫 놀랐다. 그녀가 고개를 돌리고 나를 보며 웃었다. 풍도호에서 만난 여자였다. 주근깨가 인상적이었던, 누나를 빼닮은 여자.

나는 뒤를 돌아보았다. 계집애 하나가 새끼 돼지를 웅덩이에 넣어 씻기고 있었다. 돼지도 풍도호에서 봤던 그놈이었다.

"아이고, 이게 다 뭡니까?"

송기사가 해녀의 망사리를 뒤지면서 말했다. 제법 많은 해산물이 들어 있었다. 여자의 얼굴은 누나를 닮았지만 몸은 그녀보다 훨씬 다부졌다. 물질을 오랫동안 했다면 몸의 구석구석 탄탄한 속살, 차돌 같은 근육이 박혀 있을 것이다. 몸에 꽉 끼는 검은 해녀복 때문에 잘 발달한 몸뚱이가 선명하게 드러났다.

"웅…… 웅……"

해녀는 전복을 내밀면서 소리를 냈다. 내게 주는 것이었다.

"저……"

여자는 벙어리인가? 그러고 보니 조금 전에 바다 위에서 들려온 소리는 벙어리의 웅얼거림이었다. 누나는 기분 좋을 때마다 저런 웅얼거림으로 자신의 감정을 드러냈다. 묘한 우연이다. 얼굴뿐만 아니라 누나처럼 그녀도 벙어리였다. 나는 짐짓 태연하게 인사를 하고 전복을 받아들었다.

"천자 어머니가 사람 보는 눈은 있다니께예."

송기사가 해녀를 쳐다보고 말했다. 그녀는 아무런 반응도 없이 망사리를 들었다.

"선생님, 조심하이소. 끼가 보통이 아닌 아지매라예."

그녀는 가다 말고 뒤를 돌아보았다.

"보이소. 벌써 신호를 보내잖아예."

송기사가 머리를 긁적였다. 자신의 농담이 좀 지나쳤다고 여긴 것이다.

"……"

그녀는 뭔가 내게 할 말이 있는 듯한 얼굴이었다. 나는 말 못하는 사람들의 감정을 어느 정도 읽을 수 있었다. 누나는 벙어리가 아니라 원래 말더듬이였다. 그녀는 말더듬이 치료를 위해 일주일에 몇 번씩 소도시의 교정 학원을 다녔다. 하지만 치료 때문에 도리어 말문이 더 막혀버렸다. 처음엔 좀 나아지는 듯했지만 시간이 지나자 아예 입을 열지 않았다. 말 한마디를 하려면 끝도 없이 더듬어야 하는 자신이 저주스러웠던 것이다. 말을 포기하자 그녀는 자신의 의사를 얼굴로 드러냈다. 누나가 저수지에 몸을 던지기 전까지, 그녀의 소통수단은 말보다도 표정이었다.

"저 아지매는 도통 나이를 안 묵는 것 같십니더. 예전이나 지금이나 똑같은 얼굴이라예."

그는 손을 잡고 걸어가는 모녀를 보면서 말했다.

"몇 살인데요?"

"실은 지도 나일 모립니더. 어쨌든 나이는 묵는 거지 작아지는 게 아니잖아예."

자신의 유머가 스스로 만족스러웠는지 송기사가 껄껄 웃었다.

이때 바위에 끼워둔 낚싯대가 휘청거렸다. 나는 담배를 피워 물려다 말고 달려가 낚싯대를 잡았다. 뜻밖에 도다리 한 마리가 퍼덕이며 수면으로 떠올랐다. 옆쪽의 낚싯대도 심하게 요동쳤다. 송기사와 나는 쉴 새 없이 지렁이를 끼웠다. 해가 지고 있었다.

*

절벽 위의 천 조각이 얼굴 모양으로 바뀌었다.

그 얼굴이 나를 향해 미소를 지었다. 곧이어 얼굴이 묘하게 일그러져 흉물스럽게 변해버렸다. 놀라 눈을 번쩍 떴다.

하숙방 책상이었다. 고개를 들자 눈에서 눈물이 주르르 흘러내렸다.

머리맡에 핸드폰이 놓여 있었다. 나는 스마트폰 앱으로 인터넷에 접속해 영화를 감상하다가 깜박 잠이 들었다. 풍도는 절대 외딴섬이 아니었다. 배를 타고 여기 오기 전, 송림초등학교에 머물 동안은 인터넷에 접속이 잘 되지 않았고, 어렵게 된다고 해도 속도가 느려 영상물을 보기 힘들었다.

나는 선명한 화질 때문에 자신이 비문증 환자라는 사실을 깜박 잊고 영화에 빠져 들고 말았다. 비문증 증세가 있는 오른쪽은 말할 것도 없었고, 왼쪽 눈도 그리 상태가 좋지 않았다. 그래서 의사는 전자파가 나오는 전자기기, 특히 스마트폰 사용을 자제하라고 했다. 불빛이 나오는 작은 액정 화면이 눈의 상태를 악화시킬 수 있다는 것이었다. 풍도의 인터넷 환경은 대도시보다 좋았다. 정보들이 거칠 것이 없는 바다 위를 지나오느라 이렇게 빠른 것일까?

나는 구석에 놓인 침대에 걸터앉았다. 하숙방은 분교장을 모집할 때 마을 운영위원회에서 무료로 제공한다고 제시한 혜택 중 하나였다. 그 외에도 마을에서 하는 이런저런 사업에 협조할 경우 따로 수당을 지급한다고 했다. 하지만 학교가 오지마을에 있어 지원자가 그리 많지 않았다. 더구나 지원 자격이 원어민 수준의 능숙한 영어 구사력이 전제 조건이었다. 침대 위에 눕자 매운탕으로 변해 배 속으로 들어간 도다리가 눈앞에 어른거렸다. 놈들을 낚아챌 때의 감촉이 아직도 남아 있었다. 좀 다르긴 해도 예전 산골에서 즐긴 붕어 낚시의 느낌이 되살아났다.

나는 가끔 동네 저수지에서 누나와 함께 밤새도록 붕어를 낚곤 했었다. 누나는 붕어 잡는 데 귀신이었다. 그 때문에 사람들은 누나 옆자리에 서로 앉겠다고 야단이었다. 허나 붕어를 건져 올리는 사람은 누나뿐이었다. 저수지에 둘러앉은 사람들은 고기가 병신을 알아본다고 수군거렸다. 빼어난 미모 때문인지 누나 주변에는 언제나 사람들이 따라붙었다. 그래서인지 그녀는 때때로 자신이 벙어리라는 사실을 잊은 듯했다. 붕어를 잡아들고 천진하게 웃으며 좋아할 때는 나도 누나가 벙어리라는 사실을 잠시라도 잊을 수 있었다.

누나 생각을 하면 내 가슴은 심해로 내려가는 잠수부처럼 끝없이 가라앉았다. 그리고 이어지는 물방울 소리.

누나 생각을 떨쳐내려고 이불을 덮고 누웠는데, 마당에서 물 튀는 소리가 들렸다. 하숙집 주인 여자 소피아가 무엇을 씻는 모양이었다. 풍도교 영어회화 선생이기도 한 그녀는 필리핀에서 온 이주여성이었다. 한국말에 서툰 그녀가 한국음식은 꽤 맛나게 만들었다.

"분교장님, 아직 안 주무십니까?"

박선생의 목소리였다. 나는 침대에서 일어났다. 그녀는 인근 섬에서 태어났다. 그곳을 떠난 적이 없다는데도 사투리를 쓰지 않았다. 방송통신대학 출신인 박선생은 정식교사가 꿈이라 표준 발음을 익혔다고 했다. 영어 발음도 아주 좋았다. 그녀는 주민들이 얼마 남지 않아 조만간 무인도로 변할지 모를 창도에 살았다.

송기사가 창도에서 아직 학교에 입학하지 않은 아이들을 배로 데려와 그들에게도 영어를 가르쳤다. 후일 그들을 풍도로 이주시키려는 전략이었다. 여느 섬마을처럼 학생이 얼마 되지 않으면 정상적인 교육이 될 수 없었다. 그래서 마을사람들은 인근 섬에서 아이가 있는 가정을 설득해 풍도로 데리고 왔다. 뿐만 아니라 풍도 노인들은 남해안 도시에 사는 손주들까지 섬으로 데려왔다. 마을의 좋은 교육 환경 때문에 자식들이 부모의 청을 받아들인 경우가 많았다. 영어 공부를 위해 아이들은 조부모와 함께 풍도에 살았다. 이런 노력으로 사람들은 겨우 한숨을 돌릴 수 있었다. 주변의 섬들이 무인도로 변하자 그들은 적잖게 공포를 느낀 모양이었다.

"혹시나 해서 들러봤심니더."

송기사였다. 박선생이 혼자 온 것이 아니었다.

"지도 왔심니더."

역삼각형 얼굴인 현기 삼촌이 고개를 내밀었다.

"술을 좀 갖고 왔심니더."

송기사가 소주병이 가득 든 봉지를 들어 보였다. 뒤에 사람이 더 보였다.

"마담! 소피아 아줌마!"

방회장이었다.

그는 청년회 회원들을 데리고 인사차 학교에 들렀다. 숙희의 아버지인 그는 서울에서 사업에 실패하고 고향으로 돌아왔다고 했다. 섬이 유명해져 관광객이 많이 찾아오자 마을을 떠났던 사람들이 하나둘 제 발로 돌아오는 모양이었다. 또한 송기사처럼 애초에 고향을 떠나지 않은 젊은이도 있었다. 섬은 공동체의 결속이 강한 집성촌이었다.

"퍼뜩 씻고 술상 좀 봐달라 해라."

현기 삼촌이 박선생에게 소피아더러 술상 좀 차려오라 영어로 말해보라고 청한 것이다. 아내가 필리핀 출신의 학교 영어선생이지만 청년회 부회장인 그 자신은 영어에 서툴렀다.

"늦었는데, 그냥 있는 걸로 마실까요?"

방회장의 부드러운 음성이었다. 영락없는 서울말이었다. 나도 그게 좋겠다며 들어오라고 손짓을 했다. 늦은 시간이라 주인 여자가 불쾌하게 여길 것 같았다.

송기사가 다른 사람들과 함께 방으로 올라섰다. 나는 문을 닫으려다가 바깥을 쳐다보았다. 아무도 보이지 않고 물소리만 들렸다. 주인 여자를 찾아 마당을 두리번거렸다. 다시 물소리가 났다. 뒷간 근처에 등이 밝혀졌다. 목욕을 하는 것인가? 아직 밖에서 몸을 씻긴 약간 추운 날씨였다. 수건으로 앞을 대충 가린 주인 여자가 고개를 내밀었다. 그 순간 시커먼 그림자가 방으로 뛰어들어갔다. 나는 놀라 얼른 문을 닫았다.

"실은 마을사람들의 부탁을 전할라꼬 왔십니더."

송기사가 술을 따르면서 말했다.

그는 분교에서 허드렛일이나 하는 사람이 아니라 IT 수업 선생이었다. 풍도에 통신사가 투자를 하면서 아이들에게 IT 과목을 가르쳤다. 내용에는 정보통신 기술과 영상 촬영과 편집이 포함되어 있었다. 수업을 위해 그는 일주일에 한 번씩 육지로 나가 교육을 받았다. 학교에서 그의 월급을 따로 주지는 않았다. 통신사에서 일정액을 받는다고 했다.

갑자기 천장이 쿵쿵거렸다. 찍찍거리는 소리가 들려오는 걸로 보아 쥐였다. 나는 고개를 들고 위를 올려다보았다. 둘러앉은 이들은 익숙해졌는지 개의치 않았다.

"마을 운영위원회의 부탁이기도 합니다."

방회장도 거들었다.

풍도에는 청년회, 부인회, 노인회가 있었다. 풍도가 집성촌이라고 하나 무인도로 변하지 않고 존속할 수 있었던 것은 그들의 노력 때문이었다. 그들은 조만간 섬에 연어축제로 유명한 양양의 남대천처럼 관광객이 몰려올 것이라고 자신했다. 그들의 자신감을 부추긴 것은 내셔널지오그래픽에서 제작한 초분 다큐였다. 내셔널지오그래픽채널은 초분을 처음 소개하면서 안개가 피어오르는 풍도의 경치를 보여주었고, 아름답고 신비로운 바람의 섬이라는 내레이션을 반복해서 내보냈다. 그것이 국내 공중파에 나오자 남해군청은 풍도를 남해에서 가장 아름다운 섬으로 지정했다. 이어 관광객 유치를 목적으로 대기업 통신사와 협력해 적잖은 예산을 쏟아부었다. 그런 평가와 지원에 더욱 확신을 얻은 마을사람들은 자기 재산과 자식들의 돈까지 끌어와 투자를 했다. 시작은 군청에서 했지만 사업의 주체가 바뀌었다. 마을사람들의 상당수가 송씨 가문이라 의견 충돌 없이 사업은 일사천리로 진행되었다.

"부탁이라뇨?"

"박양이 말해봐라."

송기사가 박선생을 쳐다보았다. 나는 박양이란 호칭이 귀에 거슬렸다.

"뒷마을, 잘포리에 학교 문턱을 밟아보지도 못한 방씨 노인들이 있습니다. 마을 운영위는 그분들을 학교에 데려다 교육을 시킬 계획입니다. 간단한 영어회화를 가르치고, 몇 가지 수업도 하면서 일종의 노인대학을 운영할 생각입니다."

박선생의 말이 끝나자 방회장이 내 눈치를 살폈다.

첫날 인사차 발동선에서 만난 이장 할머니를 만나러 갔을 때, 그녀도 비슷한 말을 했다.

"학교에 선생이 마이 있어, 학급을 한둘 더 운영하는 것은 어려운 일이 아닐 김니더. 안 그렇소?"

이장이 밖으로 나와 나를 배웅하며 작별 인사로 한 말이었다.

다시 천장이 쿵쿵거렸다. 나도 모르게 얼굴을 찡그렸다.

"여기다 고양이 한 마리 갖다놔야겠네."

송기사가 말을 하고 천장을 쳐다보았다.

"그런데 그 노인들이 말을 듣지 않아요. 풍도엔 공부 바람이 불어 노인들도 알파벳을 아는데 말입니다. 잘포리 노인들 중에는 아직 한글도 모르는 사람이 있어요. 특히 온몸에 문신투성이인 '문신 할배'는 특별한 교육이 필요합니다."

방회장이었다. 감정이 전혀 묻어 있지 않은 차분한 서울말이었다.

섬은 송씨 마을이었다. 그들은 주로 면사무소나 학교 주변에 살았다. 그다음이 방씨였다. 그 외 다른 성씨도 있었다. 그들은 마을 외곽이나 인근 섬으로 흩어졌다. 마을회관 실내 한쪽 벽에 붙어 있는 '풍도의 역사'라는 글을 보고 안 사실이었다. 남해안에는 집성촌 섬마을이 더러 있었다. 풍도에는 원래 송씨만 살았고, 자신들을 스스로 풍도 송씨 가문이라고 불렀다. 그런데 성씨가 하나뿐이라 마을에서 결혼을 하기 어려우니까 멸치를 잡으러 왔다가 마을에 눌러앉은 다른 성씨를 내치지 않았다.

"노인들을 설득해서 공부를 가르치는 거라면 제가 해야죠."

시골 분교장이라면 당연히 나서야 할 일이었다.

낙도의 학교는 단순히 아이들만의 공간이 아니다. 더구나 여기는 그냥 시골이 아니라 오지 섬마을이다. 나는 분교장을 처음 하는 것이 아니었다. 이런 곳에서 교사는 아이들만 가르치는 것이 아니었다.

"남자라 다리네예. 단번에 우리가 추진하는 사업을 이해하시고……"

송기사의 표정이 밝아졌다.

"지난번 선생님은 이런 문제로 마을 운영위랑 마찰을 좀 빚었는데요."

박선생이었다. 송기사가 그녀에게 눈치를 주었다.

"좋은 일인데 왜요?"

나는 송기사에게 술을 따라 주었다. 박선생이 당황했는지 얼버무리며 대답하지 않았다.

우리는 학교 발전을 위해 축배를 들었고, 소주 다섯 병을 셋이서 나눠 마시자 금방 취기가 올랐다. 한동안 눈의 상태가 악화될까 두려워 즐기던 술을 입에 대지 않았던 터였다. 술기운이 오르자 기분이 그만이었다. 송기사가 오늘이 섬에서 가장 물때가 좋은 밤이라 은빛 감성돔을 잡으러 해안에서 낚시꾼들이 배를 빌려 들어온다고 했다. 그 소리를 듣자 낮에 도다리를 낚을 때의 감촉이 되살아났다. 송기사의 말로는 은빛 감성돔을 낚는 느낌은 도다리와는 비교할 수 없다고 했다. 전혀 다른 맛이라는 것이었다. 나는 손끝으로 전해지는 놈의 힘을 느껴보고 싶다고 말했다. 더구나 내일은 수업이 없는 날이었다.

그 말이 떨어지기가 무섭게 부회장, 현기 삼촌이 당장 가자고 일어섰다. 송기사는 지금 서두르지 않으면 감성돔을 구경하기 힘들 것이라고 호들갑을 떨었다. 그들은 집에 들러 낚싯대와 좋은 미끼를 가져올 테니, 내게 먼저 가서 자리를 잡고 있으라며 방을 나섰다. 마당에서 낚싯대를 챙길 때였다.

"응, 응, 응……"

위채에서 알 수 없는 소리가 들려왔다. 금방이라도 숨이 넘어갈 것 같은 여자의 목소리가 마당으로 새어나왔다. 교성이었다. 술기운 때문에 금방 소리의 정체를 감지하지 못한 것이었다. 그제야 마당을 가로질러

방으로 뛰어 들어간 남자가 생각났다. 주인 여자는 사람들이 나가기를 기다렸다. 모두 돌아가는 소리가 들리자 일을 시작한 듯했다.

나는 재빨리 불을 끄고 숨죽여 필요한 낚시 도구를 꺼냈다. 방에서 들리던 교성이 갑자기 뚝 끊어졌다. 바깥의 인기척을 알아챘다. 조용히 낚싯대를 들고 살금살금 걸어 나갔다. 마당을 나서려는 순간 닭장에서 닭이 울어댔다. 나는 그 자리에 붙박이로 서서 조용해지기를 기다렸다. 한동안 장승처럼 서 있자 다시 신음소리가 들려왔다. 조금 전보다 훨씬 낮았지만 깊은 소리였다. 나는 발걸음 소리가 나지 않게 천천히 대문을 빠져나왔다.

사라진 무당

나는 주인 여자의 얼굴을 떠올렸다. 필리핀 출신의 소피아는 풍도 인근의 섬으로 시집와 살았는데, 남편이 먼바다에서 조업 중에 사고를 당했다고 했다. 고향으로 돌아가려는 그녀를 청년회가 나서 풍도로 데려왔다. 그녀의 영어 실력 때문이었다. 아침에 주인여자와 마주칠 일이 걱정이었다. 하숙생이 염치없이 밤낚시를 하겠다고 수선을 피우다가 남의 속내를 엿듣고 말았다.

"선생님, 현기 할매라예."

윗길의 어둠 속에서 내려오던 이장 할머니가 인사를 했다. 나는 엉겁결에 머리를 숙였다. 그녀는 자신을 이장이라고 소개하지 않았다. 그녀를 찾아갔을 때와는 다른 표정이었다. 방씨 여자가 마을 책임자가 된 것은 그녀의 죽은 남편이 송씨 가문의 가장 높은 항렬이었기 때문이었다. 청년회 부회장이 현기 삼촌이라고 했다. 그럼, 이장이 그의 어머니인가?

하지만 섬의 송씨들은 친척이라서 삼촌이라는 말을 예사로 썼다. 이장 옆에는 스무 살 안팎으로 보이는 여자가 함께 있었다.

"낚실 가나보죠? 근데 혼자서?"

그녀의 얼굴은 어둠 속에서도 느껴질 정도로 환했다.

"송기사와 청년회 사람들이 온다고 했습니다."

"지 손녀, 현기 누납니더. 뭐해! 빨리 인사 안 드리고."

이장이 손녀를 다그쳤다. 그녀는 고개를 숙였다.

"네, 그럼."

나는 인사를 하고 자리를 벗어났다. 물때를 맞추려면 서둘러야 한다. 그들은 이미 도착해 낚시를 하고 있을지도 모른다. 나는 걸어가다 말고 뒤를 돌아보았다. 손녀라는 여자도 고개를 돌렸다. 그녀는 웃고 있는 것 같았다.

"후우…… 우우우……"

음산한 소리가 들렸다.

언덕을 올라가다 주위를 둘러보았다. 개 짖는 소리 같았다. 이어 아낙네들의 목소리가 들렸다가 이내 사라졌다. 멀리서 불빛이 깜박거렸다. 통신사의 기지국과 설비 들이 놓인 철탑이었다. 그것은 흡사 괴물처럼 산꼭대기에서 아래를 내려다보고 있었다. 철탑이 왜 자꾸 흉물로 보이는 것일까? 조금 전에 마신 술 때문인지 한기가 들어 옷깃을 세웠다. 고추밭을 가로질러 뻗은 길을 지나갔다. 한쪽에 짚을 쌓아둔 북데기가 보였다. 불현듯 나는 그것이 초분일지도 모르겠다고 생각했다. 섬에서는 오래전부터 사람이 죽으면 짚이나 갈대로 이은 관에 시신을 넣어 집이나 밭 근처 혹은 숲속에 모셔두는 초분을 했다고 한다. 그 풍습은 마을에서 사라졌다. 그런데 내셔널지오그래픽채널에서 방송한 다큐 덕분에 초분은 다시 풍도의 장례 풍습이 되었다. 외국방송에서 어떻게 알았는지 풍도를 찾아와 아직 남아 있는 여러 형태의 초분을 찍어갔다. 또한 초분에서 풀을 벗겨 내고 뼈만 남아 있는 시신을 수습하는 과정을 자세히 촬영했다. 풍도 사람들은 마을 소개와 함께 그것이 외국방송에 나간 줄도 몰랐다. 그 영상이 유튜브에서 높은 조회수를 기록하고 섬에 외국인들이 하나둘 찾아오면서 풍도는 갑자기 유명해졌다.

외국 사람들과 달리 섬을 찾아온 한국인들은 학교에 들렀다가 멍해졌다고 한다. 그들은 풍도의 빼어난 자연경관에 한번, 이런 오지 섬마을 아이들의 영어 실력에 다시 놀랐다고 입을 모았다. 자기 아이를 여기로 전학시키고 싶다는 말을 하는 관광객도 종종 있다고 했다. 마을사람들이 정부나 지자체의 지원금 중 상당액을 학교에 투자하고 아이들의 영어 교육에 더욱 매달린 것은 그 때문이었다.

달빛이 드리워진 들판 위로 서늘한 바람이 불었다. 고추밭 끝에 닿아 있는 언덕을 넘어서면 바다가 보일 것이다. 낮에 송기사와 함께 낚시통을 들고 이 길을 걸었다. 그는 내가 묻지도 않았는데, 마을에 관한 이런 저런 얘기를 들려주었다.

풍도는 흥미로운 마을이었다. 요즘은 약간 뜸하지만 섬에서 근친간의 이룰 수 없는 사랑 때문에 자살사건이 자주 발생했다고 한다. 마을이 송씨 집성촌을 포기한 데는 그럴 만한 사정이 있었다. 다른 성씨의 정착에 대한 찬반 논쟁이 붙였을 때, 찬성하는 쪽이 반대하는 사람들을 향해 풍도를 바보의 섬으로 만들 생각이냐고 소리를 질렀다고 했다. 이들은 근친혼의 부작용을 경험한 모양이었다. 그것은 마을회관 안의 벽에 붙어 있던 풍도의 역사 홍보물에 설명되어 있었다.

외지인들이 낚시터에 와 있을까? 송기사가 지금 시간이면 낚시터에는 배를 타고 들어온 사람들이 있을 거라고 했다. 우선 그들에게 미끼를 빌려 낚시를 하고 있으면 된다. 어쩌면 사람들이 오기도 전에 힘 좋은 은빛 감성돔을 낚아 올릴지 모른다.

제법 길게 뻗은 길을 걸어 언덕 위로 올라서자 주위가 다시 밝아졌다. 아직 풍도 하늘로 떠오르지 않은 달이 낚시터 위에 걸려 있었다. 달빛 아래로 펼쳐진 넓은 숲 가운데에는 무덤들이 누워 있었다. 이곳에는 초분 풍습이 사라지고 마을사람들이 봉분을 하면서 생긴 공동묘지였다. 송기사가 알려준 사실이었다. 풍도의 장례는 다른 섬들과는 달리 초분을 해서 일정한 시간이 지나면 뼈를 추려 가루로 만들어 바다에 뿌렸다고 했다. 그런데 이제는 공동묘지의 봉분을 해체해 집 근처나 숲속으로 옮겨 관광용 초분을 만든다는 것이었다. 산 아래에는 적잖은 봉분들이 자리를 잡고 있었다. 공동묘지 부지는 원래 행대감 소유였다고 했다. 그가 마을을 위해 기증한 모양이었다.

행대감은 풍도가 멸치파시와 어장으로 이름을 떨친 오십 년대부터 팔십 년대까지 돈을 벌어 큰 재력을 이룬 사람이었다. 행대감이라는 호칭은 멸치를 나타내는 행어(行魚)의 앞 글자에 대감(大監)이라는 존칭을 붙여 만들어졌다. 그는 풍도뿐만 아니라 송림도, 남해, 하동, 여수, 사천, 진주, 창원에도 이름이 알려진 인물이었다. 하지만 마을사람들은 그를 자신들의 기억 속에서 지우려 했다. 그래서 동상의 목도 자른 것 같았다. 하지만 내가 그 이유를 물었을 때, 누구도 쉽게 입을 열지 않았다.

산 밑 봉분에 누워 있는 망자들이 여기저기로 옮겨져 풀을 뒤집어쓰고 관광객의 눈요기가 되어야 할 판이었다. 죽은 자들이 일어나 풍도를 팔아야 한다. 초분은 미역, 멸치, 갯벌, 영어와 더불어 섬의 미래였다.

공동묘지 앞으로 걸어갔더니 푯말에 QR코드가 박혀 있었다. 송기사가 묘지 푯말에 붙은 QR코드를 작동해보라고 했다. 나는 스마트폰을 꺼내 앱을 찾아 누르고, 카메라 렌즈를 푯말 위에 갖다 댔다. 열십자 모양의 빨간 선이 보였고, 푸른 반점에 사각의 코드가 고정되었다. 요란한 소리와 함께 모자이크 무늬가 행대감 동상으로 변했다. 그것은 머리가 있는 온전한 모습이었다. 행대감 묘지인가? 곧이어 동영상이 떠올랐다.

사람들이 관 속의 시신을 들어내어 땅바닥에 눕혔다. 이장 할머니가 시신으로 다가가 아래부터 천을 벗겼다. 살은 말라비틀어지고 뼈만 남아 있었다. 뼈들을 관에서 꺼내 한쪽에 가지런히 놓았다. 빛깔은 거무스레했는데 양은 얼마 되지 않았다. 중요한 뼈들을 정리한 이장 할머니는 시신의 머리에 감겨 있는 천을 걷어냈다. 사체의 머리 부분이 마치 방금 죽은 것처럼 온전한 상태, 이제 막 염습을 끝낸 얼굴이었다. 그는 선착장 근처에 목이 잘린 채로 서 있는 동상 앞에 놓인 두상의 얼굴을 닮은 문둥이였다. 그런데 눈을 감고 반듯하게 누워 있던 시신이 눈을 번쩍 떴다. 나는 놀라 침을 삼켰다. 손을 바르르 떨다가 스마트폰을 떨어뜨렸다. 땅에서도 화면은 여전히 돌아가고 있었다. 화면 속의 문둥이가 나를 쳐다보았다. 머리만 남은 문둥이가 나를 보고 웃었다.

나는 놀란 가슴을 가라앉히고 핸드폰과 낚싯대를 움켜쥐었다. 숲속으로 들어서자 주위가 어두웠다. 하지만 나는 산길에 아주 익숙한 사람이었다. 고등학교 시절 읍내에서 하숙할 돈이 없어 삼 년 동안이나 칠흑

같은 산길을 혼자서 걸어 다녔던 적이 있기 때문이다. 언덕 위로 올라서자 낚시터가 보였다. 그곳에는 서너 사람이 먼저 와서 자리를 잡고 있었다. 송기사의 말이 맞았다. 반대편 숲속에서 아낙들의 음성이 들렸다. 낚시를 하러 가는 길이리라. 지금은 감성돔들이 멸치 떼처럼 밀물을 타고 여기를 지나 송림도 쪽으로 올라가는 시간이라고 했다. 나는 바닷가로 내려가기 위해 비탈길로 들어섰다.

그때, 나무 사이에서 시커먼 형체가 나타나 손목을 끌어당겼다. 화들짝 놀라 들고 있던 낚싯대를 떨어뜨렸다. 벙어리 해녀, 누나를 닮은 바로 그 여자였다. 그녀는 어둠 속에서 자신의 손가락을 입으로 가져갔다. 기척을 죽이라는 시늉이었다. 달빛에 그녀의 눈동자가 반짝였다. 여자의 눈동자는 온전히 검은색이 아니라 엷은 녹색 빛을 띠고 있었다. 혹시 여자가 이주여성이 아닐까, 하는 생각이 들었다. 바람이 불자 여자의 머리카락이 나뭇잎과 함께 너울거렸다. 언뜻 훔쳐본 눈빛 때문인지 그녀의 머리칼 역시 검은색이 아니라 나뭇잎처럼 짙은 녹색으로 보였다.

나는 넋 빠진 표정으로 그녀를 쳐다보았다. 여자는 아랑곳하지 않고 숲속을 살폈다. 어디선가 갑자기 물방울 소리가 들려왔다.

뽀글뽀글, 뽀글뽀글.

풍도호에서 놀란 표정으로 눈을 동그랗게 뜨고 나를 쳐다보았던 여자의 얼굴이 떠올랐다. 하지만 그녀는 해변에서 만났을 때와 사뭇 다른 분위기였다. 내가 말을 걸려고 하자 여자가 조용히 하라고 다시 주의를 주었다. 나는 입을 다물고 주위를 살폈다. 그녀는 인기척이 사라지자 따라오라는 손짓을 하고 뒤도 돌아보지 않고 숲속을 걸어갔다. 나는 잠시 동안 그녀를 쫓아가지도 못하고 엉거주춤 서 있었다. 갑자기 닥쳐온 상황에 나는 우두망찰했다. 그 와중에 귓가에 다시 물방울 소리가 들려왔다.

뽀글뽀글, 뽀글뽀글.

여자가 뒤돌아보며 뭐하냐는 표정을 지었다. 나는 낚싯대를 줍고, 암내를 쫓는 수캐마냥 여자를 따라갔다. 어쩌면 여자는 내게 무슨 할 말이 있을지도 모른다. 해변에서 그녀를 만났을 때, 왠지 그런 느낌이 들었다.

그녀의 뒤를 쫓아갔다. 산등성이로 파란 불이 지나갔다. 나는 놀라 멈추었다. 그녀도 멈춰 서서 주춤주춤 뒤로 물러섰다. 몹시 놀란 표정이었다. 산골에 살았을 때 본 적이 있는 불이었다. 아이들은 사람이 죽으면 몸에서 저 불이 나와 돌아다닌다고 했다.

그녀가 갑자기 나무 뒤에 쪼그려 앉으며 몸을 숨겼다. 나도 그녀를 쫓아가다가 머리를 숙였다. 나무 사이로 뭔가 움직였다. 희미하게 귓가를 울리던 물방울 소리가 한순간 사라졌다.

"빨리 파! 천자 에미가 오기 전에……"

아낙의 목소리가 들렸다.

"우리가 너무 과민 반응을 보이는 거 아닌지 모리겄네?"

또 다른 음성이었다.

"그래! 말도 못하는 바보가 뭘 알겄어?"

"모리는 소리! 그년은 여시야! 태국에서 온 천년 묵은 여우!"

"고향은 태국이 아니라 미얀마래."

"그런 나라가 있어?"

"태국도 미얀마도 아니래."

"그럼?"

"배 위에서 살다가 왔대."

"그래서 물질 하나는 귀신처럼 잘하는군."

나는 나뭇가지 사이로 머리를 들이밀었다. 그러나 어두워 잘 보이지 않았다. 언덕에서 여자들의 목소리가 들렸다. 그들인가? 아낙네들은 땅에 묻어둔 것을 파내고 있었다. 그 순간, 나무 사이로 불빛이 번득거렸다. 벙어리가 뒷걸음질쳐 그곳을 빠져나왔다. 나도 몸을 뒤로 뺐다. 그녀는 따라오라고 손짓을 했다.

얼마 걷지 않아 반듯한 집 하나가 나타났다. 그녀가 집으로 들어갔다. 잠시 후, 방에 불이 켜졌다. 내가 마당에서 잠시 두리번거리다가 방으로 들어서자 그녀가 방을 정리하고 있었다. 방바닥에는 이불이며 옷이 너절하게 흩어져 있었다. 나는 안으로 들어가 주위를 살폈다. 신당이 차려진 무당의 방이었다. 그녀는 옷을 챙겨 서랍장에 넣고 이불을 접어 가지런히 놓았다. 나는 벽면 가운데 놓인 불상과 그 뒤의 무속화를 쳐다보았다. 벽 여기저기 물을 차고 하늘로 올라가는 해룡의 그림이 붙어 있었다. 한쪽에는 꽃을 찍어 확대해서 코팅한 사진들이 붙어 있었다. 그녀는 불상 앞에 향을 피워 올렸다. 방구석에서 작은 쥐 한 마리가 나타나 벽을 타고 올라갔다. 그녀는 쥐를 흘끔 쳐다보았을 뿐, 놀라지도 않고 옷을 매만지더니 절을 했다.

불상 밑에 커다란 액자 하나가 놓여 있었다. 그 속에 무복을 입은 남자가 있었다. 풍도호에서 아낙들의 특별한 대접을 받던 여자 같은 남자, 그는 바로 박수무당이었다. 여자가 불상 앞에 공손히 절을 하고 일어나 합장했다. 나는 무엇에 홀린 듯이 뒤에서 여자를 지켜보았다. 그녀의 모습이 눈에 정확히 들어왔다. 허름한 차림새에 감추어져 있긴 해도 이국적인 미인이었다. 숲속에서 아낙들의 이야기를 들은 터라 그녀가 외국에서 온 이주여성으로 보였다.

두 번의 만남 동안 왜 그런 생각이 들지 않았을까? 누나와 닮았다는 막연한 생각에 얼굴 하나하나를 제대로 뜯어보지 못했었다. 그만큼 강렬하게 누나의 이미지를 풍겨 세밀하게 관찰할 수가 없었다. 서글서글한 눈매, 검은색으로 칠한 듯한 짙은 눈썹, 일자 모양의 입술, 검은빛이 약간 섞여 훨씬 탄력 있어 보이는 피부. 탐스럽게 솟은 적당한 크기의 젖가슴.

"주, 주…… 주, 주, 주……"

그녀가 소리를 냈다. 여자는 벙어리가 아닌가? 하지만 그녀의 입에서 정확한 말이 나오지 않았다. 그녀는 뭘 말하려다가 제대로 되질 않는지 불상 앞으로 다가가 액자 속의 남자를 손가락으로 가리켰다.

"주, 주…… 주, 주, 주, 죽어, 죽어, 죽어……"

여자는 벙어리가 아니라 말더듬이였다. 그것도 말을 겹쳐서 반복하는 연발성 언어장애였다. 그녀는 손가락으로 목을 자르는 시늉을 했다. 남자가 죽었다는 뜻이었다.

"무, 무, 묻, 묻, 묻, 묻어……"

여자는 삽으로 땅을 파는 시늉을 해 보였다. 이어 사체를 그곳에 내려놓는 동작도 했다. 그 몸동작은 간절했지만 여자의 아름다움 때문에 절박해 보이지 않았다. 이때 바깥에서 인기척이 들렸다. 그녀는 불을 끄고 후닥닥 뒷문을 차고 밖으로 뛰쳐나갔다. 나도 같이 움직였다. 하지만 내가 밖으로 나가자 여자는 사라지고 없었다. 한참 주위를 두리번거렸지만 어디에서도 그녀를 찾을 수 없었다.

신당에 불이 켜지고 아낙들의 목소리가 들렸다. 손에 쥐고 있던 낚싯대는 어디로 갔는지 보이지 않았다. 풀숲을 헤치고 언덕을 오르다가 그물을 뒤집어쓴 초분과 마주쳤다. 다음 순간 초분 밑에서 쥐들이 입에다 뭔가를 물고 밖으로 기어 나왔다. 나는 기겁을 하고 숲속으로 도망치다 길을 잃었다.

누나를 닮은 여자

나는 물속으로 헤엄쳐 들어갔다. 바다 밑에서 미역 줄기가 너울너울 춤을 추고 있었다. 물방울이 하얀 기둥을 이루어 수면 위로 올라갔다. 나는 미역 줄기를 헤치고 물거품 속으로 들어갔다. 여자가 미역을 따고 있다가 뒤를 돌아보고 웃었다. 나도 덩달아 미소를 지었다. 여자의 몸에서 물방울이 쏟아져 나와 물기둥을 이루었다. 나는 여자를 도와 미역 밑에 박혀 있는 전복이며 소라 등을 주워 망사리에 넣었다. 우리는 미역 줄기를 함께 당기다가 뒤로 넘어졌다. 함께 바다 밑의 모래 위에 뒹굴었다. 나는 바위를 잡고 일어나 여자에게 손을 내밀었다. 부력 때문에 여자의 몸이 내 앞으로 스르르 다가왔다. 여자의 눈동자가 바로 내 눈앞에서 반짝거렸다. 여자가 내 머리카락을 움켜쥐고 입술을 핥았다. 여자의 혀가 미역처럼 매끄럽게 내 입안으로 들어왔다. 나는 그녀의 혀를 삼킬 듯이 빨며 손으로 그녀의 옷을 헤집었다. 벌어진 옷 틈으로 뽀얀 그녀의 젖가슴이 보였다. 여자는 자신의 가슴을 열어주었다. 젖을 찾아 헤맨 아이에게 가슴을 내밀 듯이. 뽀얗게 솟아오른 젖가슴 위에 검은 유두가 포도알처럼 싱그러웠다. 나는 그녀의 가슴에 입을 갖다 대고 그녀의 젖꼭지를 입안에서 굴렸다. 정신이 아득해졌다.

우리는 물속에서 춤을 추었다. 둘은 망사리를 가운데 놓고 그것을 돌리며 서로의 몸을 만졌다. 여자는 내 손을 밀었다가 당겼고, 나는 여자의 손을 당겼다가 밀었다. 우리 둘이 토해내는 물거품이 빚어낸 물기둥들이 수면 위로 솟아올랐다. 내 몸에서도, 여자의 몸에서도, 물거품이 쏟아졌다.

"당신은 우리 누나를 너무 닮았어요."

내가 여자를 향해 소리쳤다.

"누나가 예뻤어예?"

여자가 까르르 웃었다. 나는 다시 그녀의 얼굴을 쳐다보았다. 영락없이 누나의 얼굴이었다.

누나는 예쁜 얼굴 때문에 사람들의 놀림감이 되었다. 그렇지 않았다면 그냥 말더듬이 혹은 벙어리 여자로 치부되었을 것이다. 아무도 관심을 갖지 않는 장애인 여자. 그랬으면 저수지에 몸을 던지지 않았을지 모른다.

"누나는 아름다웠어요, 당신처럼."

내가 대답했다. 말을 하자 물거품이 일어났다. 수포가 물기둥으로 변해 허공으로 피어올랐다. 여자는 갑자기 물 위로 나타난 수달을 쫓아갔다.

나는 여자의 뒤를 따르다가 눈을 떴다. 꿈이다. 자리에서 일어나 핸드폰으로 요일을 확인하고 밖으로 나갔다. 환하게 맑은 일요일 아침이었다. 밤에 태국여자를 만난 일이 꿈인지 생시인지 분간이 되지 않았다. 사람이 죽었다면 가만히 있어서 될 일이 아니었다. 그녀의 말은 거짓 같지 않았다. 먼저 여자를 만나 사실을 다시 확인해야 한다.

선착장으로 나가 아무 사람이나 붙들고 태국여자 집이 어딘지 물었다. 그 사람은 말없이 나를 아래위로 훑어보았다. 혼자 사는 여자를 무엇 때문에 찾느냐는 표정이었다. 내가 풍도 분교에 새로 부임한 분교장이라고 소개하자 태도를 바꿔 길을 일러주었다. 그녀의 집은 마을에서 떨어진 산기슭에 있었다. 집은 마당과 바깥의 경계가 분명하지 않았다. 마을의 집들은 대부분 제대로 된 대문이 없었다.

내가 근처를 서성이자 지나가던 아낙이 힐끔힐끔 뒤돌아보았다. 방문을 열고 나온 태국여자는 나를 보자 놀라면서 주위부터 살폈다. 그리고 사람이 없는 것을 확인하고 머리칼을 쓸어 올려 야윈 뺨을 살짝 보여주었다. 그 순간 여자의 옆얼굴을 어루만지고 싶은 충동을 느꼈다. 나는 감정을 감추기 위해 고개를 돌렸다.

장승 둘이 대문처럼 세워져 있었다. 장승들은 마당의 입구라는 표시로 보였다. 하나는 흰색이고 다른 하나는 노란색이었다. 좀 특이한 얼굴의 장승이었다. 아마 그녀가 살았던 마을의 장승처럼 만든 모양이었다. 한쪽에는 물질로 잡아온 갖가지 생선들이 그물에 널려 있었다.

그녀가 태국에서 온 이주여성이라는 사실을 안 것은 아낙들의 말 때문이었다. 배에서나 해변에서 본 그녀는 한국인과 별반 다르지 않았다. 그런데 얼굴을 자세히 살펴보니 외국인이었다. 눈망울이 완전히 검은색이 아니라 녹색이 섞여 있었다. 언뜻 그녀의 눈길이 나를 스칠 때, 그것을 분명히 보았다. 어쩌면 내 비문증 때문에 그녀를 한국인으로 착각했을지도 몰랐다.

담장 바깥 채소밭 가운데 쌓아둔 북데기를 쳐다보고 방문 앞으로 다가섰다. 무덤으로 여겨지진 않았다. 초분이라 하기에는 너무나 허술했다. 그냥 북데기 같았다. 산이나 들에 있는 초분 앞에는 QR코드가 박힌 푯말이 있었다. 신발을 벗어두는 섬돌 옆에는 엉성하게 만든 개집이 놓여 있었는데, 그 안에는 엉뚱하게 돼지가 누워 있었다. 그녀가 방으로 들어오라고 손짓을 했다.

나는 새벽의 꿈이 떠올라 잠시 망설이다가 방으로 들어갔다. 기본적인 가재도구만 갖춘 아주 단출한 공간에 청동 와불 하나만 모셔져 있었다. 육감적인 자세로 바닥에 드러누운 불상은 오뚝한 콧날이며 눈과 입술 모양이 동양인이 아니었다. 여자는 불교 신자였다. 새벽에 신당의 불상 앞에서 절을 하고 공순히 손을 모았다. 낚시터에서 만난 계집애가 자고 있었다. 그녀는 바나나가 든 광주리와 컵을 들고 들어왔다.

그 여자를 볼수록 누나와 닮았다는 생각이 들었다. 새벽의 꿈도, 발동선이나 숲속에서 들은 물방울 소리도 그 때문이 아니었을까. 내게 누나에 대한 기억은 항상 물방울 소리로 시작되었다.

여자는 한국어를 제대로 알아듣지 못하는 것 같았다. 그래서 종이를 펼치고 그림을 그려 밑에다가 큼직한 글씨로 사람이 죽었냐고 적었다. 그녀는 새벽에 여자들이 무당을 죽이고 사체를 유기했다는 뜻의 몸짓을 해 보였다. 내가 잘못 이해했을 수도 있다. 그것을 확인하고 싶었다.

"아, 아, 아……"

그녀는 펄쩍 뛰고 놀라면서 방문을 열고는 바깥을 살폈다. 여자는 누군가를 두려워하고 있었다.

"그걸 숨기면 당신이 위험해질 수도 있어요."

나는 약간 간절히 말했다.

실제로 무당이 죽었다면 당연히 경찰에게 알려야 했다. 하지만 여자는 반응이 없었다.

"숨길 수 있는 일이 아니에요."

내가 다그치자 잠들어 있던 계집애가 칭얼거렸다. 큰 사건이 터진 것 같았다. 나는 흥분을 가라앉히고 다시 여자를 설득했다. 칭얼거리던 계집애가 잠이 들었고, 그 덕분에 여자는 내 몸짓이나 말에 몰두할 수 있었다. 그녀는 차츰 동요하는 기색이 역력했고, 갑자기 눈물을 흘렸다. 나는 망설이다가 여자에게 손수건을 내밀었다. 그녀는 그것을 받아 들고 볼을 타고 내리는 눈물을 닦았다. 또 다른 눈물이 손수건으로 훔칠 겨를도 없이 후드득 방바닥으로 떨어졌다.

그때 문밖에서 인기척이 났다. 그녀는 놀라서 어쩔 줄을 몰라 하다가 허겁지겁 자고 있는 아이를 등에 업었다. 바깥으로 나갈 모양이었다. 내가 자리에서 일어나 여자에게 다시 뭐라고 말을 걸었지만 여자는 온 신경이 마당에 가 있었다. 그녀는 내 말에는 아무런 반응이 없었다. 나는 급한 마음에 여자의 손목을 불쑥 잡았다. 여자는 별로 놀란 기색 없이 다른 손으로 내 손목을 쥐고 한쪽으로 내려놓았다. 나는 부끄러움을 느꼈다. 여자는 아이를 업은 채로 소리를 죽이면서 서둘러 뒷문으로 빠져나갔다.

나도 앞문을 열고 그녀를 쫓아나가려다 자리에 우뚝 멈춰 섰다. 송아지만 한 개 한 마리가 눈앞에 불쑥 나타난 것이다. 털은 짙은 검정이었다. 개는 으르렁거리면서 흰 이빨을 드러냈다.

"해피!"

어떤 사내의 목소리가 들렸다. 금방 놈이 유순해졌다. 남자가 개 옆으로 다가왔다. 그는 다리를 저는지 걸음은 기우뚱했고, 한쪽 손은 쇠갈고리였다. 게다가 얼굴은 흉하게 일그러져 있었다. 문둥이였다. 공동묘지 앞 푯말에 박혀 있던 QR코드 속에서 봤던 문둥이의 얼굴이 스쳐갔다. 문둥이가 앞으로 걸어와 개의 목줄을 묶었다. 곧이어 나를 잠시 쳐다보고는 말없이 걸어갔다. 검정개도 뒤를 따랐다.

뒷문으로 나간 태국여자가 보이지 않았다. 풍도에 들어오자마자 엄청난 일을 만난 것이다.

알 수 없는 일들

신호음이 울렸다.

나는 핸드폰을 귀에 바짝 갖다댔다. 정지된 폰이라는 메시지가 흘러나왔다. 혹시 본교에 다른 전화번호가 있을지 몰라 확인해보았다. 하지만 허사였다. 전임 선생은 전화를 받지 않았다.

"Teacher, here is a hammer. (선생님, 장도리 갖고 왔습니다.)"

성호가 연장을 테이블 위에 내려놓았다. 전임 선생이 아이들에게서 받아두었다는 일기와 작문 들이 어디 있는지 보이지 않았다. 교무실을 뒤져보았지만 헛수고였다. 서랍 속에 있는지 몰라 그것을 뜯어봐야겠다고 생각했다. 열쇠는 어디에도 없었다. 어차피 서랍은 내 것이었다. 성호는 인사를 하고 밖으로 나갔다. 아이의 엄마는 캄보디아 여자였다. 그녀는 여기서 더 이상 살 수 없다면서 고향으로 돌아가버렸다. 그래서 성호네 가족은 할아버지, 아버지, 그리고 성호까지 남자만 셋이었다. 그런데 그의 아버지가 먼바다로 고기잡이를 떠나버렸다. 그래서인지 아이의 얼굴은 어두웠다.

장도리로 서랍에 박힌 못을 뽑으려고 손에 힘을 주었다. 용을 쓸 것도 없이 못이 빠졌다. 누가 뽑았다가 다시 박아둔 듯했다. 기대했던 아이들의 일기와 작문은 없었고, 서류들뿐이었다. 그것들을 도로 넣으려는데, 서랍장 바닥에 깔린 신문지 밑에 뭔가가 있는 것 같았다. 손으로 힘껏 눌러보았지만 아무것도 느껴지지 않았다.

서랍을 닫으려다 다시 바닥을 눌렀다. 마찬가지였다. 신문지를 꺼내고 바닥을 살폈다. 손으로 바닥을 두드렸다. 속이 빈 것 같았다. 서랍 밑바닥을 들어내자 아주 정교하게 만든 또 다른 함이 있었다. 그 안에 낡은 서류봉지 하나가 나와 그것을 뒤져보았다. 나는 아이들의 일기와 작문을 찾았지만 보이지 않았다. 종이봉투에서 비닐에 싼 사진 두 장이 흘러내렸다. 몇 년 전의 날짜와 시간이 박혀 있었다. 한 장은 어디로 걸어가는 사람들의 뒷모습을 찍은 사진이었다. 또 다른 한 장은 두 시간 뒤의 사진이었다. 어디를 다녀오는 모습을 찍은 것이었다. 밤에 멀리서 찍은 것이라, 사진 속의 사람들을 알아볼 수가 없었다.

이것들이 다 뭐지?

나는 사진을 유심히 살폈다. 혹시 사진에 대한 설명이 있을지 모른다는 생각에 사진의 뒷면이나 종이를 찾아보았다. 바깥에서 선생님들이 교무실로 다가오는 소리를 듣고, 서류봉지를 도로 숨겼다. 전임 선생이 이것들을 감춘 데는 그럴 만한 이유가 있었을 것이다.

"Sir, are you sick? (분교장님, 어디 아프십니까?)"

식당에서 일하는 이주여성이 식판을 들고 와서 물었다. 내 안색이 좋지 않은 모양이었다. 나는 여자를 향해 웃었다. 학교에서 일하는 청소부들도 필리핀 출신의 이주여성들로, 영어를 할 수 있었다.

"Were you looking for the students' homework? (아이들 과제물 찾고 계셨어요?)"

박선생이 다가와 영어로 물었다.

"네, 전임 선생님이 아이들에게 받아둔 일기와 작문이 있다고 들었어요."

내가 우리말로 대답했다. 그녀는 주변을 둘러보고 자신도 우리말로 말했다.

"제가 갖고 있어요. 양선생님이 제게 보관하고 있다가 분교장 선생님께 전해달라고 부탁했어요. 제가 깜박 잊었습니다. 죄송합니다."

"근데, 전임 선생님은 갑자기 떠난 모양이죠?"

"네, 어머님이 위독하단 연락이 왔어요. 어머님을 돌보다가 고향에서 새로 자리를 알아본다고 했어요. 그분은 임시직이었잖아요."

"그랬군요. 근데, 왜 그분은 전화를 받지 않을까요?"

"그건 저도 잘 모르겠는데요."

"네."

박선생이 인사를 하고 식당을 나갔다.

나는 점심을 먹으면서 식당 구석에 서 있는 박제된 수달을 바라보았다. 그 위의 게시판에는 놈의 발자국을 본뜬 종이가 걸려 있었다. 오른쪽 앞발과 왼쪽 뒷발을 기준으로 나눠 진행 방향으로 점선을 그어놓았다. 진흙 위에 찍힌 발자국을 뜬 것이었다. 그 옆엔 중앙일간지의 기사가 스크랩되어 붙어 있었다. 두 명의 학생과 선생이 〈수달의 생태관찰〉 이란 보고서를 작성해 신문사와 대학이 공동으로 주최한 청소년 과학 경시대회에서 최우수상을 받았다는 내용이었다. 그런데 기사에는 선생과 민지의 얼굴만 나와 있었다. 아이들에게 이유를 물었더니 함께 보고서를 쓴 철수 오빠는 배탈이 나서 시상식에 가지 못했다는 것이었다. 아직 학교에 나타나지 않아 철수의 얼굴을 보지 못했다. 내가 부임하기 전에는 학교를 빠진 적이 거의 없었다.

이때 창밖에서 아낙의 소곤거림이 들렸다.

"저 샘은 여기 오래 있을랑가?"

아낙의 낮은 음성이 들렸다.

"뭔 소리고?"

또 다른 목소리였다.

"양선생도 핫바지 방구 새듯 사라졌잖아예."

"다 그럴 만한 사정이 있었다."

"맞다. 사라지는 데는 다 이유가 있더마."

창밖이었다. 나는 자리에서 일어나 창문을 살며시 열었다. 하지만 아낙들은 보이지 않았다. 내가 잘못 들은 것인가? 무당의 실종으로 신경이 너무 예민해졌다.

나는 한숨을 내쉬고 창문을 닫다가 파출소장을 발견했다. 그는 학교 울타리가 사라진 것이 이상한지 걸어오면서 주변을 두리번거렸다. 화단 한쪽 구석에서 송기사와 아이들이 할머니들을 불러와 앞에 앉혀두고 동영상을 찍고 있었다. 거치대 위에 아이패드가 놓여 있었다. 할머니가 죽고 나면 관광객들에게 보여줄 영상이었다. 그들은 할머니 시신이 누워 있는 초분 앞 푯말에 새겨진 QR코드를 통해 사람들은 그녀가 살았을 때의 모습을 보게 될 것이다. 몸이 불편한 노인은 집으로 찾아가 촬영을 한다고 했다. 송기사가 아이패드를 아이들에게 맡기고 파출소장에게 달려갔다. 파출소장이 나를 발견하고 손을 들어보였다.

어제 저녁 무렵 풍도 파출소로 찾아갔었다. 구석에 앉아 밥을 먹던 소장은 나를 보자 쟁반 위에 놓인 소주병을 바닥에 내려놓았다. 파출소라고 해봐야 멀리 있는 송림도 경찰서에서 파견 나온 의경 둘뿐인 출장소에 불과했지만 그곳이 아니면 달리 신고할 곳이 없었다. 나는 의경이 내민 커피를 마시면서 내가 본 것들을 말했다.

처음에는 모두가 믿을 수 없다는 얼굴이었다. 옆에 앉아 있던 의경도 혹시 허깨비를 보신 게 아니냐고 물었다. 이에 파출소장은 의경을 밖으로 내쫓고 자초지종을 상세히 물었다. 말도 안 되는 소리 그만하라고 핀잔을 주면서 돌아가라고 할 줄 알았다. 그런데 고개를 끄덕이면서 수사의지를 보였다.

"혹시 사체를 보시진 않았습니까?"

내가 교무실로 들어서자 자리에 앉아 있던 파출소장이 일어나면서 물었다. 확신에 찬 음성이었다. 어제 신고를 받고 하루도 지나지 않아 수사를 마무리한 모양이었다.

"무슨 단서라도?"

나는 의자에 앉으며 되물었다.

"선생님이 말한 숲속에 사체로 추정되는 것이 묻혔던 흔적이 있습니다."

그는 교무실로 사람이 들어왔지만 개의치 않고 말했다. 좁은 마을이라 숨길 수도 없었다. 송기사가 놀라 고개를 들었다. 하지만 이내 커피가 놓인 테이블로 걸어갔다.

"그 무당은……"

나는 약간 떨리는 음성으로 물었다. 설마 했는데, 사실이었다. 구석에서 커피를 타는 송기사가 귀를 세웠다.

"사라졌습니다."

그가 단호한 음성으로 말했다.

"송림도나 인근 섬으로 간 건 아닐까요?"

무당의 일터가 풍도만이 아니라고 들었다. 인근 섬에서 크고 작은 일들이 생기면 그를 부르는 모양이었다.

"섬 밖으로 나가지 않은 건 분명합니다. 어제 우리 의경이 섬을 빠져나간 배를 모두 확인해봤거든요."

그는 머리를 쓸어 올렸다. 흰 머리카락이 드문드문 보였다. 그동안 따분하기 그지없던 외딴섬에서 드디어 제대로 된 사건을 만났다는 표정이었다. 송기사가 커피를 테이블 위에 올려놓았다. 파출소장도 잔을 들면서 내 눈치를 살폈다. 뭔가 아는 게 있으면 툭 까놓으라는 눈빛이었다. 나는 머뭇거렸다.

"송기사, 분교장님이랑 긴히 나눌 얘기가 좀 있는데……"

파출소장은 기침을 하고 목소리를 낮추었다. 송기사가 밖으로 나갔다. 나는 태국여자에 관한 얘기를 해야 할지 말아야 할지 난감했다. 송기사에게 들은 그녀에 대한 얘기 때문에 입을 열기가 더욱 망설여졌다.

말더듬이 여자는 풍도에 이주여성이 많지 않을 때, 태국에서 여기로 시집왔다고 했다. 그런데 결혼식을 올린 지 한 달도 채 되지 않아 남편이 바다에 빠졌고, 시체도 찾지 못했다고 한다. 졸지에 과부가 된 그녀는 해녀인 시어머니와 함께 물질을 하면서 살았다. 그런데 현기 삼촌이 그녀의 시어머니에게 과부가 된 당신 며느리를 자기 아내로 맞아들이고 싶다고 말했다는 것이었다. 태국여자의 전남편과 현기 삼촌은 친척이었으나 풍도에서 그런 것은 문제가 되지 않는다고 했다. 섬에서 그런 것까지 따지면 결혼할 상대가 없다는 것이 그 근거였다. 시어머니는 지아비도 없이 혼자서 살 며느리의 삶이 가여워 그와의 재혼을 허락한 모양이었다.

하지만 두 사람은 동거한 지 이 년 만에 헤어졌다. 임신을 하지 못한다는 이유로 현기 삼촌이 여자를 내쫓아버렸다. 이후 그는 영어를 잘하는 필리핀 여자 올리비아를 아내로 맞아들였다. 태국여자는 다시 전남편의 어머니에게 돌아갔다. 이번에는 시어머니를 잃었다. 시어머니가 죽고 나서 얼마 되지 않아 그녀는 사생아를 낳았다. 아이의 아버지는 분명히 마을 남자였다. 하지만 그녀가 말을 하지 않아 그가 누군지 알 수 없었다. 그 때문에 사람들은 그녀가 아이를 데리고 섬을 떠나길 바라고 있었다. 또한 섬에서 영어를 못하는 이주여성은 원치 않았다.

나는 파출소에 찾아가 사건에 관하여 털어놓을 때, 우연히 목격한 일이라고 얼버무렸다. 그때 파출소장은 내 진술이 석연치 않다고 느꼈는지 고개를 갸우뚱거렸다. 그는 내가 파출소를 나서자 풍도에서 오래 사신 분 같다고 농담처럼 한마디 던졌다. 그 말이 무슨 뜻인지 알 수 없었지만 따져 묻지는 않았다. 수사를 시작하면 태국여자의 존재가 드러날 수밖에 없었다.

"근데, 그 무당이 동네 과부들의 기둥서방이란 사실은 어떻게 알았습니까? 물론 마을사람들은 모두 알고 있는 사실이지만……"

"전, 그런 말씀을 드린 적이 없는데요."

나는 언성이 높아졌다. 실제로도 그런 말을 입 밖에 낸 적은 없었다. 그런데 솔직히 여자들과 무당이 그런 관계가 아닐까 의심하고 있었다. 무엇보다도 발동선에서 본 광경이 그런 상상을 하게 만들었다. 아낙들은 무당에게 담배를 주고 불을 붙이라고 엉덩이를 비틀어 바람을 막아주었다. 더구나 그들의 행동은 무심결에 이루어진 매우 자연스러운 몸짓이었다. 학생들의 생활기록부를 훑어보니 아버지가 없는 아이들이 적지 않았다. 섬이라 과부들이 많을 수밖에 없었다. 모두가 바다에서 남편을 잃었을 것이다. 그러나 인척관계가 거미줄처럼 얽혀 있는 풍도에서 외간 남자를 구하기란 쉬운 일이 아니다. 그러니까 외지에서 들어온 잘생긴 무당은 통정을 하기에 적당한 상대였다.

"꼭 말을 해야 아는 건 아니죠."

그가 웃으면서 말했다. 나는 잠시 동안 망설였다. 태국여자는 자기 얘기를 하는 것을 원치 않았다.

"혹시 절 촌놈 핫바지로 보시는 건 아닙니까?"

그는 다시 입을 열었다. 돌려서 다그치는 것이었다.

"그럴 리가 있습니까."

"아니면 다행이고…… 가끔 제가 이런 섬에 박혀 술을 좀 마신다고 대가리가 빈 경찰 나부랭이 정도로 아는 사람이 있어갖고……"

"……"

나는 망설였다. 그의 눈동자가 빠르게 움직였다. 잠시 후면 거친 말투가 튀어나올지 모른다. 내가 입을 다문다고 해도 결국은 알게 될 것이다. 이 정도로 눈치 빠른 경찰이라면 그냥 넘어갈 리가 없다. 내가 태국여자 집 주위를 서성이는 것을 본 여자도 있었다. 그뿐이 아니다. 다리를 절고 한쪽 손이 쇠갈고리인 문둥이 남자도 내가 여자의 방에 앉아 있는 것을 보지 않았는가? 숨길 수 없는 일이었다.

나는 태국여자가 이번 사건에 자신이 나서길 원치 않는다는 말과 함께 그날 저녁에 일어났던 일을 얘기해주었다. 당시만 해도 파출소장이 사건을 빨리 해결할 것으로 여겼다. 비록 업무시간에 술을 마시긴 해도 무시할 수 없는 구석이 있었다. 그는 내가 생각해도 좀 황당하게 들렸을 법한 상황을 신고했음에도 불구하고 빠르게 수사에 착수해 금방 무당의 실종을 밝혀냈다.

"파출소장님예, 지가 외람되게 끼어들어도 될지 모리겄심니더마는……"

송기사가 교무실로 들어섰다. 내 얘기가 끝나고 파출소장이 무릎 위에 놓인 노트를 접을 때였다. 대화를 시작하면서 펼친 그의 노트에는 아무것도 적혀 있지 않았다. 그렇다고 내 말을 녹음한 것도 아니었다.

"밖에서 얘기를 엿들었나?"

파출소장이 자리에서 일어나 물었다.

"아닙니더. 지가 남에 말이나 엿듣는 사람입니꺼!"

송기사는 큰소리로 말했다.

"……"

"엊저녁에 무당을 봤다는 아지매가 있는데예."

송기사가 목소리를 낮췄다.

"저, 정말입니까?"

나는 말을 더듬었다. 괜한 의심으로 일을 번거롭게 만들었다. 태국여자가 무언가를 잘못 보았거나, 아니면 내가 그녀의 몸짓을 잘못 이해한 것이다.

"누가 봤다던가?"

파출소장도 놀란 표정으로 물었다.

"한둘이 아닙니더."

송기사의 표정은 그들을 만나러 가자고 말하고 있었다.

서버 오류

나는 선착장을 지났다. 철수를 만나러 가는 길이었다. 절벽에 붙은 크고 긴 전광판 속에서 마을 방문을 환영한다는 영어 문장이 흘러 다녔다. 에너지는 태양광을 사용하는지 한쪽 구석에 집열판이 매달려 있었다. 섬의 전기는 학교 뒤 언덕이나 햇빛이 많은 곳에 설치된 태양광 발전소에서 공급한다. 풍도는 에너지 자립마을이었다. 남는 전기는 모아 한국전력에 팔기도 한다고 했다. 마을은 초고속 통신망만 가진 것이 아니었다.

목이 달아난 행대감의 동상이 보였다. 아래쪽 해변 바위틈에 어린 계집애들이 모여 영어 노래를 웅얼거렸다. 풍도 아이들은 아주 어릴 때부터 학교에서 영어를 배웠다. 섬에서 영어는 아주 자연스러웠다.

철수가 학교에 오지 않아 찾아나섰다. 도중에 태국여자의 집에 들러 볼 생각이었다. 송기사에게 함께 가자는 말을 꺼내려고 했지만 그럴 상황이 아니었다. 그는 누구에게 전화를 받고 허겁지겁 아이패드를 꺼냈다. 송기사가 아이패드를 펼치자 다시 핸드폰이 울렸다. 그는 전화를 받지 않고 아이패드로 인터넷에 접속했다. 이어 잘포리에 사는 마을 부녀회 총무 정미에게 전화를 걸었다. 그녀는 풍도에 관한 댓글 감시병이었다. 특히 마을을 다녀간 유저들의 블로그나 SNS에 남긴 글이 검열 대상이었다. 정미의 일은 그것만이 아니었다. 페이스북에 등대지기라는 닉네임으로 '낙도 기행'이라는 커뮤니티를 만들었다. 그녀는 적지 않은 친구를 거느리고, 그곳에 남해안 섬들에 대한 여행정보를 제공하고 있었다. 트위터에도 실명과 몇 개의 익명 계정으로 활동한다고 했다.

조금 전의 전화는 그녀가 풍도에 관한 악의적인 블로그 글을 발견했다는 것이었다. 송기사가 핸드폰을 들고 아이패드로 정미가 말하는 정보를 찾았다. 그는 한참 만에 원하는 것을 찾았는지 전화를 끊고 화면을 들여다보았다.

"무슨 내용입니까?"

내가 다가가 물었다.

"한번 보이소. 이놈이 풍도에 놀러 와서 마을여자와 성관계를 했다고 적어놓았십니더."

나는 글을 읽어보았다. 블로그를 만들어 자신이 여행을 다녀온 곳에 관해 방문 후기를 올리는 사람이었다. 그리 길지 않은 글이었다. 먼저 풍도는 자신이 방문한 어떤 섬보다 풍광이 수려하고 낭만적인 섬이라고 칭찬을 늘어놓았다. 초분을 언급하면서 삶과 죽음이 공존하는 보기 드문 섬이라고도 했다. QR코드를 이용해 죽음을 삶의 공간으로 끌어왔다고 칭찬을 늘어놓았다. 인터넷이 인간의 삶에 어떤 변화를 줄지 보여주었다고도 했다. 문제는 자신이 풍도 여자를 따먹었다는 것이었다. 그는 하룻밤의 사랑도 소중한 것이니, 그 여자가 누구인지는 밝히지 않는다면서 후기를 마무리했다.

"이런 글이 트위터나 페이스북에 뜨면 풍도를 좋게 생각하는 사람이 있겠십니꺼."

"그러게 말입니다."

"제가 이 사람한테 메일을 보내 정중하게 내용을 지워달라고 부탁해야것네예. 당신 말의 사실 여부를 떠나 관광객들이 풍도 여자에게 편견을 가질 수 있다고……"

송기사가 어두운 표정으로 말을 하는데, 다시 핸드폰이 울렸다. 그는 잠시 얘기를 하다가 폰을 들고 밖으로 뛰어나갔다. 송기사나 마을사람들이 SNS에 과민 반응을 보이는 데는 그럴 만한 이유가 있었다. 이미 죽고 없는 행대감 때문에 풍도가 발칵 뒤집혔다는 것이다.

몇 년 전, 마을사람들은 풍도의 화려한 시절을 만든 행대감을 마음속으로 깊이 흠모해 선착장 앞에 큰 동상을 세웠다. 또한 관광 명소로 사용하기 위해 남해군의 지원을 받아 멸치파시 기념관을 세울 계획이었다. 문제는 국가인권위원회의 조사 보고서였다. 행대감이 오래전에 풍도에서 근친결혼을 한 사람들의 자식들 중 지진아를 죄다 죽이고 그 부모를 섬에서 쫓아냈다는 내용이었다. 그 사실이 행대감의 동상과 함께 중앙일간지에 보도됐다고 한다. 그 기사가 나간 뒤 섬을 방문하려던 사람들이 풍도 홈페이지에 항의 글을 올렸고, 관광 예약을 취소하는 일이 잇따랐다. 그 내용이 페이스북 여행 커뮤니티를 시작으로 SNS에 유포되자 서울사람들은 무더기로 풍도 방문을 취소하고, 다른 섬으로 바다

체험을 떠났다.

이 사건은 마을사람들에게 큰 충격을 주었다. 그동안 자신들이 쌓아 올린 공든 탑이 하루아침에 무너질 수 있다는 것을 알았다. 그들은 관광객을 유치하려고 전 재산을 털어 풍도는 물론이고, 무인도가 된 미역섬, 곽도(藿島)의 땅을 매입해 많은 펜션을 짓고 온갖 투자를 했다. 마을사람들은 즉각적으로 마을회의를 소집해 신문이 문제 삼은 행대감 동상을 없애자는 의견을 모았다. 하지만 끝까지 반대하는 사람이 있어 회의가 마냥 길어졌다.

그때 이미 몇 명이 선착장으로 달려가서 망치로 동상의 목을 잘라버렸다. 머리가 없어진 동상 사진을 찍어 홈페이지에 올렸고, 행대감의 만행을 마을 이장이 공식적으로 사과했다. 그런데도 SNS에 이미 퍼져버린 행대감의 동상 때문에 풍도의 관광객 수는 엄청나게 줄었다. 행대감의 행위는 분명 잘못된 것이지만 그것은 아주 오래전의 일이었다. 그 사건에 대한 신문의 반응이나 국가인권위원회의 조사 발표는 틀린 것은 아니나 다소 과민 반응이었다.

이후 풍도 사람들은 자신들을 위기로 몰았던 SNS를 역으로 이용하자는 데 뜻을 모았다. 섬에 관한 댓글 감시병을 두고, 젊은 사람들은 너도나도 페이스북이나 트위터에 가입해 그곳에 풍도에 관한 글을 남겼다. 섬에 관한 좋지 않은 글이 올라올 때는 글을 쓴 사람에게 진위를 알아보고 사과를 하거나 터무니없는 글일 때는 해명을 요구했다. 또한 마을 부녀회에서는 자신들은 말할 것도 없고, 객지에 나간 풍도 출신의 명단을 확보해 그들에게 SNS에 풍도 방문 후기가 돌아다니면, '좋아요.' '너무 괜찮아요.' '또 가고 싶어요.' '작년에 다녀왔는데, 올해는 가족끼리 다녀오기로 했어요.' '애인과 함께 가면 좋은 곳이에요.' 등의 댓글을 달도록 종용한다고 했다.

박선생이 고개를 넘다가 만나는 사람에게 철수가 사는 잘포리를 물으면 일러줄 것이라고 했다. 사람이 없으면 길거리에 있는 안내판을 보라는 것이었다. 나는 동상 앞으로 다가갔다. 목이 없는 동상을 굳이 치우지 않는 것은 관광객들에게 보이기 위해서였다. 동상 아래에는 잘라낸 두상이 가지런히 놓여 있었다. 동상이 올라선 석대 앞부분 전체에 멸치잡이 광경이 묘사되어 있었다. 어부들이 뱃머리에 선 사람들의 지시에 따라 그물을 올리는 장면이었다. 부조(浮彫) 위에는 검은 칠이 되어 있었다. 나는 조각 앞으로 한 발짝 다가섰다. 어부들의 얼굴이나 그물, 특히 손을 추켜올리며 고함을 지르는 선장의 동작이 섬세하게 표현되었다. 어선이나 선원의 묘사력도 대단했지만 놀라운 것은 작품의 구도였다. 언뜻 보면 표시가 나지 않았지만 유심히 살펴보면 그림의 모든 것들이 자연스럽게 손을 높이 든 선장에게로 향했다. 작화의 의도가 분명했다. 예사롭지 않은 작품이었다.

바위틈에서 아이 하나가 비명을 질렀다. 들통 주위에 둘러앉아 있던 아이들이 뒤로 물러났다. 얕은 바다로 들어가 머리를 물속에 담그고 있던 청년이 고개를 들었다. 그는 얼굴 전부를 가리는 큰 수경을 쓰고 있었다. 한쪽 손목에는 낙지가 주렁주렁 매달렸다. 소리를 지른 계집애가 울먹이며 들통에서 손을 들어올렸다. 손에 낙지 한 마리가 엉겨 붙어 있었다. 나는 바닷가로 내려가려다 멈추었다. 수경을 이마에 올리며 뛰어나온 청년이 낙지를 떼어내주었다. 그는 자기 손목에 달린 낙지를 떼지도 않고 바다로 달려갔다. 이어 수경을 도로 쓰고 서둘러 물속으로 머리를 들이밀었다. 낙지를 잡으려다가 나온 모양이었다. 아이들이 다시 영어 노래를 부르면서 들통 주위로 모여들었다.

나는 석대 아래로 고개를 돌렸다. 동판에는 멸치파시에 대한 설명이 영어로 상세히 기술되었고, 밑에는 영문의 내용을 해석한 한글이 보였다. 문장 가운데 글자가 뭉개져 있었다. 학교 운동장 한쪽에 멸치 떼가 부조된 돌비석 아래 새겨둔 문장에도 누가 그런 짓을 해두었다. 나는 영어와 한글 문장을 자세히 읽어보았다. 지워진 것은 행대감의 이름이었다. 동네 사람들의 말이 사실이었다. 행대감에 대한 국가인권위원회의 조사 보고서 이후 트위터나 페이스북을 돌아다녔던 '풍도에 가지 말자'는 글이 마을사람들에게 엄청난 충격을 주었다. 사과문과 함께 잘린 동상의 머리를 찍어 인터넷에 올렸던 것도, 파괴된 동상을 치우지 않고 전시했던 것도 모두가 그들이 느낀 공포의 표현이었다. 하도 벌여놓은 사업들이 많아 관광객 유치사업을 실패하면 마을사람들은 갈 곳이 없었다. 더구나 집성촌 생활에 익숙한 이들은 마을을 떠나기가 쉽지 않았을 것이다.

철수에 관한 기록이 너무 적었다. 내용을 누가 지웠을까? 누군가 철수의 기록에 손대지 않았다면 자세한 기록은 사라지고 기본적인 인적사항만 남아 있는 이유가 대체 무엇이란 말인가? 현재 5학년인 철수는 정상적으로 입학한 아이들보다 나이가 두 살이나 많았다. 박선생의 말로는 철수의 부모가 둘 다 바다에 빠져 죽어 고아라고 했다. 과학경시대회에 함께 참가한 민지에 의하면 〈수달 생태 보고서〉는 순전히 철수의 일기를 바탕으로 작성됐다고 한다. 보고서는 오랜 시간을 두고 수달을 치밀하게 관찰한 내용이었다. 선생님의 도움 없이 이런 보고서를 만들

수 있는 학생은 흔치 않았다. 정교하게 떼낸 발자국 본도 철수의 작품이었다. 선생님은 그저 학생의 글을 읽고 정리만한 모양이었다. 민지의 말이 사실이라면 철수라는 아이는 자기 호기심에 이끌려 길을 찾아가는 대단한 놈이었다.

이런 학생에 대한 상세한 기록이 없다니. 이상한 일이다. 다른 아이들 것은 사소한 일까지 꼼꼼히 기록해둔 것과 대조적이었다. 그래서 누가 전임 선생이 해둔 철수에 관한 기록을 지웠다는 의심이 들었다. 하지만 누가 무슨 목적으로 그런 짓을 했단 말인가?

나는 졸업생들의 생활기록부를 뒤져보다가 놀라운 사실을 발견했다. 사람들이 왜 그토록 옛날 멸치파시나 어장의 영광을 잊지 못하는지도 알게 되었다. 당시 학교는 섬마을 분교가 아니라 상당수의 학생을 가진 정식 초등학교였다. 마을에 임시로 술집이 차려져 색시들이 배를 타고 섬으로 들어와 밤마다 흥청댔다고 하니 오지 낙도가 아니었다. 그때는 마을 개들도 입에 돈을 물고 다녔다고 했다. 그 말이 그냥 허풍은 아니었다.

다시 목이 잘린 행대감을 올려다보고 있었는데, 태국여자의 딸이 나타났다. 천자도 아이들 속에 있었다.

"엄마, 집에 계시니?"

"쇠갈고리 아재한테 갔어예!"

아이가 투박하게 대꾸했다.

"쇠갈고리?"

"산에 사는 이엉꾼 아재예."

다른 아이가 대신 대답해주었다. 내가 더 물으려 하자 아이들이 달려갔다. 그의 모습이 또렷이 떠올랐다. 그가 마을의 이엉꾼으로 일하는 모양이었다. 이엉은 짚으로 엮어 초분 위를 덮는 것을 두고 이르는 말이다. 이엉을 이는 사람을 꾼이라고 불러야 할 만큼 초분은 풍도의 중요한 장례 절차였다. 내셔널지오그래픽채널에서 남해안의 낙도 오지 마을로 찾아온 것은 다 이유가 있었다. 그 당시 초분을 풀고 육탈한 시신의 뼈를 닦고, 그것을 수습하는 과정을 보여준 사람은 이장 할머니였다. 원래 장례 절차에는 여자가 끼지 않았다는데, 그 과정을 가장 정확히 기억하는 사람이 할머니라 그녀가 나섰다고 했다. 그 덕분에 그녀의 얼굴은 전 세계에 알려졌다.

얼마 지나지 않아 제법 근사한 파란색 집이 나타났다. 지난번에 방문했을 때는 하도 다급해 주변을 살필 여유도 없었다. 늦게 찾아온 것은 태국여자가 자맥질을 나갔을 수도 있었기 때문이었다. 아무래도 해 질녘이 가까워오면 집으로 들어와 있을 것 같았다. 하지만 여자가 있을지는 확실하지 않았다. 굳이 그녀를 만나 확인할 필요가 없을지도 모른다. 무당이 살아 있다면 그만이었다. 다만 뭔가 석연치 않은 구석이 있었다.

송기사의 말과는 달리 무당은 자기 집에 없었고, 봤다는 사람의 진술마저 분명하지 않았다. 살아 있다면 왜 얼굴을 볼 수 없을까? 그를 만나면 모든 의문이 사라질 것이다. 하지만 그를 봤다는 말뿐이었다.

수돗가 뒤쪽 울타리 너머로 백합과 여러해살이 풀인 참나리 두 그루가 붉은 몽우리를 다물고 숨어 있었다. 내게 참나리는 누나의 꽃이었다. 몽우리를 펼치면 꽃잎에 박힌 검은 점들은 영락없이 누나의 얼굴에 박힌 주근깨였다. 여자는 보이지 않았다. 나는 집 주위를 두리번거렸다. 꼭 무당의 실종 사건이 아니라고 해도 그녀의 얼굴을 다시 한번 보고 싶었다. 여자의 심장에서 들리는 물방울 소리를 확인하고 싶었다.

개처럼 묶인 시커먼 돼지가 주둥이로 땅바닥을 후볐다. 그런데 놈은 어디에 긁혔는지 귀밑으로 피가 흘러내렸다. 기다릴까? 잠시 망설이다가 뒤돌아섰다. 언제 올지 모르는 여자를 마냥 기다릴 순 없었다. 철수를 만나고 돌아오는 길에 다시 들르기로 마음을 바꿔 먹었다.

바다 건너 멀리 보이는 미역섬 위에 해가 걸려 있었다. 풍도 사람들은 무인도인 미역섬 땅을 사들여 그곳에 상당수의 펜션을 지었다. 그중 일부만 외부 자본이고 대부분은 마을사람들이 협동조합을 만들어 공동 출자했다고 한다.

나는 고개를 돌려 미역섬을 쳐다보았다. 여기서는 그곳의 펜션이 보이지 않았다. 외지인이 오면 그곳에서 숙박을 하면서 배를 타고 풍도 주변을 돌면서 마을사람들과 함께 미역 채취하기 행사를 한다는 것이었다. 풍도의 미역이 워낙 유명해서 그런지 그 행사는 의외로 반응이 좋아 항상 만원이었다고 한다. 행대감 사건이 터졌던 그해만 빼고. 미역 따기 행사에는 분교 아이들도 함께 참석한다고 했다.

조만간 해가 섬 뒤로 넘어갈 것 같았다. 서둘러야 했다. 공동묘지 입구 안내판에 박혀 있는 QR코드를 확인해볼 생각이었다. 그날 새벽 내가 본 것을 다시 확인하고 싶었다. 나는 언덕을 향해 걷다가 숲속 근처를 지날 때, 초분 뒤 으슥한 곳으로 사라지는 남녀를 보았다. 혹시 그들과 눈이라도 마주치면 민망한 상황이 발생할지 몰라 고개를 숙이고 걸었다.

얼마 걷지 않아 공동묘지가 나타났다. 나는 스마트폰을 꺼내 들고 주변을 두리번거렸지만 안내판이 보이지 않았다. 내가 잘못 찾은 것인가?

누가 안내판을 뽑았다면 말뚝을 파낸 흔적이 남아 있을 텐데, 그것도 없었다. 나무 뒤로 몸을 돌렸다. 새벽에 봤던 안내판이 보였다. 스마트폰 앱을 QR코드에 갖다 대자 URL열기가 떠올랐다. 그런데 행대감 동상이 보이지 않았다. 그날 새벽에 내가 헛것을 본 것인가? 확인 버튼을 누르자 인터넷 주소가 나왔다. 아래에는 '댓글쓰기'와 '추천하기'가 있었다. 많은 수의 댓글과 추천이 붙어 있었다. 주소를 눌렀다.

서버 오류

파일 또는 디렉터리를 찾을 수 없습니다. 찾고 있는 리소스가 제거되었거나 이름이 변경되었거나 일시적으로 사용할 수 없습니다.

그사이 누가 다녀갔나? 아니다. 동영상은 여기서 지울 수 있는 것이 아니다. 그럼, 갑자기 왜 영상이 사라졌을까? 내가 새벽에 헛것을 봤단 말인가?

나는 언덕으로 올라갔다. 길 한쪽에 송기사의 차가 서 있었다. 조금 전에 숲속으로 들어간 사람이 태국여자일지 모른다는 생각이 들었다. 숲속에서 남자의 고함 소리가 들렸다. 송기사의 목소리인 듯했다. 여자의 흐느낌도 들렸다가 사라졌다. 나는 왔던 길을 되돌아 뛰어갔다. 금방 소리가 들린 곳으로 왔지만 사람은 보이지 않았다. 나는 허겁지겁 태국여자 집으로 달려갔다. 역시 아무도 없었다. 나는 허둥지둥 주머니에서 스마트폰을 꺼내 송기사에게 전화를 걸려다가 정신을 차렸다. 그에게 전화를 걸어 뭐라고 할 것인가? 나보다 먼저 와서 태국여자를 만나 싸웠냐고 물어볼 수도 없는 일이었다. 핸드폰을 주머니에 도로 넣고 빈집을 살폈다.

내가 잘못 들었나? 그럴 수도 있었다. 풍도로 들어오고 나서부터 눈만 제대로 보이지 않는 것이 아니었다. 귀도 정상이 아니었다. 다시 왔던 길을 걸어가다가 뒤를 돌아보았다. 문득 여자의 파란 집이 초라해 보였다. 왜, 조금 전에는 저 집이 근사하다고 생각했을까? 다시 언덕으로 올라가 송기사의 차가 주차되어 있던 곳으로 가보았지만 그사이 자동차는 사라졌다. 누나를 닮은 여자 때문에 나는 예민해졌다.

고개를 넘어서자 제법 큰길이 나타났다. 길거리 한쪽 구석 덤불 속 초분 앞에서 여자 외국인 둘이 손에 든 스마트폰을 내려다보면서 울고 있었다. 폰으로 동영상을 보는지 소리도 들렸다. 저런 광경은 풍도에서는 그리 낯설지 않았다고 했다.

길은 다시 세 갈래로 나뉘어졌다. 나는 나무 표지판을 따라 잘포리로 향해 걸었다.

"문둥이 아재가 쥐를 키운다 카더라!"

풀숲에서 한 아이가 불쑥 튀어나와 말했다. 다른 쪽에서 남녀 아이가 풀숲을 뒤졌다. 그 뒤로 작은 아이가 쪼그리고 앉아 만화책을 보았다. 이들은 학교에서 점심을 먹고 늦도록 놀다가 교문을 나선 잘포리 아이들이었다.

"그 아재 문둥이 아니다. 공장에서 일하다가 화상을 입어 그리된 기다."

한 아이가 말했다. 이엉꾼을 두고 하는 말 같았다.

"화상을 입었든지 말았든지 생긴 건 영락없이 문둥이다!"

"맞다! 겉모습이 문둥이면 문둥인 기라."

다른 아이가 맞장구를 쳤다. 이엉꾼은 문둥이가 아닌 모양이었다.

"근데, 그 문둥이가 참말로 쥐를 키우나?"

여자 아이가 물었다.

"고양이만큼 큰 쥐라카더라!"

이들은 자신의 얘기에 정신이 팔려 있었다. 나는 아이들에게로 다가갔다. 한 아이가 풀숲에서 쥐덫을 꺼냈다.

"거짓말! 그런 쥐가 어디 있노?"

"왜 없노! 여기 있네."

아이가 말을 하고 쥐덫을 만화책 위에 던졌다. 쥐덫 속에는 큰 쥐 두 마리가 들어 있었다. 두 놈의 덩치가 얼마나 컸든지 철망이 꽉 차버렸다. 여자 아이가 쥐를 보고 비명을 지르자 남자 아이가 달려가 쥐덫을 발로 차버렸다.

"요놈을 물속에 처넣자! 재미있을 기다."

남자 아이가 만화책을 덮고 일어나 쥐덫을 주웠다.

"뽀글뽀글."

쥐덫을 찬 아이가 소리를 냈다. 그는 물속에서 죽어가는 쥐 흉내를 냈다. 여자 아이가 웃었다. 아이의 웃음소리가 한동안 숲속을 울렸다. 남자 아이는 여자 아이의 웃음에 흥이 났는지 죽어가는 쥐의 흉내를 더 실감나게 하려고 고개를 뒤로 젖히다가 나와 눈이 마주쳤다. 다른 아이들도 고개를 돌렸다.

그들에게 철수가 사는 곳을 물었다. 아이가 쥐덫을 등 뒤로 숨겼다.

"철수 오빠, 저 아래로 내려갔심니더."

여자 아이가 말했다.

"빨리 가면 만날 수 있을 김니더. 방금 전까지 보였는데예."

쥐덫을 쥔 아이가 손가락으로 해변을 가리켰다. 남녀 아이가 쭈뼛거리면서 아래로 내려갔다. 다른 아이도 뒤를 따랐다. 그들은 숲으로 뛰어갔다. 나는 뒤돌아보았다. 박선생이 가르치는 아이들인가? 아니다. 저들을 교정에서 본 적이 없었다. 풍도 분교를 다니는 아이들이 아니었다. 여자 아이들의 웃음소리가 숲속에서 울렸다. 그곳으로 들어가 아이들을 찾았다. 바다 쪽으로 뛰어가는 아이의 옷자락이 보였다. 나는 달려갔지만 그들은 온데간데없었다.

나는 바닷가로 내려갔다. 이미 해가 넘어갔는지 어스름이 깔리고 있었다. 안내판도 보이지 않았다. 해변에 두 사람이 있었다. 그 중 하나가 철수일 거라는 생각이 들었다. 그를 만나 학교에 나오지 않는 이유를 물어 볼 생각이었다. 모래밭을 걸어 해변으로 나갔다. 선착장 부근에서 낙지를 잡던 소년이었다. 그사이 여기로 와서 바위틈을 뒤지고 있는 것인가? 그는 수경을 벗으면서 물에서 나왔다. 검게 탄 까칠한 얼굴이 나이가 꽤 되어 보였다. 그는 들통을 들고 고개를 숙였다. 내가 입을 떼기도 전에 청년이 뛰었다. 나는 그를 부르려다가 발을 헛디뎠다. 오른발이 젖은 모래 속으로 깊숙이 빠져버렸다. 왼발도 들어갔다. 힘겹게 두 발을 꺼냈지만 신발이 젖어 쉽게 걸을 수가 없었다. 그사이 청년은 보이지 않았고, 멀리 있던 사람도 사라졌다.

산기슭이 어두워졌다. 태국여자를 보기 위해 일부러 늦게 출발한 것이 잘못이었다. 내일 다시 와야 할 것 같았다. 나는 옷에 묻은 모래를 털고 일어났다. 어디로 가야 할지 몰라 주위를 돌아보았다. 막연히 숲속을 향해 걸었다. 신발이 무거워 제대로 걸을 수가 없었다. 핸드폰을 꺼내 송기사에게 전화를 걸었지만 연결이 되지 않았다.

어둠이 짙어졌다. 큰 소나무가 희미하게 보인다. 나무들의 형체가 흐릿하다. 나는 길을 찾을 수가 없었다. 개 짖는 소리가 들린다. 그럼, 근처에 인가가 있을 것이다. 멀지 않은 곳에서 불빛이 보였다. 나는 빛을 따라 걸었다. 저곳에서 도움을 청할 생각이었다. 하지만 보기와는 달리 먼 길이었다. 이윽고 내가 도달한 곳은 동굴이었다.

"아재예! 그게 우리 아버지 잘못입니꺼?"

동굴 속에서 소리가 들렸다.

"철수야! 누가 네 아버지 잘못이라 했나!"

나는 인기척을 내려다가 멈추었다. 철수가 동굴 안에 있었다.

"우리 아버진 사실을 말한 김니더. 멸치 대가린지 행대감인지 하는 그 영감이 잘포리에 살았던 문둥이 아재들한테 극악무도한 만행을 저지른 건 사실 아닙니꺼. 우리 아버지가 없는 말 지어냈십니꺼. 문둥이를 학살한 것은 사실이 아닙니꺼! 아재 부모님도 그 난리를 가까스로 피했다 안 했십니꺼!"

그의 말이 이해가 되지 않았다. 행대감이 문둥이 아재들에게 극악무도한 만행을 저지르다니! 그는 마을에서 근친혼으로 태어난 지진아들만을 죽인 것이 아닌가? 마을사람들이 내게 거짓말을 한 것인가? 아니면 진짜 얘기는 해주지도 않은 것인가?

"네 말이 맞다! 그건 국가인권위원회 조사에서도 밝혀진 사실 아이가!"

행대감의 범행이 더 있는 모양이었다.

문득 서랍 속에서 찾아낸 서류봉지가 생각났다. 언뜻 본 그 속의 내용물은 신문기사였다. 아직 그것을 보지 못했다. 나는 눈 때문에 가능한 한 작은 글자로 된 인쇄물을 피했다. 새벽에 공동묘지 앞 푯말의 QR 코드에서 봤던 동영상도 떠올랐다. 그 속의 행대감은 문둥이였다. 그럼, 문둥이가 문둥이를 학살한 것인가? 하지만 어둠 속에서 봤던 동영상은 분명한 것이 아니었다.

"그런데예."

"아버지 일은 그만 잊어라."

"지는 못 잊심니더. 그걸 어찌 잊으란 말임니꺼?"

한동안 동굴 속에서 아무 말이 들리지 않았다.

"아버지는 왜 가족을 데리고 이 지옥으로 들어왔는지. 고마 어머니 고향 팔라우에 가서 살지. 그곳에 살았으면 내가 얼굴이 까만색이라고 차별을 받지도 않았을 거 아닙니꺼. 아재예. 지가 왜 신문사에서 상 준다고, 서울로 오라고 할 때, 안 간 줄 암니꺼. 정말 지가 배탈이 나서, 그곳에 안 간 줄 암니꺼. 지는, 지 까만 얼굴이 신문에 실리는 게 싫었심니더. 그게 싫어 안 갔심니더. 팔라우에 살았으면 이런 일은 없었을 김니더. 어머니도 바다에 빠져 죽지도 않았을 김니더. 지는 피부 때문에 왕따를 당하고, 아버지는 고향 사람들한테 왕따당하고."

"철수야, 그만해라. 다 지난 일이다. 니 아버지는 재수가 없었다."

"재수예?"

철수가 갑자기 울먹였다.

"그래, 재수가 없었다."

"근데 아재는 왜 여기로 들어왔심니꺼. 아무리 고향이라지만 부모를 죽이려 했던 사람들이 살았던 곳인데 말입니더."

"사고로 얼굴이 이리 엉망이 되니까, 마땅히 갈 만한 데가 없더라. 밖에 나가지도 못하고 송장 만지는 염장이 생활도 지겹고…… 풍도는 그래도 내가 태어난 곳이다. 풍도에서 짐승이나 키우면서 살라고 들어왔다. 그런데 뜻밖에 초분으로 유명해져 그것을 만들 사람이 필요하게 됐잖아. 우리 할배는 평생 풍도에서 이엉꾼으로 살다가 죽었다. 내도 송장 다루는 데는 자신이 있고, 세상에서 내만큼 초분을 근사하게 꾸밀 사람은 없다."

"풍도 사람들은 왜 그러는지 모르겠십니더. 양선생님도 사표를 내고 떠난 게 아임니더. 지가 모를 줄 압니꺼. 양샘은 지 때문에 죽었십니더."

"철수야, 그런 소리 하면 안 된다."

아이의 흐느낌이 들렸다. 그것은 울음으로 바뀌었다. 그 순간 나도 모르게 기침을 했다. 갑자기 개 짖는 소리가 요란하게 들렸다.

"밖에 누가 왔노?"

굵은 남자의 목소리였다. 이어 송아지만 한 검정개 한 마리가 뛰어나왔다. 해피였다. 얼굴이 엉망인 쇠갈고리, 이엉꾼이 다리를 절뚝거리며 따라 나왔다. 개가 허공으로 뛰어올랐다. 나는 놀라 뒤로 물러났다. 손에 뭔가가 잡혔다. 큰 쥐였다. 비명을 지르며 놈을 던졌다. 어디선가 쥐들이 쏟아졌다. 어떤 놈은 내 머리 위로 날아올랐고, 다른 놈은 내 얼굴을 향해 달려들었다. 나는 놈들을 피하려다가 뒤로 자빠졌다. 이엉꾼의 음성이 들렸다. 아이들이 말한 대로 그는 쥐를 키우고 있었다. 주머니 속 핸드폰이 요란하게 울렸다.

전임 분교장의 실종

"Pardon? (조금 전에 뭐라고 말씀하셨죠?)"

내가 주인여자 소피아에게 물었다. 그녀는 밥상을 내려놓고 말했다.

"The Mother of the teacher who resigned her job visited. (사표 내고 떠난 선생님의 어머니가 찾아왔습니다.)"

"Really? (그게 정말입니까?)"

"Yes, she may be at school now. (네, 아마 지금 학교에 있을 겁니다.)"

소피아가 말을 하고 일어났다.

나는 숟갈을 들다 말고 일어났다. 빨리 양선생 어머니를 만나봐야 할 것 같았다.

"Do you know why she visited here? (왜 왔다던가요?)"

나는 옷을 챙겨 입으면서 물었다. 철수의 말이 떠올랐다. 아이는 양선생이 자기 때문에 죽었다고 했다. 나는 동굴 앞에서 그의 얼굴을 확인한 것이 전부였다. 놈은 나를 피해 달아났다. 하지만 놈이 했던 말들이 귓가를 맴돌았다. 양선생은 사표를 내고 떠나면서 송림도 본교에 들르지도 않고 고향으로 돌아갔다고 했다. 그것도 좀 이상한 일이었다. 더구나 그녀는 전화도 받지 않았다.

"I'm not sure of it. (그건 저도 잘 모릅니다.)"

그녀는 대답을 하고 바깥으로 나갔다.

나는 마당으로 나가 신발을 찾았다. 골목에서 대문을 세우려고 바닥을 파내고 있던 일꾼들이 인사를 했다. 가로쓰기로 적힌 내 영문 이름의 문패가 담장에 임시로 매달려 있었다. 나는 일꾼들에게 건성으로 인사하고 서둘러 걸었다. 왜 갑자기 이렇게 허둥대는 것일까? 송기사에게 전화를 하려다가 박선생의 전화번호를 눌렀다. 무엇을 물어보면 묻지 않은 것까지 상세히 일러주는 송기사였다. 하지만 그는 내가 진짜로 궁금한 것을 물으면 능청스럽게 말을 돌렸다. 그가 무엇인가를 감추고 있는 것 같았다. 박선생은 양선생 어머니가 이장 할머니에게 갔다고 말했다. 송기사가 그녀를 이장의 집으로 모셔 갔다는 것이었다. 나는 잠시 망설이다가 송기사에게 전화를 걸었다. 꽤 오랫동안 신호가 갔는데도 전화를 받지 않았다. 나는 핸드폰을 주머니에 넣고 이장의 집이 있는 언덕을 향해 걸었다.

"이장님, 분교장입니다!"

나는 소리를 지르면서 대문을 두드렸다. 풍도의 집은 대부분 대문이 없었으나 이장의 집은 달랐다. 집 안에는 아무도 없는지 여러 번 문을 두드리고, 나중엔 발로 차도 인기척이 없었다. 집 안에 사람이 있다면 대문 밖이 이리 시끄러운데 누구라도 나와봤을 것이다. 양선생 어머니는 벌써 떠난 것일까? 나는 대문을 부수고 들어갈 것처럼 문짝을 흔들었다.

"분교장님!"

정미였다. 그녀는 항상 진하게 화장을 하고 송기사를 만나러 학교에 왔다. 그는 정미를 내게 자신의 육촌이라고 소개했다. 그 말에 그녀의 얼굴이 어두워졌다. 그 표정은 내가 알아차릴 정도였다.

"이장님이 안 계신가보네요."

나는 약간 미안한 표정으로 말했다. 급한 마음에 빈집 앞에서 소란을 피운 것이었다.

"이장님은 잘포리에 갔어예."

그녀는 손을 문 밑으로 넣어 무엇을 잡아당겨 대문을 열었다. 이장의 집 대문은 아무나 쉽게 열 수 있었다. 다만 나는 그 방법을 몰랐다.

"네, 풍도교 전임 선생님의 어머님께서 여기로 오셨다고 해서요."

나는 약간 민망한 표정으로 말했다. 조금 전의 무례한 행동에 대해 설명을 해야 할 것 같았다.

"양선생님 어머니는 방회장님 집으로 갔어예."

그녀는 대문을 밀고 들어가면서 말했다. 나는 발걸음을 돌리려다가 좀 이상한 생각이 들었다.

"제가 학교에 연락했더니 이장님 댁으로 갔다고 했는데요."

"여기 오지 않았어예."

"처음부터 방회장님 집으로 갔습니까?"

"네, 송기사는 오늘 이장님이 잘포리에 간 줄 알고 있어예. 근데, 왜 그분을 여기로 모시고 옵니꺼."

나는 언덕을 내려갔다.

박선생은 분명히 송기사가 양선생 어머니를 이장에게 모시고 갔다고 말했다. 양선생 어머니를 방회장 집으로 데려가면서 왜 이장에게 간다고 말했을까? 또, 그분을 왜 방회장에게 데려간 것일까? 송기사는 오늘 이장이 잘포리에 간 줄 알고 있었다. 그런데 왜 거짓말을 했을까?

나는 그런 생각을 하다가 발을 헛디뎌 아래로 뒹굴었다. 너무 골똘히 생각을 하다가 땅을 제대로 보지 못했다. 땅바닥에서 두 바퀴 정도 구른 뒤 일어났다. 다행히 본 사람은 없었다. 나는 옷에 묻은 먼지를 털고 위를 올려다보았다. 이장 할머니의 집 마당 한쪽에는 큰 나무 하나가 덩그렇게 서 있었다. 나뭇가지 위에는 커다란 새 한 마리가 앉아 있었다. 나는 옷을 매만지며 아래로 내려갔다. 섬으로 들어온 이후로 정신없이 한꺼번에 닥친 일들 때문에 시각장애를 앓고 있다는 사실을 잠시 잊었다. 언덕을 거의 다 내려가 다시 위를 올려다보았는데, 이번에는 나뭇가지 위의 새가 보이지 않았다.

"양선생님 어머님이십니까?"

나는 방회장의 집 앞에 혼자 앉아 있는 나이 든 여자에게 인사를 하면서 물었다. 방회장도 송기사도 보이지 않았다.

"네. 그런데요."

"전, 풍도교에 새로 부임한 분교장입니다. 근데 송기사는 어디로 갔습니까?"

"선착장으로 마을 책임자를 모시러 간다고 했습니다."

마을 책임자? 청년회 회장이 마을 책임자인가? 송기사가 양선생 어머니를 마을 책임자와 만나게 할 마음이었다면 여자를 이장에게 데려갔어야 했다. 실은 양선생 어머니가 만나야 할 사람은 책임자도 이장 할머니도 아닌 파출소장이었다.

나는 잠시 망설이다가 그녀에게 풍도로 찾아온 이유를 물었다. 자기 딸이 집으로 돌아오지 않았다는 것이었다. 나는 그녀에게 파출소로 가자고 구슬렸다. 그녀는 울먹였지만 금방 자리에서 일어났다. 양선생이 사라졌다. 방회장이 나타나기 전에 양선생 어머니를 파출소로 모시고 가야 한다.

"따님이 학교에 뭐라고 말하고 허겁지겁 떠난 줄 아시나?"

파출소장이 문을 열고 들어와 양선생 어머니에게 불쑥 물었다. 우리는 작은 사무실에 마주보고 앉았다. 나는 그제야 박선생이 했던 말이 떠올랐다. 갑자기 양선생 어머니가 찾아왔다고 해서 그런 일을 따져볼 겨를이 없었다. 박선생은 양선생이 자기 어머니를 돌보기 위해 고향으로 떠났다고 했다. 동굴에서 들은 철수의 말 때문에 나는 흥분해 있었다. 더구나 무당도 사라졌다. 파출소장이 나를 보고 웃었다. 이때 노크 소리가 들렸다. 의경이 커피 석 잔이 놓인 쟁반을 들고 안으로 들어왔다.

"……"

양선생 어머니는 말이 없었다. 바깥에서 의경의 목소리와 함께 송기사의 음성도 들렸다가 조용해졌다. 한순간 파출소장의 눈빛이 번뜩거렸다. 이어 나를 쳐다보고 자신의 눈빛을 감추려는 듯 짐짓 태연히 고개를 돌렸다. 파출소장이 커피 잔을 내려놓는 의경에게 눈짓을 하자 그가 밖으로 나갔다. 이번에는 방회장의 음성이 들렸다. 다시 파출소장의 눈에 잠시 동안 미동이 일었다. 문을 닫고 나간 의경이 지금 수사 중이니 시끄럽게 굴지 말라고 주의를 주었다.

“양선생은 어머니가 위독해 떠나야 한다고 거짓말하고 줄행랑을 놓았소. 근데 당신은 멀쩡하지 않소. 내 말 틀렸소!”

파출소장의 언성이 높아졌다.

“제가 좀 많이 아프기는 했습니다.”

어머니가 머뭇거리다가 말했다.

“숨이 넘어갈 상황이었소?”

“그만큼 아프진……”

“당신 딸은 어머니가 위독하단 핑계를 대고 어디 간 줄 알아요. 남자 만나러 갔어요. 그것도 자식까지 딸린 이혼남을 말입니다. 도대체 딸 간수를 어떻게 했기에, 얌전한 고양이 부뚜막에 먼저 올라간다더니.”

파출소장이 소리를 질렀다.

나는 그걸 어떻게 알았냐고 물으려다가 입을 다물었다. 뭔가 좀 이상한 생각이 들었다. 양선생 어머니가 갑자기 눈물을 쏟았다. 하지만 파출소장의 고함은 앞에 앉은 그녀를 향한 것이 아니었다. 바깥에 앉아 있는 사람들이 들으라고 하는 말처럼 들렸다. 그래도 무례하기 그지없이 황당한 내용이었다. 그것은 경찰이 관여할 사항이 아닌, 개인의 사생활이다. 남이야, 이혼남이 아니라 유부남과 놀아났다고 해도 경찰이 함부로 참견할 문제가 아니었다. 어머니가 갑자기 소리를 내어 울었다.

“의경! 여기 화장지 가져와!”

파출소장이 소리를 치면서 밖으로 나갔다. 나도 뒤를 따랐다.

“이 새끼! 여기 앉아 뭐했어? 안에서 하는 소리 들었어?”

파출소장이 송기사를 향해 소리를 질렀다.

"듣고 싶어 들은 게 아니라 서장님의 목소리가 커서 저절로 들린 겁니다."

방회장이 말리면서 끼어들었다.

"당신은 가만히 있어!"

그는 송기사의 멱살을 거머쥐며 말했다.

"지난번에도 숨어서 엿들었잖아! 너, 쥐새끼야!"

그는 송기사를 바닥에 패대기쳤다. 내가 끼어들 틈이 없었다. 송기사가 일어나 줄행랑을 놓았고, 방회장도 달아났다. 파출소장은 주머니에서 담배를 꺼냈다.

"분교장, 저분을 파출소로 잘 데려왔소. 이제 수사는 내게 맡기고 앞으론 당신 일이나 신경 쓰시오. 난 선생의 마음을 이미 다 알고 있으니까."

"파출소장님이 제 마음을 어떻게 아신다는 거죠?"

"당신은 지금 양선생이 작성한 철수의 생활기록부 중 일부가 어디로 사라졌는지 궁금한 거. 아니요? 또한 양선생이 죽었을지도 몰라 불안한 거 아니요."

"어떻게 그걸……?"

"당신한테 말을 했을 텐데. 내가 한갓 이런 촌구석에 처박혀 있다고 대가리가 빈 경찰 나부랭이로 보지 말라고."

"……"

"분교장, 선생은 학생들이나 잘 관리하시오. 철수를 찾아다닌다고 들었는데, 아직도 못 만났소? 자기 학생도 제대로 못 챙기면서 경찰 업무에만 관심이 많은 것 같소. 풍도에서는 외지인이 남의 일에 관심을 가졌다간 자칫 위험한 일을 당할 수가 있소. 그러니까 조심하시오. 쥐도 새도 몰래 가는 수가 있단 말이오! 원래 집성촌 사람들은 겁이 없어요."

나는 파출소를 나왔다. 파출소장은 치밀한 사람이었다. 비록 술을 좀 많이 마시긴 해도. 그럼 양선생이 죽은 것이 아니라 남자랑 어디로 도망간 것이란 말인가? 혹시 파출소장이 송기사와 방회장을 안심시키기 위해 일부러 흘린 말이 아닐까? 하지만 꼭 그렇게 단정할 순 없었다. 풍도는 모든 말이 의심스럽게 들리는 동네였다.

기억과 환멸

〈경남닷컴〉 노치웅 기자 블로그(2011년 4월 23일)

오래전의 일이다.

외신은 IT 강국인 한국에서는 인터넷 때문에 전혀 예상하지 못한 일들이 종종 일어난다고 전했다. 이를테면 대통령에 당선될 가능성이 별로 없는 정치인들이 인터넷 사용에 익숙한 세대들의 전폭적인 지원으로 권좌에 올라, 한국은 이전과는 전혀 다른 모습의 정치권력을 경험했다는 것이다. 지금은 고인이 된 노무현 대통령의 당선을 두고 하는 말이었다. 당시 외신이 지적한 것은 그뿐이 아니었다. 한국에서는 유부녀들이 인터넷 채팅으로 만난 남자와 바람이 나서 종종 가정이 파탄에 이르는 경우가 있다고 전했다.

사실 외신의 지적은 스마트폰이 출현하기 전, 한국의 모습이었다. 이제 한국은 또 다른 상황에 놓여 있다. 방 안에서 혼자 앉아 인터넷에 접속하는 유저만이 아니라 길거리나 버스 안에서 혹은 직장에서 너도나도 스마트폰 유저가 되었다. 그리고 십 년 전에는 감히 상상도 할 수 없을 정도로 인터넷의 사용 환경이 변해버렸다. 트위터, 페이스북 등이 그것이다. 이런 소셜 네트워크 서비스나 유튜브는 IT 강국 한국에서 만들어진 것들이 아니다. 하지만 그것이 사회에 미치는 영향력은 세계 어느 나라보다 크다. 한국은 SNS가 지배하는 세상이라고 해도 과언이 아니다. 이런 사회 환경 덕분에 남해안의 작은 섬, 풍도가 한국인만 아니라 전 세계인들이 주목하는 관광지가 되었다. 그 시발점은 내셔널지오그래픽채널의 초분 다큐였다. 그 영상은 지금도 유튜브를 떠돌아다니면서 엄청난 조회수를 기록하고 있다. 그 때문에 섬을 찾아오는 외국인들, 덩달아 한국인들도 남해군 선착장에서 연락선에 몸을 실어 먼 바다를 가로질러 외딴섬을 찾는다.

풍도는 바람, 멸치, 미역, 이주여성, 영어, 초분의 섬이다. 이곳에는 가장 원시적인 무덤 형태인 초분에 QR코드가 장착되어 있다. 그것을 통해 관광객들이 죽은 자를 만날 수 있도록 초고속 인터넷망이 섬 곳곳에 깔려 있다. 풍도는 과거와 현재, 미래가 공존하는 공간이다.

그런데 풍도를 부흥시켜준 SNS로 인해 섬은 큰 위기에 직면했다. 그것은 한 어부의 제보로 밝혀진 사건 때문이었다. 중앙일간지는 우선 반인륜적인 과거사가 지금까지 묻혀 있었다는 사실에 경악했다. 신문은 조사가 더 필요하다는 사설과 함께 사건을 제법 크게 다루었다. 그것은 오십 년대부터 팔십 년대까지 풍도의 멸치파시와 어장을 이끌어 남해안 도시들에도 그 이름이 알려진 마을의 지도자인 행대감이 저지른 만행이다. 그가 풍도 외곽인 잘포리에 사는 한센인들이 섬을 떠나지 않는다고 죽창과 낫으로 죽였다는 것이다. 현재까지 확인된 사람만 열다섯 명이라고 했다. 풍도를 취재한 중앙일간지 기자는 두 가지 점을 지적했다.

첫째는 마을사람들이 그 사건을 자신들의 치부로 여겨 외부에 알리지 않고 감췄다는 것이고, 둘째는 그 일을 주도했던 당사자를 행대감이라는 호칭을 써서 추앙하고 섬을 부흥시킨 영웅으로 숭배한다는 것이다. 그 증거로 제시한 것이 군청에 신고도 하지 않고 마을 선착장에 세워놓은 그의 동상이었다.

그뿐만이 아니었다. 마을사람들은 군청의 지원을 받아 멸치파시 기념관을 지으려고 준비 중이었다. 그것은 화려했던 멸치파시 시절의 영광을 되찾으려는 마을사람들의 욕망의 분출이지만, 자세히 들여다보면 자신들의 우상이었던 행대감을 기리는 사업이라는 것이다. 실제로 마을사람들은 그 의도를 애써 부정하지 않았다.

기사는 이런 섬뜩한 일이 세상에 밝혀지지 않은 까닭은 풍도가 집성촌이기 때문이라고 분석했다. 그 기사는 SNS를 타고 삽시간에 퍼졌다. 그러자 네티즌 사이에서 학살자를 숭배하는 풍도로는 절대 휴가를 가지 말자는 운동이 일어났다. 이런 운동이 일어난 것은 행대감의 만행도 큰 이유였지만 그 사건에 대한 마을 주민들의 태도 때문이었다. 이미 죄를 물을 사람도 남아 있지 않은 상황에서 그 만행을 은폐하고 행대감을 자신들의 영웅으로 우상화하려 했기 때문이다.

얼마 후면 국가인권위원회 조사 발표가 있을 것이다. 비록 행대감의 만행은 용서할 수 없는 것이나 그것이 풍도 미래의 발목을 잡아서는 안 된다. 이제 이 섬은 단순히 남해군청의 관리대상이 아니다. 경남 지자체가 나서 관심을 갖고 가꾸고 보호해야 할 관광명소이다.

그런 외부의 노력 못지않게 중요한 것은 풍도 사람들의 태도이다. 국가기관의 발표가 있기 전이라도 마을 지도자의 반인권적인 행위에 대한 반성이 있어야 한다. 그리고 섬과 바다를 사랑하는 사람들은 무작정 풍도에 가지 말자고 SNS에 떠들어댈 것이 아니라 그들의 태도를 보고 여행 계획을 취소해도 늦지 않을 것이다. 풍도는 이제 한국인들만 찾는 섬이 아니다. 내셔널지오그래픽채널이 찬사를 보내는 그 아름다운 섬에 우리가 등을 돌린다면 외국인이 그 섬을 찾겠는가?

SNS에 행대감의 만행에 저주를 퍼붓는 사람들의 속뜻은 무엇이었는가? 그 사건을 제대로 밝혀 희생당한 한센인들의 원혼을 달래주자는 목적이었을 것이다. 그런데 그들이 자신들의 뜻을 관철시키고 싶다면 어떻게 행동해야 할지 깊이 생각해보아야 한다. 죄 없이 죽어간 한센인들을 추모하고 싶다면 일단은 풍도에 관심을 가져야 한다. 진정한 용서와 화해는 사람들의 관심 속에서 더욱 아름답게 피어나는 꽃이다.

우리는 잘못된 과거를 청산하고 새로운 미래로 나아가야 한다. 그러려면 더 많은 사람들이 풍도를 찾고, 섬에 애정을 보내야 한다. 그것이 세계인의 마음을 사로잡아 국제적인 관광지로 떠오르고 있는 섬 하나를 잃지 않는 일이 될 것이다.

선장의 소란

누나가 저수지 수면 위로 떠올랐다. 동네 사람들에게 벙어리라고 따돌림을 당하던 누나가 실종된 지 이틀 만이었다. 농사꾼 둘이서 산에서 일을 하다가 그 현장을 봤다고 했다. 나는 연락을 받고 뛰어가면서 이틀 전 일을 떠올렸다.

"야, 벙어리!"

고등학생들이 누나를 향해 소리를 질렀다. 누나가 뒤를 돌아보았다.

"야, 벙어린데 진짜 예쁘다."

"왜 벙어리일까? 아깝다."

"저리 예쁘면 벙어리라도 같이 살 만하지 않을까?"

"맞다. 여자는 예쁘면 모든 것이 용서되는 법이다."

"그래도 벙어리랑 어찌 사노? 허구한 날 그 짓만 하고 살게."

"이…… 이…… 노…… 노…… 놈……"

누나가 겨우 입을 열었다.

"저 봐! 말을 하잖아."

"벙어리가 아니네!"

"벙어리가 말을 하니까, 더 예쁘다. 말해봐, 응? 말해봐!"

고등학생들은 누나를 둘러싸고 놀렸다. 지나가는 애들이 누나를 놀리는 모습은 한두 번이 아니었다. 나는 학생들을 잡으러 앞으로 나가려다가 그 자리에 섰다. 내가 아는 아이들이었다. 누나가 불쌍했고, 동시에 창피했다. 창피해서 화가 났다. 나는 저만치 달아나버렸다. 멀찌감치 떨어져서 누나를 돌아보다가 멈칫했다. 울고 있는 누나와 눈이 마주친 것이다. 나는 몸을 돌려 집을 향해 뛰었다. 비겁하게 달아난 모습이 들킨 것이 더욱 화가 났다. 바보같이! 집구석에 처박혀 있을 것이지, 왜 나와서 돌아다녀!

나는 집으로 들어와 가방을 챙겼다. 누나와 마주치고 싶지 않았다. 그래서 친구와 함께 공부를 하고, 그의 집에서 잠을 자고 이틀 뒤에 돌아왔다. 방학의 대부분을 읍내 친구의 집에서 보냈다. 그런데 누나가 보이지 않았다. 나는 그녀가 밭일을 나갔을 것이라 믿고, 가방을 들고 대문을 나섰다. 서울 친척집에 간 엄마는 며칠째 돌아오지 않았다. 학교에 가서 보충수업을 듣고, 다시 친구 집으로 갈 생각이었다. 매미 소리를 들으면서 들길을 걷고 있는데, 동네 사람 하나가 내 이름을 부르면서 허겁지겁 달려왔다. 누나가 저수지에 몸을 던졌다는 것이다. 나는 산길을 뛰어올랐다.

그때까지 누나가 이틀 전에 물속에 몸을 던진 사실도 몰랐다. 동네 사람들도 마찬가지였다. 모두가 투신 사실조차 몰랐다.

저수지 한가운데에 옷이 반쯤 벗겨진 누나가 누운 듯이 떠 있었다. 주위에 모여 있던 사람들이 안절부절못하고 있었다. 그들은 어쩔 줄 몰라 하며 발만 동동 굴렀다. 나는 뛰느라 헉헉 차오른 숨을 돌릴 겨를도 없이 메고 있던 가방을 던지고 다짜고짜 물속으로 뛰어들었다. 누나가 살아 있는 줄로 알았다.

작은 배처럼 물 위에 떠 있던 누나가 갑자기 아래로 가라앉기 시작했다. 빨리 그녀를 물속에서 건져 올려 숨통을 열어줘야 한다. 나는 점점 더 가까이 누나에게 다가갔다.

뽀글뽀글……

누나는 입에서 물거품을 토하면서 아래로 내려가고 있었다.

뽀글뽀글……

물 위에 뜬 빈병이 물속으로 가라앉을 때처럼 빠르게 누나는 하강하고 있었다. 나는 온몸의 힘을 다해 누나에게 다가가 그녀의 손을 낚아채 수면 위로 올라갔다.

누나는 아직 숨이 붙어 있었다. 다행히도 내 추측이 맞았다. 서둘러 누나를 끌고 나가야 한다. 나는 수영 시간에 배운 대로 그녀의 목에 팔을 갖다 댔다. 그러곤 내 몸을 돌리자 여자의 얼굴이 보였다. 그런데 누나가 아니었다. 태국여자였다. 여자는 고통스럽다는 표정을 지으면서 나를 쳐다보았다. 급한 나머지 내가 너무 심하게 목을 움켜쥐고 있다는 사실을 깨닫지 못했다. 얼른 목을 감은 손을 놓자 여자가 웃었다.

놀라 눈을 번쩍 떴다. 역시 눈앞이 보이지 않았다. 나는 서둘러 안경을 찾았다. 그러다가 정신을 차렸다. 눈앞이 차츰 밝아졌다. 나는 길게 한숨을 내쉬었다.

내게 처음으로 망막박리(網膜剝離)가 찾아온 것은 누나가 저수지에 몸을 던진 몇 달 뒤였다. 그날 밤늦도록 공부를 하다가 책상에 엎드려 잠이 들었는데, 누나가 나타나 내 머리 위에 검은 천을 씌웠다. 나는 벗겨지지 않는 검은 천을 잡아당기다가 눈을 떴다. 그런데 갑자기 한쪽 눈 위에 까만 점이 생겼고, 그것이 하룻밤 사이에 차츰 커졌다. 이어 눈의 반 정도가 검게 변해버렸다. 그제야 나는 병원으로 향했다. 그런데 응급실에 도착했을 때는 이미 너무 늦어버렸다. 눈의 아래쪽만 제외하고는 전체가 까맣게 되었다. 나는 놀림당하는 누나를 버리고 도망간 죄로 벌을 받는 것이라고 여겼다.

이후 망막박리가 처음 일어난 당시를 생각하면 소름이 돋곤 했다. 벌레나 바퀴벌레, 쥐까지 나타나는 비문증은 망막박리의 후유증이다. 누나를 버린 죄는 한 번으로 끝나지 않았다. 힘들고 어려울 때마다 망막박리가 덧나 내 죄를 되새겨주었다. 풍도로 들어오기 전에도 업무 스트레스 때문인지 의사는 다시 망막박리가 일어날 수 있다고 했다.

뽀글뽀글.

물방울을 토해내면서 물 밑으로 가라앉는 누나의 모습은 꿈속에서 자주 보였다. 뽀글뽀글…… 물방울 소리는 가끔 현실에서도 들렸다. 환청이라고 하기에는 너무 선명하게 들려왔다. 내 꿈에서 그녀가 사라진 것은 내가 대학에 입학한 뒤였다. 오랫동안 누나와 만나지 못했다. 너무나 끔찍한 장면이라 내 무의식이 스스로 검열해버린 것이라 믿어왔다. 그런데 그런 누나가 꿈속에서 불쑥 나타났다. 더구나 누나가 떠오른 저수지 그 자리에 태국여자가 누워 있었다.

나는 한동안 멍한 상태로 앉아 있었다. 학교에 가서 이런저런 자질구

레한 업무를 처리해야 할 것 같았다. 부임한 지 얼마 되지 않았기 때문에 공휴일이라고 해도 한가롭게 쉴 수가 없었다. 일이 산더미였다. 전임 선생의 실종 문제는 이제 파출소장의 소관이었다. 내가 나설 일이 아니었다. 송림도 본교에서 보내준다는 선생님 소식은 아직도 없었다. 마을 사람들의 요구로 영어 전문교사를 한 사람 더 보충해준다고 했다. 아마도 다음 학기나 되어야 가능할 것이다. 그나마 박선생이 일을 꼼꼼히 처리할 뿐만 아니라 유치부 아이들을 잘 돌보았다. 학교에서 가장 중요한 과목인 영어는 두 명의 필리핀 교사가 맡았다. 또한 송기사가 나서서 IT 수업을 진행해준 덕분에 큰 도움이 되었다.

송기사는 아이들이 아무렇게나 찍은 동영상을 근사한 영상물로 편집하는 기술을 가르쳤다. 그가 매주 육지로 나가 배우는 것은 촬영이나 편집이었다. 항상 그런 유의 책을 들고 다녔다. 학교에는 스마트폰으로 단편영화를 찍을 수 있을 만큼 잡다한 장비들을 많이 갖추고 있었다. 송기사는 영어에도 꽤 오랫동안 매달렸는지 아이들의 영어를 죄다 알아들었다. 하지만 시원찮은 발음 때문인지 좀처럼 입을 열지 않았다. 그는 육지로 나가 대학을 다녀도 될 것 같았다. 그런데 돈도 없고, 무엇보다도 그것은 자기 삶이 아니라고 했다. 송기사는 풍도를 떠나는 것을 두려워하고 있었다.

그날, 목이 잘린 동상 아래서 낙지를 잡던 소년, 해변에서 만난 소년이 바로 철수였다. 까만 얼굴 때문인지 아이를 청년으로 보았다. 소년이 사는 잘포리는 지형이 험하긴 해도 갯벌에 굴, 바지락 등이 많다고 했다. 그런 해산물을 채취하려고 예전부터 외지에서 사람들이 들어와 살았다. 그들 중에 문둥이들이 섞여 있었고, 풍도 토박이들과 충돌이 생긴 것이었다.

풍도에서 태어나 여기서 초등학교를 다녔던 철수 아버지는 부산의 친척집으로 갔다. 그곳에서 해양고등학교를 졸업하고, 해병대에 입대해 군복무를 끝내고, 팔라우에서 원양어선을 탔다고 한다. 낯선 땅에서 미국식 교육을 받은 원주민 여자를 만나 철수를 낳고 살다가 고향으로 들어온 것이다. 그는 섬에 크게 미역 양식장을 했다. 방씨인 그는 마을에서 송씨들의 텃세를 제대로 몰랐다. 철수 아버지는 섬에 지급되는 어떤 정책자금을 받지 못해 무척 힘들었던 모양이었다. 그 때문에 풍도 분교에서 영어회화를 가르치던 아내, 철수 엄마는 수업이 없는 날에는 미역 양식장에서 함께 일을 했다. 그런데 사고를 당했다. 그것은 미역 양식장에 불어 닥친 바다 회오리바람에 때문이었다.

아내를 잃은 뒤, 철수 아버지는 풍도에서 쉬쉬하면서 풍문으로 떠돌던 문둥이와 동네 사람들의 다툼에 관심을 갖게 되었다. 그것이 화근이었다.

"이놈 새끼. 니가, 잘포리 사고에 대해 사람들한테 묻고 댕긴다면서! 해병대라꼬 눈에 뵈는 게 없나?"

현기 삼촌이 철수 아버지의 행동을 못마땅하게 여겼다.

"내가 무슨 군대를 나왔든지, 내가 무슨 일을 하고 다니든지, 네가 무슨 상관이야?"

철수 아버지가 대거리를 했다.

"다 끝난 일을 들춰내려니까 하는 말이지!"

"다 끝난 일인데, 남이야 관심을 가지든 말든."

"니 지금 행대감 뒷조사하고 있제? 어민 자금 안 준다꼬 앙심을 품고 그라제?"

"나랏돈을 받았으면 골고루 나누어야지. 그 돈을 왜 송씨들만 나누어 쓰냐?"

"그것은 성씨랑은 아무 상관 없다. 방회장도 그 돈 받았다. 이장도 니랑 같은 방씨 가문 사람이다. 니는 아직 그 돈 받을 때가 아니다. 니도 미역 양식하면서 마을 일에 협조하면……"

"허수아비 할매를 세워놓고, 니들이 하는 짓을 내가 모릴 줄 아나!"

"뭐라꼬!"

"니들이나 처먹어라. 이제 나는 그런 돈 안 받는다."

두 사람은 그 일로 대판 싸웠다. 당시 풍도에서 행대감에 대한 존경은 절대적이었다고 한다. 그러니까 지금과는 다른 이유로 그를 입에 올리는 것을 조심해야 했던 상황이었다.

얼마 후, 현기 삼촌이 철수 아버지의 사업을 방해할 목적으로 연판장을 돌렸고, 동네 사람들이 동조했다. 철수 아버지는 벌여놓은 사업 때문에 풍도를 훌쩍 떠날 수도 없었다. 떠날 마음도 없었다. 철수 가족 얘기는 박선생이 자신에게 들었다는 말을 하지 말라면서 들려준 것이었다.

양선생이 남겨둔 서류는 한센인들의 학살에 관한 기사들이었다. 그것은 큰 사건이었다. 중앙일간지는 마을사람들의 집단범죄라면서 크게 보도했다. 신문은 영원히 묻힐 수도 있었던 인권침해 사건이 한 양심적인 어민에 의해 밝혀졌다고 적었다. 행대감이 잘포리에 사는 한센인들이 섬을 떠나지 않는다고 학살했다. 얼마 뒤에는 근친혼으로 지진아를 가진 가정들을 창도로 추방했다. 마을사람들의 말처럼 지진아를 죽인 것은 아니었다. 그것은 신문에 보도되지도 않았다. 그 사건도 창도에 사는 박선생에게 들었다. 그녀는 자기 부모에게 얘기를 들었다고 했다.

양선생이 수집해둔 자료를 읽고도 잘 이해되지 않는 내용을 송기사에게 물었다. 그는 한센인 학살사건의 전말을 자신도 정확히 모른다고 얼버무렸다. 이것은 마을사람들이 들추고 싶지 않은 과거였다. 그래서 마을 노인들이 내게 행대감의 만행을 축소해 말한 것이었다. 그들의 심정은 한편으로는 이해가 되었다.

박선생에게 양선생에 관해 물었더니 파출소장의 말은 사실이었다. 그 이혼남은 풍도교에서 함께 근무했던 분교장이었다. 그 남자의 이혼 경력과 딸린 자식들 때문에 부모가 결혼을 반대해 양선생이 괴로워했다고 한다. 그 문제 때문인지 이혼남 분교장이 먼저 풍도를 떠났다고 했다. 그래서 양선생이 한동안 분교장 역할을 한 모양이었다.

파출소장은 치밀한 경찰이었다. 그런 사실을 어떻게 알았을까? 그는 풍도 상황을 손바닥처럼 환히 꿰뚫고 있었다. 그날 파출소장이 양선생 어머니를 앞에 두고 소리를 지른 것은 수사상 흘린 거짓 정보가 아닐 수도 있었다. 그렇다면 왜 방회장과 송기사가 양선생 어머니를 곧바로 파출소로 데려가지 않았을까? 양선생이 연인과 함께 도피를 한 것 같았다. 그럼, 송기사와 방회장이 양선생 어머니를 나도, 이장도, 파출소장도 모르게 빼돌린 이유가 무엇인가?

골목을 벗어나자 맞은편에서 아낙 하나가 달려왔다. 서두르는 모습이 누구에게 쫓기는 듯했다. 그녀는 사람과 마주치고 싶지 않은지 고개를 돌렸다. 나는 여자의 뒷모습을 쳐다보았다. 골목으로 들어가는 그녀는 신발을 한 짝만 신고 있었다. 고개를 돌리고 걷는 순간 중년남자가 나타났다. 그는 다짜고짜 내 멱살을 거머쥐었다. 피할 겨를도 없었다. 선장이었다.

“어디다 숨겨놨어! 내 마누라!”

그는 당장 주먹을 날릴 기세였다.

“Where did you hide my wife? (내 마누라 어디 숨겼어?)”

그는 영어로 같은 말을 했다. 얼굴이 심하게 일그러져 턱밑에 칼자국이 선명해졌다. 조금 전 위로 도망치던 여자는 그의 아내였다.

“왜, 왜 이러십니까? 선장님.”

나는 말을 더듬었다.

“Captain, what, what's the matter with you? (왜, 이러십니까? 선장님.)”

나도 같은 말을 영어로 반복했다.

“Where is the driver Song? (송기사, 어디 있어?)”

그는 눈알을 부라렸다.

“H, h, how can I know that? (제, 제가, 그걸 어떻게 알아요?)”

여전히 말이 잘 나오지 않았다. 다행히 영어가 튀어나왔다. 우리말로 하면 그 이유로 한 대 맞을 것 같았다. 그는 손아귀에 힘을 주어 거머쥔 멱살을 불끈 당겨 자기 얼굴을 들이밀었다. 눈동자가 약간 풀려 있었다. 가쁘게 숨을 몰아쉬었다. 술 냄새가 물씬 풍겼다. 무슨 분한 일을 당했는지 이를 뿌드득 갈았다. 그는 갑자기 멱살을 놓고 골목에 있는 쓰레기 더미 속에서 맥주병을 주워 자신의 이마를 쳤다. 나는 비명을 질렀다. 머리가 터져 피가 쏟아질 줄 알았는데, 아무렇지도 않았다. 그는 밑동이 날아간 병을 움켜쥐고 씩씩거렸다.

“Where does this bitch go away? (이년 어디 갔어?)”

그는 버럭 소리를 질렀다.

"다리몽둥이를 확 분질러놓아야 집구석에 처박혀 있지!"

이번에는 우리말이었다.

"지, 진정하십시오. 서, 선장님."

나도 덩달아 우리말을 했다. 그는 내 말이 귀에 거슬렸는지 땅바닥에 떨어진 병조각을 발로 찼다.

"Calm down. (진정하자.)"

그는 음미하듯 되뇌었다.

"I am sorry, sir. (미안해요. 선생님.)"

그는 말을 하고 머리까지 숙였다. 나도 엉겁결에 인사를 했다.

"Sir, what do you think about my English? (근데, 선생 내 영어 실력이 어떻소?)"

"Very good! (아주 좋습니다.)"

"하모! 풍도 구경 온 양년들도 내 영어 듣고 감동을 묵어갖고 오줌을 질질 싼다니께."

그는 우리말로 중얼거리고 미소를 지었다. 이어 다시 깨어진 병 조각을 세워 들고 골목 안으로 들어갔다. 아내를 잡으면 무슨 일을 낼 것 같았다. 그는 담장을 기웃거렸다.

나는 서둘러 파출소로 갔다. 선장이 누구와 시비라도 붙으면 깨진 병을 앞뒤 가리지 않고 마구 휘두를 것 같았다. 책상에 앉아 서류를 정리하고 있던 평상복 차림의 의경에게 선장의 상태를 일러주었다. 그는 대수로운 일이 아니라는 듯이 그대로 앉아 서류를 뒤적거렸다. 나는 선장에게 멱살을 잡혀 곤욕을 치렀다고 말했다. 역시 반응이 없었다. 다시 그가 흉기를 들고 동네를 휘젓고 다니고, 당장 누구를 찔러 큰일을 벌일지 모른다고 목청을 높였다. 그제야 의경이 일어나 다친 데는 없냐고 물었다. 나는 도망쳐 간신히 봉변을 면했다고 엄살을 피웠다. 그는 윗도리를 벗고 구석에 놓인 근무복을 챙겨 입었다.

"뭐해요. 파출소장한테 연락하지 않고!"

나는 책임자를 부르라고 다그쳤다. 의경은 내 얼굴을 한번 쏘아보고, 숙직실 방문을 열었다. 파출소장은 이불 위에 널브러져 있었다.

"새벽까지 술을 퍼묵고 잠들었다는데 일어날지 모르겠네예."

그가 중얼거렸다. 방구석에는 소주병들이 나뒹굴었다.

*

바다에 정기연락선 남해호가 모습을 드러냈다. 나는 마을 가운데 우뚝 솟아 있는 미루나무를 지나 구멍가게로 걸어갔다. 휴일인데도 학교에 나오라고 한 박선생과 송기사에게 미안해 먹을 것이라도 사들고 갈 생각이었다. 가게 앞에 있는 파라솔 아래에는 사람들이 둘러서 있었다. 파라솔 덮개가 초분 모양이었다. 사람들이 서성거리고, 주변이 소란스러웠다.

"내 마누라 빨리 데꼬 오란 말이다!"

선장이었다. 그가 송기사의 목에 부엌칼을 들이대고 있었다. 가게주인은 방에 갇혀 있었다.

"통역사 하고부터 사람이 됐다 싶더니 또 왜 저래."

뒤에 선 아낙이 중얼거렸다.

"볼락에 갈치비늘 칠한다고 감성돔 되나."

"구포댁은 어데 갔노?"

"아마 소피아 집에 숨어 있을 기다."

한 아낙이 낮은 목소리로 말했다. 선장의 아내가 내 하숙집으로 숨어든 모양이었다. 앞쪽에서 아낙이 스마트폰을 꺼내 들고 카메라로 찍으려고 하자 뒤쪽에 섰던 아낙이 손으로 막았다. 앞쪽의 아낙은 말없이 카메라를 주머니에 넣었다. 아무리 초분의 QR코드에 살았을 때의 모습을 넣는다고 해도 이런 망나니짓을 담은 장면을 넣을 수는 없을 것이다.

"데꼬 오소! 빨리!"

"저 여편네가 미쳤나. 지금 구포댁 나섰다간 죽을지 모린다. 저 인간이 술 처묵고 돌면 사람이가!"

그녀는 자기 목소리에 놀라 손으로 입을 막았다.

"선장님, 이라면 우리도 총을 쏠 수밖에 없십니더."

소총을 든 의경이었다. 다른 의경은 자꾸 파출소를 쳐다보았다. 파출소장을 기다리는 모양이었다.

"쏴! 싸란 말이다!"

그는 미친 듯이 소리를 질렀다. 입에서 영어가 나오지 않았다.

"씨발, 미치겠네! 아는 사람을 쏠 수도 없고."

"이장님은 어데 있나?"

"왜, 못 싸노!"

그는 주머니에서 약통 하나를 꺼내 들었다.

"이거 봐라! 이게 뭔지 아나? 병원에서 한 알씩 묵으면 자지가 이제 막 낚아올린 감성돔같이 벌떡벌떡 뛴다고 준 약이다."

그는 한 손으로 약통 뚜껑을 열었다.

"내 자지는 이걸 한꺼번에 다 묵어도 꼼짝 안 한다. 그런 거 달고 댕기는 놈이 살아서 뭐할 기고!"

그는 약통을 뒤집었다. 파란 알약 몇 개가 바닥에 흩어졌다. 비아그라였다. 그것을 먹고도 기능이 회복되지 않자 난리를 피우는 것이었다.

"송기사, 저 좋은 몸이 다 상하겠네!

정미가 화장을 고치며 말했다.

"저 여편네는 그저 송기사라면."

옆에 있는 아낙이 핀잔을 주었다.

"관광객이 없어 천만다행이다."

다른 아낙이었다.

"사람이 죽게 생겼는데, 관광객 걱정이가."

정미가 소리를 질렀다.

"니가 그런 소리를 다 하나! 허구한 날 아이패드 끼고 앉아 관광객 타령 하면서……"

정미가 그 아낙을 보고 입을 비쭉거렸다.

"저 장면을 찍어 트위터에 올리면 올 여름 장사는 끝이다. 저런 개망나니 있는 섬에 누가 올라 하겠노!"

그 말을 하자 앞쪽에 있던 아낙이 핸드폰을 꺼냈다. 그것을 들고 카메라로 현장을 찍기 시작했다.

"주둥이 닥치라! 누구 뒈지는 꼴 보고 싶나."

뒤에서 남자의 목소리가 들렸다.

"관광객 안 오면 풍도에 목맬 사람이 한둘이가. 내가 젤 먼저 바다에 빠질 기다."

트위터 얘기를 꺼낸 아낙이 뒤돌아보다가 혼잣말로 구시렁거렸다. 남자가 대거리를 하지 않고, 앞으로 나와 현장을 촬영하는 아낙의 핸드폰을 빼앗았다.

이때 하숙집 주인여자 소피아가 앞으로 나타났다.

"What happened? (무슨 일이에요?)"

"소피아, 소피아."

뒤쪽에서 누군가가 소피아의 소매를 끌어당겼다. 그녀가 영어로 구포댁이 자기 집에 있다고 말할지 모른다고 생각한 것이었다.

"이보게! 자네 심정이야 알지만 그런다고 남의 가게에서 와 이라노? 예전에 파시 때같이 사람들이 몰려올 거란 말을 믿고, 가게를 수리해 물건들을 꽉 채워놨는데, 내랑 무신 원수가 졌나! 가게 다 부수고, 물건 다 작살내고…… 이보게, 이제 그만해라."

가게주인이 선장을 달랬다. 그는 신경질적으로 과자가 쌓인 진열대를 발로 걷어찼다. 위에 있던 쥐덫이 땅바닥에 떨어져 문이 열렸다. 쥐가 쏜살같이 달아났다.

"아, 아, 아재요. 지, 지가, 뭐, 뭘 잘못했다고……"

송기사가 천장을 보며 중얼거렸다.

정말로 칼날이 목을 벨 것 같았다. 그의 손에는 색연필과 색종이가 든 비닐봉지가 들려 있었다. 박선생과 학습 교구를 만들다가 물품을 사러 온 모양이었다. 내가 이불 속에서 아침나절을 뭉개고 있을 동안 그는 일을 하고 있었다. 나는 얼굴이 화끈거렸다.

"파출소장은 뭐해요?"

막 달려온 방회장이 물었다. 의경 하나가 파출소로 달려갔다.

"파출소장! 그래, 파출소장 데꼬 와라!"

선장은 소리를 지르고 윗도리를 찢었다. 그는 파출소장이란 말에 과민한 반응을 보였다. 그 바람에 목에 대고 있던 칼이 느슨해졌다. 송기사가 그의 손을 뿌리치고 가게 밖으로 나오려고 발버둥쳤지만 선장의 손아귀를 벗어날 수 없었다. 도리어 목에 상처를 입었다. 피가 가슴을 타고 내려 옷을 적셨다. 그래도 학용품 봉지는 놓지 않았다.

"그래! 빨리 파출소장 오라고 하란 말이다!"

선장이 게거품을 물었다. 송기사의 목을 자를 것처럼 칼을 들이밀었다.

"이 사람아! 피까지 보고 이게 무신 짓이고? 지이발, 지발 좀!"

가게주인이 방에서 통사정을 했다.

"우리 마누라 데꼬 오란 말이다!"

그는 찢어진 윗도리를 당겼다. 가슴에는 온통 칼자국 흉터였다. 젊었을 때 칼을 들고 설친 것이 분명했다. 선장은 고등학교를 다니다가 사고를 쳐 감옥에 다녀온 사람이었다. 그 뒤 마음을 잡고 진주에 있는 가구공장에서 필리핀 노동자들과 함께 십 년을 넘게 일했는데, 유창한 영어는 그때 익힌 것이었다.

"데, 델꼬 올 테니, 나, 나 좀 여기서 내보내주게."

가게주인은 말을 하고 방에서 나왔다.

"이놈이 내 마누라랑 붙어 묵었단 말이다. 이놈이 내가 송씨 아이라 방씨라꼬, 내 마누라 따묵었다. 지랑 같은 송씨 가문의 여자들은 손도 한번 못 만지면서."

선장은 방씨인 모양이었다.

마을사람들은 두 성씨 사이에 갈등은 전혀 없다고 했다. 오히려 마을의 요직은 소수 집단인 방씨가 더 많이 차지했다. 이장 할머니도 방회장도 송씨가 아니라 방씨가 아닌가.

"아님니더. 저는 형님 아지매랑 그런 적 없심니더."

송기사가 소리를 질렀다.

"맞아예, 선장님! 그건 지가 보장합니더."

정미였다. 그녀는 더 말을 하려다가 입을 다물었다. 사람들의 눈총이 민망했던 모양이었다. 송기사의 목에서 피가 흘러내렸다. 철수를 만나러 가던 길에서 송기사를 보았다. 숲속으로 들어가며 봤던 남녀가 송기사와 태국여자인 것 같았다. 그는 선장의 말처럼 행실에 문제가 있는지 모른다. 태국여자가 떠오르자 나도 모르게 한숨이 나왔다. 그녀는 지금 어디에 있는 것일까?

"이보게, 자네. 오늘 촬영 안 할 기가?"

성호 할아버지가 나섰다.

선장, 올리비아, 소피아, 그리고 아이들이 함께 풍도를 선전할 영상물을 찍기로 되어 있었다. 그것은 남해군청과 통신사가 풍도의 관광객 유치를 위해 공동으로 제작해 인터넷에 올려준다고 했다. 촬영지는 잘포리 갯벌이었다. 오늘이 그 광고를 찍는 날인가?

"필요 없다! 내가 광고 찍어 뭐할 기고!"

선장은 송기사의 가슴에 흐르는 피를 보자 갑자기 칼로 자기 가슴을 그었다. 여기저기에서 비명 소리가 들렸다. 가게주인은 놀라 방으로 들어갔다. 선장의 가슴은 금방 핏방울이 맺혔다.

"광고 찍을 사람이 몸에 상처를 내면 우짜노!"

다시 정미였다.

"시끄럽다! 니도 죽고 싶나! 이 화냥년아!"

선장이 그녀를 쏘아보며 소리를 질렀다.

"내 화냥년 아니다!"

그녀는 소리를 지르고 사람들 속으로 숨었다.

"내가 고자라고……"

그는 숨을 몰아쉬느라 말을 잊지 못했다.

"송가 놈들! 니들이 돌아가면서 우리 마누라 따묵은 줄 내가 모를 줄 아나! 방씨 마누라라꼬! 내는 풍도 발전을 위해 영어 공부한다꼬 밤에 잘 때도 귀에다가 이어폰 꽂고 자는 통에 깊이 잠도 못 자는데, 니들은, 남에 마누라나 따묵고 댕기고, 영어도 못하는 것들이…… 내는 입이 닳도록 영어 하면서 일본 놈, 미국 놈, 독일 놈, 불란서 놈까지 초분 구경시켜준다고 끌고 돌아댕겼는데, 니들은……"

그는 자신의 피를 보자 더 흥분했다.

"나는 그런 짓 안 했다. 니 마누라 손도 한번 안 잡았다!"

가게주인이 소리쳤다.

"다 안다! 내 눈은 못 속인다! 차라리 귀신을 속여라!"

"파출소장님이 이걸로 쏴버리라는데예."

사람들을 밀치고 나타난 의경이 말했다. 그의 손에는 권총이 들려 있었다.

"참말이가?"

방회장이었다.

"네, 참말입니더!"

그는 권총을 다른 의경에게 내밀었다.

"그 인간, 지금 술 처묵고 있제?"

방회장이 사람들을 밀치고 나갔다. 현기 삼촌도 뒤를 따랐다.

"이걸 나한테 주면 우짜노!"

의경은 엉겁결에 소총을 내리고 권총을 받아들었다. 그 소리에 긴장이 조금씩 풀려가던 선장이 이를 꽉 깨물었다. 눈알이 번뜩거렸다.

"Why not? Please shoot me, you guys the fucking idiot cannot even speak English at all! (오냐! 여기에다 총알을 연발로 박아다오! 영어도 못하는 잡것들아!)"

선장이 자신의 가슴을 내밀었다. 그의 태도에 놀란 의경이 사람들을 둘러보았다.

"지, 파출소장 데꼬 와!"

선장이 거품을 물면서 목청을 높였다. 그는 너덜거리는 윗도리를 당겨 바닥에 팽개쳤다. 상처가 깊어 보이지 않았지만 가슴이 피로 엉망이었다. 그는 송기사의 목을 위협하던 칼을 위로 올렸고, 다른 손으로 송기사의 목을 움켜쥐고 비틀었다. 그리고 가게 앞으로 걸어 나왔다. 모여 있던 사람들이 비명을 지르면서 뒤로 물러섰다.

"파출소장! 나와!"

선장은 칼을 휘두르면서 소리를 질렀다. 송기사가 그의 기세에 눌려 아무런 저항도 못하고 끌려 나왔다. 선장은 덤비는 사람이 있다면 따지지 않고 칼로 마구 찔러댈 것 같았다. 상처투성이인 가슴 때문에 더욱 그런 생각이 들었다. 송기사도 아까와는 달리 공포에 질려 몸을 부들부들 떨었다.

"내 마누라랑 잔 놈들 죄다 죽여버릴 기다!"

선장이 고함을 질렀다. 권총을 든 의경의 자세가 오줌을 쌀 것처럼 불안해 보였다. 나는 사람들 속에 있는 태국여자와 천자를 발견했다. 그쪽으로 걸어가려고 몸을 돌렸을 때였다.

"그 총 내려놔라."

어디서 당차고 굵은 목소리가 들렸다. 그 말은 당장 위력을 발휘했다. 모여 있던 사람들이 양쪽으로 비켜 길이 열렸다. 그 길로 걸어온 사람은 이장 할머니였다. 얼마 전에 낚시터로 가다가 만났던 그녀의 모습이 아니었다. 나는 선장을 쳐다보았다. 그의 눈동자가 심하게 흔들렸다.

"부두에 연락선이 도착해 남해군청 사람들이 영어 잘하는 풍도의 미남 배우 기다리고 있는데, 니는 여서 뭐하노."

이장 할머니가 선장을 달랬다. 좀 전과 달리 부드러운 음성이었다. 의경들도 물러났다. 이장 할머니는 가게 앞으로 다가갔다. 뒤쪽에 숨어 있던 가게주인은 한숨을 내쉬면서 모습을 드러냈다. 나는 선착장을 쳐다보았다. 연락선에서 한 무리의 사람들이 촬영 장비를 들고 내렸다. 제법 큰 촬영차도 뒤를 따랐다. 올리비아와 아이들이 선착장으로 걸어가고 있었다.

"이장 할매예!"

선장이 소리를 질렀다.

"내는 니 마음 다 안다."

이장 할머니가 다시 입을 열었다. 그녀의 말에 선장은 눈물을 터뜨릴 것 같았다. 송기사의 목을 위협하던 칼이 땅바닥에 떨어졌다. 선장은 무릎을 꿇었다. 송기사가 한쪽으로 쓰러졌다. 이장 할머니가 선장을 덥석 안았다. 정미가 가게 앞으로 뛰어가 송기사를 일으켰다. 나는 태국여자를 찾았지만 모녀는 보이지 않았다.

"이장님, 지는 이제 어찌 삽니꺼?"

선장이 울먹였다.

"동네 남정네 중에 니 마누라 넘본 사내는 없다."

그녀는 아이를 달래듯이 말했다.

"이장님, 참말입니꺼?

"그래 참말이다. 내가 언제 니한테 거짓말한 적 있나. 그리고 니 마누라가 또 바람 좀 피웠으면 어때. 지덕아, 니가 하고 싶으면 니 마누라도 하고 싶은 기라."

이장 할머니가 선장을 쳐다보고 말했다.

"할매예."

그는 이장 할머니의 품에 안겨 눈물을 흘렸다.

대문 없는 마을

나는 파출소장을 만나러 갔다.

핸드폰으로 날아든 사진과 서랍에서 발견한 사진을 그에게 넘겨줄 생각이었다. 그것들이 실종된 양선생님을 찾아내는 데 도움이 될지 모른다. 하지만 파출소에는 파출소장이 없었다. 의경의 말로는 아침에 업무보고를 하기 위해 송림도 경찰서로 들어갔다는 것이다. 의경에게 그의 핸드폰 번호를 알려달라고 했다. 파출소장에게 사진을 보낼 생각이었다. 의경은 전화번호를 함부로 가르쳐주었다간 혼이 난다고 거절했다. 사진은 파출소장이 섬으로 들어오면 주기로 하고 면사무소로 갔다. 그곳에는 직원 하나만 달랑 앉아 컴퓨터 모니터를 보고 있었다. 여기에서 송기사를 만나 함께 잘포리로 갈 것이다.

그는 선장에게 봉변을 당하고, 송림도 병원에서 이틀간 누워 있었다. 그 사건 때문에 선장은 송림도 경찰서로 불려갔다. 다행히 방회장의 중

재로 사건은 잘 마무리되었다. 선장이 감옥에라도 들어가면 당장 마을에서 외국인과 완벽하게 소통할 수 있는 사람이 없었다. 영어에 능통한 방회장은 마을 업무를 보기 위해 남해군청을 들락거려야 하고, 필리핀 이주여성들은 아이들을 가르쳐야 하기 때문에 선장이 꼭 필요했다. 또한 풍도의 홍보 촬영도 아직 끝나지 않았다. 송기사가 돈을 받았다는 말도 있었다. 하지만 그는 합의 내용에 대해 말을 하지 않았다.

나는 면사무소 의자에 앉아 봉투를 가방 속에 넣었다. 내 추측이긴 해도 사진들은 무당의 작품이었다. 엊저녁에 하숙방으로 들어가다 말고 태국여자를 찾아나섰다. 그녀의 얼굴을 한번 보고 싶기도 했지만 무당집에 들러 그의 실종 여부를 다시 확인하려는 것이었다. 밤에 태국여자를 불러내야 한다는 것이 좀 부담스러웠다. 그러나 풀리지 않는 의문 때문에 견딜 수 없었다.

“천자야! 천자 어머님.”

불 켜진 집에는 인기척이 느껴지지 않았다. 벌써 자나?

“천자 어머님.”

목소리를 높였는데도 반응이 없었다.

나는 어둠 속을 헤매고 다니다가 무당 집을 찾아냈다. 태국여자 집에서 그리 멀지 않은 곳이었다. 밤길을 돌고 돌아 겨우 여기에 당도했다. 대문이 없는 마당으로 들어섰다. 나는 열려 있는 문을 밀고 신당으로 들어가서 불을 켰다. 환하게 밝혀진 넓은 신당은 쑥대밭이 되어 있었다. 누군가가 여기서 무엇을 찾았는지 세간들이 뒤집혀져 있었다. 파출소장이 다녀간 것일까? 경찰이 남의 집을 이렇게 엉망으로 만들었을까? 나는 주변을 유심히 살펴보았다. 침입자는 무엇을 찾고 있었다. 그것도 남의 눈에 띌까 싶어 서두른 흔적이 역력했다. 나는 신발을 신은 채로 바닥에 떨어진 옷가지들을 밀치고 책상이 놓여 있던 곳으로 갔다. 태국여자와 함께 왔을 때처럼 신발을 벗고 신당으로 올라갈 상황이 아니었다. 서랍은 빠져 있었고, 그 속의 물건들은 흩어져 있었다. 누가 다녀갔는지는 몰라도 필요한 것은 벌써 챙겨 갔을 것이다.

마당으로 나가려고 전등을 끄려는데, 종이가 신발 밑에 엉겨 붙어 떨어지지 않았다. 손으로 그것을 떼어냈다. 종이가 아니었다. 흙이며 먼지가 잔뜩 묻어 그림이 희미하게 보였다. 사진이었다. 뒷면을 보았다. 역시 흙투성이가 된 뒷면에 간신히 알아볼 수 있을 정도로 '송석준'이라는 이름이 적혀 있었다. 나는 손으로 흙과 먼지를 털어내고 사진을 확인하려는 순간 밖에서 인기척이 났다. 혹시 태국여자일지 모른다. 나는 마당으로 나갔다. 그때 어둠 속에서 걸어오던 사람이 후다닥 숲속으로 뛰어갔다. 언뜻 본 얼굴은 무당 같았다. 무당이 살아 있는 것일까? 다시 생각해보니 방회장 같기도 했다. 누굴까? 누가 이 밤에 여기로 왔다가 나를 보자 부리나케 도망친 것일까?

다시 신당으로 들어가 벽을 올려다보았다. 무속화 옆에 붙은 사진들을 훑어보았다. 풍도의 여기저기를 찍어 붙여두었다. 처음 여기로 왔을 때, 사진을 보고 왜 그런 생각을 하지 못했을까? 한 사람의 솜씨로 보였다. 내 핸드폰으로 날아든 사진들, 양선생이 서랍 속에 감추어놓았던 사진들, 모두가 무당이 찍었을 것 같았다.

나는 가방을 열어 봉투를 꺼냈다.

그 안에는 사진이 있었다. 양선생이 서랍에 숨겨둔 사진 두 장이었다. 둘 다 사 년 전의 사진이었다. 사진 밑의 날짜는 4월 30일이었다. 한 장은 일곱 명의 뒷모습이고, 다른 한 장은 여섯 명의 앞모습이다. 덩치나 옷차림으로 보아 같은 사람들로 보였는데, 나중에 찍은 사진에는 한 사람이 빠져 있었다. 한 무리의 사람들이 두 시간 전에 어디로 떠났고, 그들이 다시 나타났을 때는 한 사람이 사라졌다. 사진이 흐릿해 그들이 누구인지 알 수 없었다.

한 명은 어디로 갔을까?

먼저 집으로 돌아갔을 수도 있었다.

나는 핸드폰을 꺼냈다. 섬으로 들어온 지 얼마 뒤, 내 핸드폰으로 날아든 사진을 한 장씩 펼쳤다. 나뭇가지 위에 걸린 천 조각을 찍은 사진들.

5월 28일.

촬영 연도는 달라도 날짜는 동일했다. 무당은 매년 5월 28일에 낭떠러지 나무 위에 걸린 천 조각을 찍었다.

왜일까? 무엇 때문에?

사진들이 하나의 서사로 엮이지 않았다. 사람들을 찍은 사진 두 장. 절벽 위 나무에 걸린 천 조각 사진들. 그것을 사 년 동안 매번 같은 날짜에 찍었다.

이 절벽은 어딜까, 왜 이곳을 찍었을까?

신당에서 발견한 사진. 그것에 묻은 흙을 털어냈지만 표면이 선명하진 않았다. 하지만 멍이 든 피부를 찍은 사진이었다. 이것은 또 무슨 사진인가?

무당은 왜 형체가 제대로 나오지도 않은 사람들의 사진을 양선생에게 주었을까? 나는 박선생에게 절벽 사진 한 장을 슬쩍 내밀면서 여기가 어디냐고 물었다. 풍도 바닷가에 흔한 것이 낭떠러지라 어딘지 모르겠다고 했다.

나는 문득 이상한 생각이 들었다.

이것이 범죄와 관련이 있는 사진이라면 무당은 왜 이것들을 파출소장에게 넘기지 않았을까? 무당이 파출소장을 믿지 못한 것일까? 아니면 무당이 찍은 사진이라는 내 판단이 잘못된 것일까? 이것은 무당의 솜씨가 아닐 수도 있었다. 혹시 양선생이 찍은 것일까? 그럼 그녀는 왜 사진을 파출소장에게 넘기지 않았을까? 역시 파출소장을 믿을 수 없는 존재라고 여겼는가? 그러다가 문득 사진 동호회 인터넷 카페가 생각났다. 지난번 학교에 근무할 때 옆자리에 앉은 선생이 아마추어 사진작가였다. 그녀는 사진을 찍어 항상 그곳에 올렸다.

당장 스마트폰으로 그 카페를 찾아 가입했다. 다행히 별도의 절차 없이 신입회원도 사진을 올릴 수 있었다. 나는 양선생이 서랍에 숨겨둔 사진과 피멍이 든 허벅지 사진을 폰으로 찍었다. 피멍 사진은 어쩔까 망설였지만 함께 동호회 카페 갤러리에 걸었다. 사진 밑에 내가 아는 정보를 약간 에둘러 최대한 많이 묘사했다. 그래야 의미 있는 정보를 얻을 수 있을 것 같았다. 피멍이 든 허벅지 사진을 올린 이유도 그 때문이었다.

우선 낭떠러지 나무 위에 걸린 천 조각이 뭔지 물었다. 이어 사진들 사이의 연관관계를 추리해보라고 글을 남겼다. 지난번 학교에서 함께 근무한 아마추어 사진작가였던 선생은 자신의 핸드폰으로 내게 사진 몇 장을 보여주면서 사진들 사이에 관계를 설명할 수 있겠냐고 물었다. 그것들은 동호회 갤러리에 걸려 있던 사진들이었다. 그녀의 질문은 사진에 대한 설명이라기보다는 가운데 어떤 사진이 빠졌겠냐는 것이었다. 동호회 게시판에 적잖은 댓글이 있었다. 질문이 흥미로워 사진을 내 핸드폰으로 전송받아 한참 동안 사진을 봤던 기억이 났다.

얼마 뒤 동호회 회원 중 하나가 빠진 사진을 찾아내 끼워 넣고 아래에 설명을 덧붙였다. 이것은 자신이 푼 것이 아니라 여러 사람의 댓글을 보고 상상력을 발휘했다고 적었다. 내 질문은 성격이 좀 다르지만 그림의 앞뒤 상황을 설명해줄 회원이 있을지도 모른다. 누가 정답을 주지 않아도 사건을 유추할 수 있는 단서를 얻을 수 있지 않을까? 몇 가지 작업을 끝내는 데는, 채 삼십 분도 걸리지 않았다. 풍도의 인터넷 환경은 정말 괜찮았다.

"선상님, 철수를 찾았어예?"

아낙 하나가 옆자리에 앉으며 물었다.

"네."

"어제 새벽에 송림도 어판장에서 철수를 봤심니더. 낙지랑 전복이랑 팔로 왔더라꼬예."

"그놈이야 원래 동에 번쩍 서에 번쩍하잖아."

함께 온 아낙이 끼어들었다.

"참 팔자도 숭악하제. 양자로 들어간 집이 진주에서 갑부라고 하더마. 어쨌든 그 집에 붙어 있지."

아낙네들은 이내 나를 잊고 자기들끼리 말을 주고받았다. 철수는 어디에 쓰려고 하는지 돈이 필요한 모양이었다. 그저께 박선생을 잘포리로 보냈다. 철수는 학교로 돌아갈 생각은 없으니까 앞으로 자신을 찾아오지 말라고 했다는 것이었다. 아이의 등교거부 입장은 단호했다. 하지만 오늘 잘포리에 가는 길에 다시 그를 찾아갈 생각이었다. 면사무소에서 제법 기다렸는데 송기사가 나타나지 않았다.

나는 학교로 가려고 자리에서 일어났다. 문을 나서자 면사무소 앞에 트럭이 도착했다. 차에 올라탔다. 송기사는 늦어 죄송하다면서 차를 급하게 몰았다. 선착장 앞에서 속력을 높이더니 목이 잘린 행대감의 동상 앞을 쏜살같이 지나갔다. 금방 문신 할배가 사는 잘포리에 도착할 것 같았다. 그는 기분이 좋아 보였다. 내 관심은 글자를 모른다는 문신 할배가 아니라 그곳에 산다는 철수였다. 아이를 꼭 설득해 학교로 데려와야 한다. 자신은 그것 때문에 풍도에 온 것 같았다. 왠지는 알 수 없지만 자꾸 그런 생각이 들었다. 철수를 책상 앞에 앉혀야 자신에게 부끄럽지 않을 것 같았다.

"태국 아지매, 딸이랑 먹어요."

송기사가 짐칸으로 올라가 작은 가마니를 들면서 말했다. 태국여자는 놀란 표정을 하고 밖으로 뛰어나왔다.

나는 송기사와 함께 가마니를 내려 장승 둘이 서 있는 안쪽으로 옮겼다. 짐을 나르면서 송기사와 태국여자의 눈치를 살폈다. 두 사람이 연인 사이인지 확인하고 싶었다.

"자…… 자, 자, 자……"

태국여자가 가마니를 보고 웅얼거렸다.

"잡, 잡, 잡……"

여자는 끝내 잡곡이라는 발음을 하지 못했다. 천자는 우리가 온 줄도 모르고 마당 한쪽 구석에 앉아 게임에 몰두해 있었다.

"마을에 남은 잡곡이 좀 있어갖고 왔십니더. 내년부터 매달 꼬박꼬박 마을에서 식량과 함께 생활 보조금이 지급될 깁니더. 이장님이 그랬십니더."

송기사가 웃었다. 그는 누구에게 도움을 준다는 사실이 즐거운 모양이었다. 다른 감정이 있는 것 같지 않았다. 태국여자도 비슷해 보였다.

"고, 고, 고, 고, 고, 고마, 고마……"

그녀의 얼굴도 밝아졌다. 하지만 고맙다는 단어가 입안에서만 맴돌았다. 나는 송기사와 함께 가마니를 마당으로 옮기며 여자의 말문을 열어줘야겠다고 마음먹었다. 왜 이제야 그런 생각이 들었을까? 그동안 여자의 말더듬에 신경을 쓸 겨를이 없었다. 나는 아주 심한 말더듬이를 고친 적이 있었다. 그 사실을 잊을 만큼 여자와의 만남이 매번 극적이었다.

오래전, 미국 연수가 끝나고 부임한 초등학교에서 말더듬이 제자를 만났다. 그때 누나에 대한 죄책감이 되살아났다. 아이의 증세에 관심을 가진 것은 그 때문이었다. 제자는 태국여자처럼 연발성 언어장애였다. 국내외 관련 자료를 구해 읽었고 외국의 언어장애 동호회 사이트를 찾아다녔다. 국내에서도 비슷한 증세를 깔끔하게 교정한 경우가 더러 있었다. 나는 아이의 말을 한 단어씩 고쳐 나갔다. 그것은 인내와 끈기가 필요한 작업이었다. 힘들어 포기하고 싶었던 적도 있었다. 그때마다 누나의 얼굴이 떠올랐다. 결국 아이의 증세가 좋아져 거의 정상으로 돌아왔다. 태국여자도 그 아이처럼 될 수 있을지 모른다.

새벽에 낚시를 가려다가 태국여자의 손에 이끌려 신당에 갔을 때, 그녀는 내 말을 다 알아들었다. 다음 날 내가 여기로 찾아왔을 때도 마찬가지였다. 나는 여자가 우리말을 모른다고 믿고 그림과 손짓으로 소통하려 했다. 하지만 그녀는 처음부터 내 말을 정확히 알아들었다. 태국여자는 무당이 죽었다고 표현했고, 나는 그것을 여러 번 확인했다. 그녀의 말은 사실이었다.

"이놈우 쥐새끼들이 돼지 귀때기꺼정 뜯어 묵었네."

송기사가 막대기로 고구마를 씹는 돼지의 귀를 뒤집으면서 말했다. 뒤쪽이 피로 엉겨 있었다. 밥그릇 속에도 피가 고였고, 귀에서는 아직도 핏방울이 뚝뚝 떨어졌다. 귀에 심한 상처가 난 모양이었다. 지난번에 봤을 때도 귀밑으로 피가 흘렀었다. 천자는 여전히 게임에 정신이 팔려 있었다. 아이가 가진 것은 스마트폰이 아니라 게임기였다. 게임기에서 영어가 튀어나왔다. 학교에서 나누어준 것이었다.

"쥐가 돼지를 묵어예?"

아이가 게임기에서 눈을 떼고 물었다.

"그럼, 쥐새끼들은 배고프면 못 묵는 게 없다니께."

송기사가 말을 하면서 나를 쳐다보았다. 나는 수긍의 뜻으로 웃어주었다. 고향 마을에서도 그런 얘기를 들었다. 나는 고개를 돌리다가 한쪽 구석에 놓인 북데기를 쳐다보았다. 역시 풀 무덤이 아니었다. 풍도의 초분은 비록 풀로 이어 만든 무덤이지만 사람의 시신이 안치된 공간이란 느낌이 들도록 정돈이 되어 있었다. 나는 짚북데기에 대해 물어보려다가 울타리 위쪽을 올려다보았다. 참나리 두 송이가 살짝 붉은 꽃망울을 터뜨렸다. 이제 막 입술을 벌린 꽃잎이었다. 나는 잠시 멍해졌다. 꽃 때문에 누나의 얼굴이 떠오른 것이었다.

"What is this? (이게 뭐죠?)"

천자의 관심이 돼지에서 잡곡가마니로 옮겨갔다. 아이는 학교 유치부에서 박선생에게 영어를 배웠다. 그녀의 말로는 천자는 언어감각이 다른 아이에 비해 월등히 뛰어나다고 했다.

"엄마랑 천자가 먹을 잡곡을 가져온 거야."

내가 말했다.

"Thank you, sir. (고맙습니다, 선생님.)"

"이건 저 아저씨가 가져온 거야."

나는 송기사를 가리켰다.

"응, 칼 맞은 아재."

천자가 송기사를 보고 말했다. 선장이 난리를 치던 그날 현장에 아이도 있었다.

"응……"

태국여자가 딸의 입을 막으려고 했다. 그녀는 아이가 무슨 말을 하려는지 짐작하고 있었다. 여자는 말만 더듬었고, 모든 것이 정상이다. 무당이 죽었다고 말한 그의 판단은 신뢰할 만했다. 무당은 죽었다. 그럼, 도대체 섬사람 중에 누가 그런 끔찍한 짓을 했단 말인가.

"선장 아저씨가 잘못 알고 그런 거란다."

나는 아이를 잡으면서 말했다. 그러면서 태국여자를 살폈다. 아이는 엄마를 피해 내 품에 안겼다.

"그렇죠, 송기사님?"

나는 아이를 안고 그에게 다가섰다.

"앞으론 그런 일은 없을 기다."

"Really? (참말입니까?)"

"Sure! (그럼!)"

송기사가 말했다. 천자는 반창고로 덮인 송기사의 목을 뚫어지게 쳐다보았다. 아이는 그곳을 만지려고 손을 뻗었다.

"아, 아, 아, 안 돼, 안 돼!"

태국여자가 놀라 딸의 손을 잡았다. 그녀는 '안 돼'라고 말했다. 하지만 송기사가 자신의 상처 부위를 들이밀었다. 여자는 송기사를 쳐다보고 딸의 손을 놓았다. 아이는 엄마의 눈치를 살피다가 송기사의 목을 만졌다.

나는 짐짓 태연히 태국여자를 쳐다보았다. 그녀와 내 눈이 마주쳤다. 여자의 눈동자에서 푸른 물이 일렁거렸다. 그 아래 일직선으로 다문 입술. 나는 갑자기 여자를 핥고 싶어졌다. 그러면 맑고 시원한 물이 쏟아질 것 같았다. 여자는 내 눈길을 피했다. 그녀가 내 마음을 읽은 것일까? 나도 고개를 돌렸다.

어쨌든 무당은 죽었다. 저 여자가 그것을 확인했다. 그럼, 송석준은 누굴까? 무당집에서 발견한 피멍자국 사진 뒤에 적힌 그는 누구인가? 무당의 이름은 아니었다. '송석준' 그가 누구인지 아는 사람은 없었다. 풍도 송씨 가문 사람이 아닌 모양이었다. 파출소장이 섬으로 와서 경찰전산망으로 확인해보면 그가 누군지 알 수 있지 않을까?

자동차가 가파른 길을 올라갔다. 태국여자와 송기사의 관계는 내가 오해한 것 같았다. 나는 두 사람을 유심히 살폈다. 하지만 아무런 감정의 변화를 읽을 수가 없었다. 오히려 내 감정을 송기사에게 들키지 않았는지 걱정이었다. 자동차가 느릿느릿 달렸다. 송기사는 관광객이 떼로 밀려들면 풍도를 안내하는 근사한 버스를 몰고 싶다고 했다.

나무들 사이로 건너편의 작은 섬이 보였다. 그곳 해변에서 한 사람이 장대로 물을 퍼내 바위에 끼얹었다. 미역이 햇빛에 노출되는 썰물 때면 하는 일이었다. 자동차가 멈추었다.

"선상님, 저기 보이소."

송기사가 턱짓으로 가리켰다.

며칠 전에 철수를 찾아갔다가 아이들을 만난 곳이었다. 선장이 스마트폰을 든 한 무리의 외국인을 앞에 놓고 초분에 관한 설명을 하고 있었다. 그의 목소리가 하도 커서 영어가 여기까지 들렸다. 칼을 들고 소란을 피웠을 때 했던 말처럼 방송을 들으면서 외국어 공부를 하는 것이 분명했다. 그뿐이 아니었다. 초분이라는 낯선 묘지를 외국인들에게 어떻게 설명해야 할지 고민을 많이 한 것 같았다. 그가 쓰는 유창한 표현들이 그것을 말해주었다. 자동차 뒤쪽에서 두 명의 외국인이 따로 떨어져 스마트폰을 내려다보고 있었다. 한국인 몇 명도 숲속에서 초분을 구경하고 있었다.

"저것은 스물도 못 돼 죽은 아이들의 초분입니더. 초분이 삼십 년이 훨씬 넘었다는 사람도 있고예."

그가 말을 하면서 차를 몰았다. 나는 뒤를 돌아보았다. 내가 철수를 찾으러 갔던 날 만난 아이들은 살아 있는 사람이 아니었다.

"무덤이군요."

"그런 셈이지예! 예전엔 초분을 풀어 뼈를 가루로 만들어 바다에 뿌려야 한다는 말도 있었다는데, 이제 영원히 저 자리에 눌러 앉아 관광객의 눈요깃감이 되어야 할 판입니더. 행대감이 직접 이엉을 갈아주었단 말도 있고…… 앞으로 청년회에서 그 일을 해야겠지예."

"행대감이요?"

"네. 행대감은 궂은일을 마다하지 않았십니더. 마을에서는 쉬쉬하지만 저 무덤은 실은 근친끼리 연애를 하다가 자살한 커플입니다. 그건 마을에서 다 아는 비밀이지예."

"아, 네……"

그날 아이들 속에는 여자 아이가 섞여 있었다. 또한 남녀 아이는 무척 다정하게 굴었다. 내가 정말 혼령을 만난 것일까.

"그럼, 행대감은 단순한 어부가 아니었나보죠?"

"오십 년대에서 팔십 년대 풍도의 그 화려한, 꽃 시절은 순전히 그분이 일군 깁니더. 지금은 멸치가 예전처럼 나지 않아 꿈같은 얘기가 되었지만예."

"개가 돈을 물고 다녔다는 그때 말이죠?"

"하모예."

"그분의 무덤은 없나요?"

"행대감은 자기 무덤을 만들지 말라고 했담니더."

"왜요?"

"그분의 깊은 뜻을 지가 어찌 알겠십니꺼. 화장을 해서 뼛가루를 바로 바다에 뿌렸다는 말도 있고예. 어차피 바닷속이 풍도 사람들의 무덤이니까예."

"자손들이 있었을 게 아닙니까?"

"그분은 자식이 없었십니더."

"왜요?"

"성불능자란 말도 있었고예, 가까운 친척 여자를 깊이 사랑을 했는데, 그 여자가 행대감과 결혼을 할 수 없어 물에 빠져 죽는 바람에 행대감이 평생 혼자 살았단 말도 있고예. 그런 얘기는 지한테 들었단 말은 하지 마이소."

"행대감이란 그분, 아주 멋진 사람이네요. 혹시 마을에 다른 성씨를 불러들인 사람도 그분입니까?"

"네, 맞심니더."

자동차가 공동묘지 윗길을 지나갔다. 곧고 정하게 자란 아름드리 소나무들이 무성한 숲이었다. 트럭이 나무 사이로 난 작은 길을 지나자 넓은 갯벌이 펼쳐졌다. 썰물이었다. 사람들은 멀리까지 나가 갯벌에서 무언가를 파고 있었다. 나는 바다를 바라보다가 자동차 시동이 꺼지는 소리를 들었다. 송기사가 트럭에서 내려 숲속으로 들어가 허리춤을 풀었다. 멀리 떨어져 솟아 있는 섬이 손에 닿을 것처럼 가깝게 느껴졌다. 잘포리는 풍도의 뒤쪽이라 바람이 적어 나무가 바르게 자라고, 그 덕분에 경치가 가장 좋은 곳이라고 했다.

옛날에는 여기서 초분 속의 뼈를 꺼내어 돌에 갈았다고 했다. 그렇게 간 뼛가루를 바다에 뿌리면 풍도 사람들의 죽음이 완성된다는 것이었다. 이장 할머니가 풍도를 찾아온 내셔널지오그래픽채널의 카메라맨 앞에서 그 광경을 고스란히 재현해 보였다. 송기사의 말로는 그 장면은 거의 편집 없이 전 세계로 방영됐다고 했다. 나는 멍하니 앞을 바라보다가 갯벌이 드러난 바다를 보고 잠시 동안 넋을 잃었다. 더없이 아늑한 공간이었다. 정말 아름다운 풍경이었다.

"샘, 여기다 여름, 겨울 생태학교 만들 계획입니더."

송기사가 다시 차를 출발시키면서 말했다.

"생태학교라뇨?"

"좋은 말로 생태학교고 실은……"

송기사가 속력을 올렸다. 마을에서 추진하는 사업이었다. 나도 들은 얘기가 있었다.

"도시 사람들 데꼬 와서 영어도 갈차주고, 갯벌 구경도 시켜주고, 낚시도 갈차줄 김니더. 다만 생태학교는 미역 따기처럼 단기적으로 끝내지 않고 관광객들을 오래 데꼬 있을 계획입니더. 펜션에서 숙박을 하면서 말임니더. 그래야 관광객들이 돈을 좀 더 많이 쓰게 만들 수 있잖아예. 그 프로젝트는 풍도의 사활이 걸린 문제라예."

"사활이라뇨?"

"이번 일을 성공하지 못하면 풍도에 사람이 살기 힘들 김니더. 학교도 없어질 기고예. 사실 풍도가 최근에 국내외로 많이 알려졌지만 그리 실속이 있는 건 아님니더. 그러니 나이든 노인들 죽고 나면 금방 남해안의 섬들처럼 무인도가 될 수도 있는 김니더. 저처럼 젊은 사람 몇 명이 풍도나 주변 섬에 남아 있다고 섬이 유지되겠십니꺼? 집성촌, 그것도 옛말임니더. 남해안에서 무인도로 변한 집성촌 섬마을도 여럿 있어예. 또한 남해군청과 저희랑은 사정이 마이 달라예. 그들이야 일이 잘 되면 좋고, 안 되면 그만이지만 풍도 입장에선 그리 간단한 문제가 아님니더. 만약 초분사업과 생태학교만 지대로 되면 군청에서 하루에 세 번씩, 사람이 많으면 네 번까지 풍도와 송림도만 오가는 여객선을 만들어준다고 했십니더. 관광객을 실어 나르도록 말임니더. 사람들이 송림도에서 떠나는 정기연락선 대신 위험한 풍도호를 이용하는 건 시간 때문이잖아예. 그런데 여객선이 직항으로 온다고 생각해보이소. 졸지에 풍도는 오지 낙도 신세 완전히 면하는 김니더! 우리한테 영어는 단순히 양키와 대화하는 도구가 아님니더."

인터넷으로 사람들을 불러 모아 바다의 소중함을 가르친다는 취지로

'여름 갯벌학교'와 '겨울 낚시학교'를 연다고 했다. 몇 년 전부터 웰빙 바람을 타고 일어난 지역관광 사업에 편성하려는 것이었다. 사람들을 데리고 와서 반응도 점검한 모양이었다. 생태학교가 세워질 장소가 풍도에서 가장 아름답다는 잘포리였다. 그래서 마을에 펜션 단지를 만들었고, 그곳에 사는 노인들의 교육이 필요했다.

"블로그의 짧은 글에도 굳이 신경을 쓰는 것도……"

"하모예. SNS에서 누가 무심코 한두 마디 하는 것 때문에 풍도가 살 수도 있고, 죽을 수도 있심니더. 사람들이 싫다는 것을 죄다 없애는 이유는 그 때문임니더."

나는 풍도 여행기를 남긴 블로그를 여럿 보았다.

송기사가 읽고 당황했던 그 블로그도 찾아 방문기를 읽었다. 그의 글은 신뢰할 만한 내용이 아니었다. 다른 지방의 방문기에도 그곳에 사는 처녀와 서로 눈이 맞아 풀밭에서 뒹굴었다는 식의 글이 적혀 있었다. 인도 여행 때는 일본인과 양키 들이 어울러 난교 파티를 벌였다는 내용도 있었다.

여행 후기에 상습적으로 자극적인 글을 올려서 블로그의 조회수를 올리려는 얍삽한 인간이었다. 그래서 내가 당신 글의 목적이 여행지를 소개하는 것이냐, 아니면 자신이 방문한 마을의 여자들을 모독하는 것이냐고 댓글에 달았다. 하지만 그 글을 곧바로 지워버렸다. 이런 놈을 자극하면 일이 더 복잡해질 것 같았다. 이미 비슷한 댓글이 여럿 있었다.

"야, 방철수!"

송기사가 차를 세우고 소리를 질렀다. 얼핏 보이던 소년이 달아났다. 송기사가 문을 열고 뛰어나갔다. 나는 그대로 앉아 있었다. 우격다짐으로 될 일이 아니었다. 달려가 잡으면 반발심만 생길 것이다.

그날 동굴 앞에서 철수와 이엉꾼의 얘기를 엿듣다가 쓰러졌다. 일어나자 철수는 사라지고 없었다. 그때 철수를 잡아오겠다는 이엉꾼을 그래서 말렸다. 자기 발로 학교에 찾아오게 해야 한다. 철수가 믿고 따를 사람이 없었다. 마을에 철수 아버지 오촌이 둘이나 있었다. 하지만 그들은 철수 가족을 탐탁지 않게 생각하는 모양이었다.

송기사가 나타나지 않았다. 나는 자동차에서 내려 주위를 둘러보았다. 저쪽으로 관광객 하나가 초분 주위를 서성거렸다. 또 다른 한 명은 스마트폰을 들여다보고 있었다. 숲속에 커다란 투명 플라스틱 상자가 가지런히 놓여 있어 가까이 다가갔다. 고양이 두 마리가 쥐를 한 마리씩 입에 물고 있다가 나를 보자 도망갔다. 고양이를 전부 소탕할 수는 없었을 것이다.

초분 속이 환히 들여다보였다. 그루터기 위에 사람의 뼈가 놓인 투명 상자를 올려놓고, 긴 막대기 셋을 삼발이 되도록 세워 이엉을 둘러서 새끼를 동여맸다. 그리고 속이 보이도록 앞쪽 면을 열어 투명 플라스틱으로 막아두었다. 투명 상자 속의 뼈는 인조가 아닌 것 같았다. 고개를 돌리다가 앞쪽에 놓인 영문 안내판을 발견했다. 영문 아래에 작은 글씨로 한글이 있었고, 그 옆에 QR코드가 박혀 있었다.

나는 스마트폰을 꺼내 QR코드 아이콘을 찾아 카메라를 갖다 댔다. 액정화면에서 웬 할머니의 흑백사진이 나왔다. 그 밑에는 김정래라는 이름과 출생 사망 연도가 있었다. 사망 연도가 분명하지 않은지 숫자 대신 의문부호였다. 인터넷 주소 밑에 '댓글쓰기'가 있었다. 그것을 누르자 문장들이 매달려 있었다.

"무섭다. 아프다, 너무."

강다미 13.02.24

"I am deeply troubled by the tragic and painful history."

hs3274 13.02.25

"풍도의 절경은 바람이 만든 깃발나무 숲입니다. 행대감, 이런 근사한 섬에 핏빛 무늬를 새긴 당신을 도저히 용서할 수 없네요."

섬아낙 13.08.20

"재밌네요."

미친사랑 13.03.10

"When I listened to the story that Poongdo people said, I felt pretty terrible."

JAMES HOOPER 13.03.19

"행대감도 그럴 수밖에 없었던 사정이 있을 거예요."

Leejin 13.04.08

"행대감, 정말 나쁜 사람이더라고요."

포세이돈 13.05.09

"Your story that your father was also a victim bursted me into tears."

John Lennon 13.06.10

"반성하는 풍도 사람이 자랑스러워요. 저는 매년 여기를 방문할 생각이에요."

seeman 13.07.09

"People of Poongdo still live their life, having the indelible memory."

Minke Whale 13.08.01

"풍도 바닷가에 바람이 불자 산능선이 한순간 깃발나무 숲으로 변하는 것을 보았습니다. 바람이 나무를 깃발로 만들어버리더군요. 그 푸른 깃발을 보는 순간, 행대감 당신의 행동이 이해됐어요. 당신을 사랑할 수 없지만 존경합니다."

Lord of the Flies 13.03.11

댓글이 셀 수 없을 정도로 많이 이어져 있었다. 나는 인터넷 주소를 눌렀다. 대금 소리가 낮게 흐르면서 웬 중년 남자의 인터뷰가 나왔다. 화면 아래에는 영어 자막이 깔렸다.

"어머이는 1921년에 창도에서 태어나 열여섯 살에 풍도 남자인 아버지를 만나 결혼했십니더. 하지만 여기서 생을 마치진 못했십니더. 저희 형제는 마을의 동의를 얻어 잘포리 가는 길목 아늑한 숲속, 여기에 어머이를 모셨심니더. 사실 저희 가족에게 이곳은 유쾌한 장소가 아닙니더. 하지만 여기가 섬에서 가장 아늑한 장소이니 어머이가 여기를 원할 것 같았심니더.

그날 여기 숲속과 잘포리 마을에서 일어났던 그 사건 때문에 저희 집안은 풍비박산이 났심니더. 그걸 생각하면 저도 눈물이 쏟아집니더. 아버지는 잘포리 문둥이들을 쫓아낼 때, 행대감과 함께 몽둥이와 죽창을 들고 앞장섰던, 그날 이후 시름시름 앓다가 문둥병이 생겼지예. 동네 사람들이 쉬쉬하면서 수군거리는 소리를 저도 들어 알고 있심니더. 어떤 사람은 아버지랑 행대감이 문둥이들을 죽이고, 풍도에 지진아를 가진 근친혼 가정을 창도로 쫓아내 벌을 받았다고 그랬지만, 저는 그리 생각하지 않심니더. 그럼, 그 사건에 가담한 다른 사람들은 왜 아무렇지도 않심니꺼? 그것이 정말로 죗값이라면 말입니더. 아버지도 행대감도 마을을 대신해 그 일을 한 겁니더. 두 분은 마을을 위해 해야 할 일을 한 거라예. 행대감은 풍도에서 문둥이들을 그대로 두고 근친혼을 허용하면 섬은 망한다고 했심니더. 아버지나 행대감의 문둥병은 그냥 재수가 없어 생긴 겁니더. 아버지는 그 병이 생기자 풍도 사람들에게 피해를 주기 싫다고 문둥이들이 모여 사는 정착촌으로 갔심니더. 그리고 아버지는 돌아가시기 전에 문둥이들을 죽인 것에 대해 뼛속 깊이 뉘우쳤심니더. 자신의 병은 자기 죗값이라고 내게 스스럼없이 말했심니더.

그 죗값은 죽은 후에도 풍도로 돌아오지 못한 아버지만 받은 게 아님이더. 아버지가 풍도를 떠난 후, 어머이도 문둥병을 앓아 우리 가족은 전부 문둥이들 정착촌으로 이주했심니더. 그리고 저와 동생은 문둥병이 아닌데도 그곳의 규칙대로 미감아로 분류돼 엄청난 고통을 겪어야 했심니더.

저는 어머이 시신을 받아준 풍도 사람들을 고맙게 생각합니더. 어머니는 돌아가시면서 그토록 초분을 하고 싶어 했고, 바다에 묻히길 원했심니더. 아버지 역시 마찬가지였심니더. 하지만 그분은 자신이 죽인 잘포리 문둥이들한테 미안하다고, 풍도로 올 수 없었심니더. 당신은 돌아가시면서 자기 시신을 화장해 정착촌 뒷산에 뿌려달라고 했심니더."

인터뷰 중이던 남자가 갑자기 흐느껴 울먹였다. 화면에 할머니의 젊은 시절의 사진들이 나왔다. 낡은 흑백 사진이고 곳곳에 흠이 나 있었다. 모두가 문둥병을 앓은 흔적이 없는 멀쩡한 얼굴이었다. 그 사진 위로 남자의 흐느낌과 대금 연주가 흘렀다. 다시 화면이 중년남자의 얼굴이었다. 그의 목소리가 약간 떨렸다. 영어 자막이 깔렸다.

"어머이 소원은 초분으로 육탈한 자신의 뼈를 마을의 풍습대로 가루로 만들어 바다에 뿌리는 것이었심니더. 그리고 자기 뼛가루가 물속으로 가라앉는 날이 당신이 죽는 날이라고 했심니더. 그런데 어머이는 유언으로 자신의 뼈를 바다에 뿌리지 말라고 했심니더. 아버지를 문둥이 정착촌 뒷산에 두고 자신만 고향으로 돌아갈 수 없다고 했심니더. 어머이는 늘 바다를 자기가 돌아갈 고향이라 믿고 살았심니더. 그래서 죽은 날을 아직 기록하지 못했심니더. 어머이, 죄송합니더. 어머이를 여기에 두고 자주 찾아뵙지도 못합니더. 저희 형제의 삶이 힘들고, 고단해……"

남자의 볼 위로 눈물이 흘렀다. 그의 목소리는 울음으로 떨렸다.

"죄송합니더, 어머이. 어머이, 죄송합니더. 어머이가 어찌 저희 형제를 키웠는지 잘 알고 있었는데, 문둥이들 정착촌에서 저희 형제를 어찌 키웠는지 잘 알고 있는데, 너무나도 잘 알고 있는데, 어머이를 여기 두고, 일 년에 한 번도 찾아오지 못하고…… 어머이……"

남자는 더이상 말을 잇지 못하고 소리 내어 엉엉 울었다. 말을 하려 해도 발음이 정확하지 않아 알아들을 수가 없었다. 영어 자막도 말줄임표로 이어졌다. 들릴 듯 말 듯 흐르던 대금 소리가 커졌다.

"숲속에 있는 저건 좀 다른 형태의 초분이네요?"

나는 담배를 피우면서 물었다. 조금 전 QR코드로 봤던 영상 때문에 마음이 아팠다. 댓글을 남긴 사람들의 심정이 이해되었다. 나는 송기사에게 잠시 쉬었다가 가자고 했다.

"네, 세움 초분이라고, 관광객을 유치할라면 이것저것 보여줘야지예."

"세움 초분?"

마을회관 옆 벽면에서 초분에 관한 상세한 설명이 붙어 있었다. 그것을 읽다가 눈이 아파서 뒷부분은 읽지 못했다.

"초분에서 육탈이 된 뒤에 특별한 사정으로 유골을 땅에 묻거나 바다에 뿌릴 수 없을 때, 저렇게 해두었십니더."

"특별한 사정?"

"네, 땅에 손을 대면 재앙을 받는다는 1월, 2월 있잖아예. 그 외에도 이런저런 이유가 있잖아예. 실은 근거도 없는 핑계인 경우가 많지만 말임니더. 지가 어릴때 숲속에서 저런 세움 초분을 좀 봤십니더."

"정말 초분의 땅이란 말이 거짓이 아니군요. 근데 모든 초분에 저런 식으로 QR코드를 만들어두었습니까?"

"아직 다는 못했심니더. 동영상을 저렇게 만드는 작업이 보통 일이 아님니더."

"저걸 송기사님 했습니까?"

"아님니더. 저와 방회장님은 정보만 제공하고, 남해군청에서 영상물 담당 업체를 선정했심니더."

"그럼 모두 자식들의 인터뷰입니까?"

"아님니더. 그러면 무슨 재미가 있겠심니꺼. 좀 전에 보신 초분이야, 워낙 오래전에 돌아가신 분이라 그렇게 만들 수밖에 없잖아예. 그 초분은 만들 때부터 말이 좀 많았심니더. 동네에서 죽은 사람도 아니고, 풍도에서 별로 밝히고 싶지 않은 어두운 역사와 관련이 있고 해서 말임니더."

"어두운 역사라면?"

"꽃같이 화려한 시절 있었으면 항상 그 이면이 있기 마련 아님니꺼. 저 초분은 마을사람들이 행대감이 잘포리 문둥이들한테 한 일을 반성한다는 차원에서 만든 김니더."

"행대감이 죽창과 낫으로 한센인을 죽였습니까?"

"……"

"한센인 가족이나 그 아이까지 죽이지 않았나요? 인터넷을 검색해보니 그런 내용이 있었습니다."

나는 양선생이 모아둔 자료 얘기는 꺼내지 않았다.

"무슨 그런 끔찍한 말을 합니꺼! 행대감님이 그리 잔혹한 사람은 아님니더. 신문에서 좀 과장했심니더."

"행대감이 무고한 사람을 죽인 건 맞지 않습니까? 그리고 근친혼으로 지진아를 가진 가정을 창도로 몰아냈다면서요? 그것은 신문에 보도되지도 않았다고 들었습니다."

"맞는 말임니더. 하지만 문둥이들을 잘포리에 둘 수는 없었심니더. 만일 그들을 허용했다면 풍도는 송씨 집성촌이 아니라 문둥이 섬이 되었을 깁니더. 또 그 당시 행대감이 마을에서 근친혼을 묵인했다면 마을은 온통 바보들 천지가 됐을 기고예."

"그렇다고 학살이나 추방이 정당화되는 것은 아닙니다."

"샘예. 비록 행대감이 머리도 없는 괴물로 변해 선착장에 서 있지만, 아직도 마을사람들의 마음속에 살아 있는 그분은 풍도의 영웅이라예."

"지금도 사람들의 마음속에……"

"그분의 묘지가 와 없는 줄 압니꺼? 그분은 자신이 문둥병에 옮았다는 것을 알고 풍도 사람들한테 누가 될까봐 어느 날 흔적도 없이 사라졌심니더."

"……"

"그런 분을 어찌 쉽게 잊겠심니꺼?"

"아……"

나는 자신도 모르게 탄성을 질렀다.

"사람의 맘이 그리 쉽게 변함니꺼? 이제 과거사 얘기는 그만하지예."

송기사가 입을 다물었다.

"……"

나는 행대감이나 양민학살에 대해 더 이상 묻지 않았다. 물어도 송기사가 답할 것 같지 않았다. 무당이 사라진 것과 행대감과는 무슨 관계가 있을까? 철수는 자기 아버지가 행대감을 욕하다가 화를 당한 것처럼 말했다. 또한 양민학살 사건 때문에 철수 아버지와 마을사람들 사이에 언쟁이 있었다. 그렇다고 해도 소년의 말을 전적으로 믿을 수는 없었다.

"학교에서 할머니들을 모셔놓고 동영상을 찍는 것도 QR에 들어갈 영상입니까?"

내가 다른 질문으로 화제를 바꾸었다.

"초분 속의 동영상은 가능한 한 그분들이 살았을 때, 모습을 찍어 관광객에게 보여줘야지예. 그래야 실감이 나지예. 그분들의 모습을 사후에 관광객이 볼 수 있도록 미리 찍어두는 거지예."

"근데 풍도에 초분은 얼마나 됩니까?"

"한번 보여드릴까예."

내가 약간 어리둥절해하자 송기사가 가방에서 아이패드를 꺼내 풍도 홈페이지를 열었다.

"여기서 초분 현황을 누르면 나와예."

초분 현황이란 코너가 따로 있었다. 그곳을 만지자 지도와 함께 초분의 위치가 붉은색으로 표시됐다. 송기사가 아이패드를 건넸다. 내가 손가락으로 화면을 확대하자 화면이 물처럼 흘렀다. 처음에는 방향을 제대로 잡을 수 없어 어리둥절했지만 이내 풍도의 실제 모습이 한눈에 들어왔다. 화면을 천천히 당겨 태국여자의 집으로 화면을 이동시켰다. 그곳에 있는 북데기는 역시 초분이 아니었다.

"이거 한번 보실래예."

송기사가 내게 아이패드를 받아들고 다른 곳에 접속했다. 풍도로 여행 왔다가 마을 여자를 만나 성관계를 했다는 내용의 글이 있던 블로그였다.

"이 친구가 글을 지웠심니더. 제가 메일로 부탁을 했더니 고맙게 글을 수정했어예."

"그렇게 나쁜 친구는 아니었네요."

"실은 저희가 미역이랑 멸치를 보내준다고 했심니더."

"네……"

"혹시 그 친구 일부러 그런 글을 올려 관광지 운영자로부터 금품을 뜯어내는 게 아닐까요."

"실제로 그런 나쁜 놈이 있다는 말을 저희도 들었심니더."

송기사는 풍도에 대한 악평이 지워졌으니, 아무렴 어떠냐는 표정이었다. 실은 그 친구가 글을 지우는 조건으로 대가를 요구했을지도 모른다. 그가 환한 얼굴로 면사무소에 나타났던 이유가 있었다.

"그나저나 요새 마을이 어찌 돌아가는지……"

그가 투덜거리면서 자동차를 출발시켰다.

"대가리 피도 안 마른 새끼가 샘까지 따돌리고…… 그 자식이 동네 사람을 살살 피해 댕기고…… 문둥이처럼 생긴 이엉꾼이랑 어울려 댕기고예. 내 참 기가 차서……"

그는 한숨을 내쉬었다.

"……"

진짜로 한숨을 쉴 사람은 나였다. 내가 잘포리로 가는 진짜 목적은 철수를 만나기 위해서였다.

"그놈이 영어를 올매나 잘하는 줄 암니꺼. 선장이랑은 게임이 안 됩니더. 좋은 발음으로 영어 책도 술술 읽고, 수달을 연구해 큰 상도 받았고,

그리 똑똑한 자식이 문둥이처럼 생긴 쇠갈고리 이엉꾼 놈이랑……"

"이엉꾼이 한센인입니까?"

나는 송기사의 말이 귀에 거슬렸다.

"그놈이 문둥이는 아니지만 풍도에 골칫거립니더."

"무슨 말씀입니까?"

"도시 사람들 불러다가 갯벌 체험시킬 때, 이엉꾼이 불쑥 나타나 아이들이 놀라는 바람에 우리가 얼마나 당황한 줄 암니꺼. 좀 큰 놈들은 문둥이 나타났다고 소릴 지르고…… 이엉꾼이 진짜로 문둥이든지 아니든지, 그것은 그리 중요한 게 아닙니더. 더구나 잘포리는 예전에 문둥이들이 있었고예."

그는 말을 하다가 입을 다물었다. 별로 하고 싶지 않은 말을 꺼냈다는 표정이었다.

"근데, 철수는 왜 입양됐던 집에서 쫓겨났습니까?"

"저희들도 그 이유는 몰라예. 무슨 일이 있었는지. 그 진주 부잣집에서 쫓겨나는 바람에 성격이 저리 비뚤어진 김니더. 철수는 비록 동남아 엄마한테서 태어났지만 아이가 워낙 똑똑해 양부모한테 사랑도 무지 받았담니더. 그런데 무슨 일이 있었는지. 저희들은 철수가 나이들면서 얼굴이 까맣게 변하니까, 그 집에서 쫓겨난 게 아닐까 추측합니더. 어릴 적 양자로 들어갈 땐 동남아 종자란 게 표시가 안 났거든예."

"근데 철수 아버지는 어떻게 하다가 죽었나요?"

"부모가 다 바람에 바다에 그만……"

"철수 아버지는 해양고를 졸업하고 해병대를 다녀와 팔라우에서 원양어선을 탔다고 하던데요."

"맞습니더."

"그런 사람이 물에 빠져 죽어요?"

"거기가 회오리바람이 심한 곳입니더. 원숭이도 나무에서 떨어질 때가 있잖아예."

이때 앞에서 '남해전자'라는 마크가 붙은 트럭이 나타났다. 송기사가 그 트럭에 탄 사람과 인사를 주고받았다. 그들은 잘포리에 들렀다가 본동으로 이동하고 있었다. 송기사는 남해전자가 풍도의 전자기기 전부를 총괄해 설치, 보수하고, 초분 앞의 QR코드를 위탁 관리한다고 했다. 트럭이 아래로 내려가자 하얀 펜션 단지가 눈에 들어왔다.

*

"이놈아, 코흘리개들이랑 무슨 공부를 하란 말이고."

노인이 대뜸 짜증을 냈다. 마루에 앉아 그물을 만지고 있던 그는 송기사를 쳐다보지도 않았다. 이미 자주 찾아와 귀찮게 굴었던 모양이었다. 송기사가 마당에 들어서자 가져온 거치대를 설치하고, 그 위에 아이패드를 올렸다. 노인은 송기사가 자신의 동영상을 찍는 데 대해선 아무 말을 하지 않았다. 나는 마당으로 들어가다가 멈춰 섰다. 그가 벌떡 일어나 아귀 문신이 새겨진 주먹을 날릴 것 같았다. 손등만이 아니라 팔뚝에도 돔 한 마리가 뛰놀고 있었다. 발등에는 멸치 떼가 근사하게 그려져 있었다. 몸이 아니라 어류도감이었다.

"문신 할배, 풍도 분교에 새로 오신 분교장님입니더."

송기사가 아랑곳하지 않고 말을 꺼냈다.

"몰라뵙고 죄송합니더."

그는 마당으로 내려와 머리를 숙였다. 의외로 순진한 노인이었다. 학교를 다니지 않았다는 사람이 선생이란 말에 금방 태도가 바뀌었다.

"제가 되레 미안합니다. 일을 하고 계신데……"

"아임니더. 선상님이 이런 누추한 데까지……"

노인은 마루에 놓인 그물 뭉치를 치웠다. 이어 소매를 걷더니 거치대 위의 아이패드를 향해 문신을 내어 보였다. 송기사가 흡족한 미소를 지었다.

"할머이, 저 왔심니더."

그가 목청을 높였다.

방 안에서는 인기척이 없었다. 나는 마루에 앉았다. 노인은 방문을 열려다 말고 부엌으로 갔다. 마당 한쪽 구석 수돗가 옆에서 살찐 누렁이 한 마리가 늘어져 있었다. 놈은 낯선 사람이 집으로 들어섰을 때도 짖지 않았다. 그 때문에 놈의 존재를 몰랐다. 자꾸 콧잔등에 앉는 파리를 쫓느라 코를 실룩이는 놈을 보자 나는 절로 웃음이 나왔다.

고개를 돌리자 돌담이 눈에 들어왔다. 풍도 특유의 있으나마나 한 돌담이다. 비록 영문이긴 해도 마을 운영위원회에서 굳이 문패를 달라고 한 이유를 알 것 같았다. 그런데 풍도의 집들은 대문이 제대로 없어 문패가 달린 장소가 제각각이었다. 이 집의 경우는 문패가 마루 가운데 솟아 있는 기둥 위에 매달려 있었다. 검은 바탕에 흰색 영문 문패에 때가 묻어 알파벳이 잘 보이지 않았다. 풍도는 자기 집과 바깥의 경계가 분명하지 않았다. 대문이 있는 본동의 집들도 매한가지였다. 문신 할배의 집은 바닷가에 흩어져 있는 돌을 주워 쌓아놓긴 했지만 담이라고 하기엔 너무 낮았다.

나는 고개를 들었다. 멀지 않은 곳에 자그마한 부두가 보였다. 그곳엔 두세 명이 겨우 탈 수 있는 어선들이 비스듬히 누워 있었다. 썰물이라 물이 빠졌다. 또 옆쪽으로 보이는 긴 백사장에는 많은 파라솔과 함께 사람이 누울 수 있는 물결 모양의 하얀 침대가 놓여 있었다. 파라솔의 덮개가 비닐이나 천이 아니라 초분이 생각나게 하는 짚이었다. 멀리 바다 끝에서 아낙들이 광주리를 머리에 이고 넓은 갯벌을 가로질러 걸어오고 있었다. 겉으로 보기엔 더 없이 한가로운 세계, 시간이 흐를 것 같지 않은 공간이었다. 이런 곳에서 살육의 핏빛 향연이 있었다는 것이 믿기지 않았다.

"누가 왔다꼬 수선이고 수선이……"

할머니가 게슴츠레한 눈으로 방문을 열었다. 그 때문에 텔레비전 소리가 흘러나왔다. 머리에 도화지를 뒤집어쓴 듯했다. 얼굴은 거북이 등짝처럼 깊게 골이 패 있었다. 몇백 살 먹은 할머니 같았다. 그녀는 다리가 불편한지 앉은 채로 엉덩이를 밀며 밖으로 나왔다. 마루에 앉자 귀에서 보청기를 끼웠다

"할머이, 지가 왔어예."

송기사가 말했다.

"백날 와봐라. 우리 아들은 핵교 안 간다."

할머니가 무릎을 주무르면서 말했다. 문신 할배의 아내가 아니라 어머니였다.

"이분이 새로 오신 분교장입니더."

나는 일어나 머리를 숙였다. 할머니는 아들과 달리 선생이란 말에 별

다른 반응을 보이지 않았다.

문신 할배가 생수병과 컵이 놓인 쟁반을 들고 나와 마루에 내려놓았다. 이어 그는 거치대 위의 아이패드를 향해 웃어 보이고, 다시 부엌으로 들어갔다. 송기사가 아이패드를 만지는 동안 할머니는 멍하니 바다를 쳐다보았다. 그러다가 불쑥 말을 꺼냈다.

"요즘은 행대감이 안 보여."

송기사가 놀라 나를 쳐다보았다. 아마 행대감이란 존칭 때문이었을 것이다.

"무슨 말씀입니꺼?"

"해거름이면 그분이 바닷가를 어슬렁거렸는데, 요새는 도통 볼 수가 없어."

"할머이, 그분은 죽었십니더."

"죽다니! 작년에만 해도 매일 행대감을 봤는데."

"허깨비를 보셨지예."

"허깨비라이! 행대감은 살아 있다."

"할머이!"

송기사가 정색을 하고 소리를 질렀다. 그의 태도에 할머니는 헛기침을 했다.

"하긴 이제 남해전자가 행대감이여."

"할머이, 그건 또 무슨 말입니꺼?"

그녀는 말을 하고 방 안의 텔레비전을 쳐다보았다.

"예전에 행대감이 지나가면 뭐든지 좋아졌잖아. 거친 길도 아스팔트로 바뀌고, 없던 우물이 생기고. 멸치를 많이 잡아 부자가 되고. 남해전자 기사들이 다녀가자 텔레비전에 핸드폰도 잘 터진단 말이여."

"그래예."

송기사가 말을 하고 방 안을 들여다보았다.

"아이고, 방 안에다 중계기를 달고 가면서 텔레비전도 손봐줬네예."

"앞으로 행대감은 입에 담으면 안 되는 거 알지예. 특히 외지 손님들한테 말입니더.

"근데, 수돗물이 잘 나오지 않아. 우물이 말랐나?"

할머니가 다른 말을 했다.

"우물이 말라가고 있십니더. 이제 여기는 더 이상 사람들이 살 수 없십니더."

송기사가 조심스럽게 말했다.

남해안 섬들은 육지에 가까이 있지 않으면 자력으로 물을 구하거나 수조선으로 공급 받아야 한다. 하지만 우물이 고갈된다는 말은 핑계였다. 마을 청년회에서 잘포리 사람들을 죄다 본동으로 옮길 계획을 하고 있었다. 청년회 회원들이 내 하숙방으로 찾아와 술을 마실 때, 현기 삼촌이 무의식중에 속뜻을 내비쳤다. 그들은 잘포리 마을 전체를 생태학교로 꾸밀 계획이었다. 여기에는 문신 할배 말고도 외지인들이 싫어할 만한 노인들이 있었다. 그들이 학교에서 교육받을 대상이었다.

"시끄럽다! 내는 요서 죽는다!"

할머니가 고함을 질렀다.

"좀 기다리면 행대감이 찾아와 우물을 손보고 갈 기다! 내 말이 틀린지 함 봐라."

그녀는 혼잣말로 중얼거렸다. 잘포리의 우물을 행대감이 판 모양이었다.

"행대감 얘기는 그만하라니까요."

"……"

"할배예, 뭐 합니꺼?"

송기사가 일어나 부엌으로 걸어갔다.

"할배, 어데 계십니꺼?"

그의 목소리가 부엌에서 들렸다. 이때 핸드폰이 울렸다. 내 폰이 아니라 할머니 폰이었다. 핸드폰에서 손자인 듯한 아이의 목소리가 크게 흘러나왔다. 귀가 먹어 스피커폰으로 해둔 것이었다. 그녀의 얼굴에 미소가 돌았다.

*

따로 볼일이 있는 듯 송기사가 바닷가에 있는 한 집으로 들어갔다. 나는 갯벌 너머 바다를 쳐다보았다. 바다에 안개가 끼고 있었다. 잘포리로 올 때 철수의 집에 들르려 했다. 혼자 산다는 아이 집을 보고 싶었다. 그에게 줄 책도 준비해 왔다. 그에게 전임 선생님 얘기를 듣고 싶었다. 그러면 양선생이 어떻게 됐는지 알 수 있을 것 같았다. 하지만 무엇보다도 학교에 나오지 않아도 좋으니 선생님을 얘기 상대로 여길 순 없냐고 물어볼 생각이었다.

나는 담배를 피워 물고 고개를 돌렸다. 길고 넓은 해변을 산책할 수 있도록 예쁜 목조 다리가 뻗어 있었다. 다리가 끝나는 지점부터 하얀 펜션 단지가 조성되어 있었다. 그 끝에 제법 큰 가게도 보였다. 문신 할배의 집 마루에서는 보이지 않았던 풍경이었다. 펜션 단지 앞으로 크고 넓은 현대식 부두가 바다를 가로질러 놓여 있었다. 그곳에는 요트가 묶여 있었다.

"선상님, 여기서 이거라도 드시면서 좀 기다리고 계시소."

송기사가 빵과 우유를 들고 나타났다.

"이 집 저 집 들러 사람이 있는지 확인해보고 오겠심니더."

"왜요. 함께 가시죠."

"헛걸음하실 것 없이 트럭에 앉아 쉬고 계시이소. 노인들이 어판장에 술 마시러 갔단 정보가 있어 그런 김니더."

어판장은 송림도에 풍도호가 닿는 곳이었다.

"그 먼 곳까지……"

"술이라면 꼭두새벽에 지옥이라도 갈 노인들이라예."

나는 빵과 우유를 받아 들고 집 옆에 세워둔 트럭에 올랐다. 송기사가 바다에서 밀려오는 안개 속으로 걸어갔다.

트럭 바로 앞에 낯선 집 한 채가 보였다. 지붕 위에는 위성방송 수신 안테나가 걸려 있었지만 그것은 풍도에서 흔한 광경이었다. 문제는 담벼락이었다. 마을의 허름한 담들과 달리 높이 솟아 있었다. 뭐가 좀 다른 가옥구조라 안을 한번 보고 싶었다. 트럭에서 나와 마당을 들여다보았다. 아낙들이 둘러앉아 조개를 까고 있었다. 풍도호에서 만난 아낙도 있었다. 그녀는 자신의 엉덩이를 비틀어 무당이 담배를 피울 수 있도록 바람을 막아주었다. 얼굴에 짙게 화장을 한 정미도 보였다. 조개를 까는 그녀의 옆에는 아이패드가 놓여 있었다. 나는 아낙과 눈이 마주칠까봐 빨리 고개를 돌렸다. 가옥의 구조는 문신 할배 집과 차이가 없었다. 한쪽만 높은 담을 세우고 대문이 있어야 할 부분은 탁 트여 있었다. 오히려 안팎의 구분이 전혀 없는 마당이었다. 담은 경계를 위한 것이 아니라 바람막이에 불과했다.

나는 차창 밖을 쳐다보았다. 바다에는 어둠이 내리고 있었다. 안개가 밀려오는지 시야가 흐려졌다. 멀리서 물소리가 희미하게 들렸다. 바다에서 물이 들어오는 모양이었다. 안개가 아니라 각막혼탁인지 모른다. 하지만 나는 그것을 확인하지 않았다. 어디선가 아낙들의 목소리가 들렸다.

"참말이가, 무당이 죽었다는 기?"

"죽긴, 봤다는 사람이 있는데."

"내도 봤어. 숲속에서 돌아다니는 무당을."

"참말로?"

"내 두 눈으로 똑똑히 봤다니께."

아낙이 언성을 높였다. 소문은 저런 아낙들의 뚱딴지같은 확신 때문에 생겨났을 것이다.

나는 다시 고개를 돌렸다. 담장 옆에 막대가 세워져 있고, 그 위에 이엉이 기다랗게 놓여 있었다. 짐승의 등짝 같은 용마름도 보였다. 담장에서 짚으로 엮은 이무기 한 마리가 기어 나오는 형상이다. 역시 마을회관 벽에 붙여둔 설명이 나오는 초분 중 하나였다. 초분 앞 쇠막대기 위에 플라스틱으로 감싼 금빛 안내판이 있었다. 방회장의 말로는 묘지를 연구한 민속학자의 도움을 받아 여러 형태의 초분을 새로 만들었다고 했다. 정말 희한한 무덤도 다 있구나. 초분 아래에는 쥐들이 줄을 서서 숲으로 향하고 있었다. 저들도 바다에서 물이 들어오는 것을 아는 것일까? 그런 생각을 하면서 고개를 돌렸다. 절로 스르르 눈이 감겼다. 눈꺼

풀이 아래로 내려앉았다. 안개가 눈망울 속으로 파고들었다.

"무당이 죽었으면 어짜노?"

"저 여편네! 귓구멍에 뭘 박았나! 내가 살아 있는 걸 봤다니께!"

나는 고개를 들어 수돗가를 쳐다보고 싶었다. 허나 몸이 무거워 일어날 수 없었다.

"근데 그 말이 진짜가?"

"무슨 말?"

"이엉꾼이 말더듬이랑 붙어 묵는다는 게……"

"내도 그런 소문 들었다."

"좀 붙어 묵으면 어때! 병신들끼리."

"그년이 이놈 저놈 다 붙어 묵으니께 하는 소리지. 그년이 무당 기(氣)를 다 받아 묵었어."

"근데 천자는 누구 새끼고?"

"동네 사내 중에 아버지가 있다는데, 그년이 말을 하지 않으니 알 수가 있나?"

"현기 삼촌 아이가?"

"부회장은 천자가 자기 씨가 아이라고 말했다. 무당도 정관 수술했다고 분명히 말했고."

"그러면 누고?"

"혹시 송기사 아이가?"

"그런 소리 함부로 하는 기 아이다!"

정미의 목소리 같았다. 누가 일어나 걸어가는지 발소리가 들렸다.

"저 여편네는 송기사 말만 하면 지랄이고……"

정미가 송기사 얘기를 하자 자리를 떠난 모양이었다.

"과부 주제에, 분수를 알아야지! 오데 멀쩡한 총각을 넘봐!"

"누가 아니래, 더구나 둘은 사촌간이잖아."

"사촌은 아니고 육촌이다."

"사촌이나 육촌이나, 결혼 못하긴 매일반 아이가."

"육촌 친척 총각을 넘보든, 누구 자식을 낳든 우리랑 무슨 상관이고……"

한 아낙이 푸념을 뱉었다. 그 소리에 주변이 조용해졌다. 한동안 정적이 흘렀다. 물소리가 들려왔다. 아낙들의 긴 한숨 소리가 들렸다. 그 소리가 내 의식을 파고들었다. 머릿속이 몽롱해졌다.

"무당은 참말로 괜찮은 사내였는데……"

아낙의 뒷말은 들리지 않았다. 송기사에 대한 험담이 이어졌다. 그가 무당처럼 동네 여자들을 집적거리고 다닌다고 했다. 아낙들의 말들이 멀어졌다. 태국여자와 이엉꾼이 정말 그런 사이일까? 온몸의 기운이 밖으로 빠져나갔다. 바다 물소리가 가까이 다가오고 있었다. 귓가에 노랫소리가 들려왔다.

"Should have told you so. I was in love with you. If it weren't you, that I would die for sure……"

귀에 익은 음정이다. 누가 〈님은 먼 곳에〉를 영어로 부르고 있었다. 노랫소리가 처량하게 들렸다. 길게 이어진 노래가 끝나자 멀리서 물방울 소리가 울렸다. 그 소리가 차츰 크게 들렸다.

뽀글뽀글, 뽀글뽀글.

물밑으로 가라앉은 누나가 토해내는 거품이 요란한 소리를 내면서 위로 올라갔다. 내게 누나는 물방울 소리였다. 꽤 오랫동안 그 소리는 공포였다. 그런데, 어느 순간 물방울 소리는 누나를 기억하는 매개가 되었다. 그녀가 떠오를 때면 항상 물방울 소리가 전주곡으로 울렸다. 나는 눈을 떴다. 물밑으로 내려가는 것은 누나가 아니었다. 돌덩이에 묶인 사람이었다. 온몸에 피멍이 든 남자가 물밑으로 가라앉고 있었다. 사체는 하나가 아니었다. 두 사람이 돌덩이에 매달려 있었다. 내 호흡이 빨라졌다. 두 몸뚱어리가 짙푸른 아래로 내려갔다. 바닷속은 끝이 보이지 않았다.

"죄송합니더."

나는 눈을 떴다. 송기사가 트럭에 후닥닥 오르면서 말했다. 나는 얼른 고개를 들었다. 주변이 회색빛 안개로 가득 찼다. 아직도 물방울 소리가 들렸다. 그 소리는 귓속이 아니라 바다에서 들려왔다. 귀에 익은 물방울 소리였다.

"많이 늦었지예."

"아닙니다."

"분명히 집에 있을 거라고 했는데……"

"정말 어판장으로 놀러 갔나보죠?"

"네, 절 피하려고 저녁에 송림도로 나간 깁니더."

그는 차의 시동을 걸면서 투덜거렸다.

"마을 운영위에 말해, 노인대학에 다니지 않는 사람들에겐 어민 자금도 주지 않을 겁니더."

"그렇다고 그럴 것까지 있습니까?"

"아닙니더. 어민 자금 주고 안 주는 건 순전히 마을 운영위 마음입니더. 그 돈을 어찌 받아 온 긴데예. 지난여름엔 무슨 일이 있었는 줄 암니꺼. 저 문신 할배가 서울에서 갯벌체험 하려고 찾아온 관광객 가족이랑 싸웠어예. 그것도 두 가족이랑 말임니더. 그들이 행사가 끝나지도 않았는데, 떠나려는 것을 이장님과 방회장이 나서 거의 무릎을 꿇다시피 해서 겨우 맘을 달랬심니더. 그때 저 문신 할배는 그 가족들한테 사과도 안 했심니더. 이 동네 할배들은 모조리 똥 매너임니더."

그는 툴툴거리면서 트럭을 출발시켰다. 노인들에게 물을 먹은 것이 분한 모양이었다.

"우물에 소금을 처넣어 물을 아예 못 마시게 만들어야 합니더. 그리고 잘포리에 생태학교를 세워 외지인들만 들어오게 해야지예."

그는 어금니를 깨물었다. 나는 고개를 돌렸다. 물소리가 차츰 멀어졌다.

"안개 땜에 천천히 가야겠심니더."

"그새 안개가 꽉 끼어버렸네요."

역시 안개였다. 각막혼탁이 아니었다. 숲속을 길게 뻗은 도로가 뿌옇게 변해버렸다. 자동차가 느릿느릿 언덕 위로 올라갔다. 나는 창문을 열었다. 사방으로 안개가 자욱이 깔렸다. 마을로 내려올 때와는 다른 풍경이었다. 나는 밖으로 고개를 돌리다가 흠칫 놀랐다. 안개 속을 지나가는 검은 그림자가 보였다. 그림자는 멈춰 서서 내게 고개를 돌렸다. 마치 나를 쳐다보고 오라고 손짓을 하는 것 같았다. 누굴까? 얼핏 보기에는 낯선 여자였다. 혹시 전임 분교장인가? 하지만 그녀는 사라진 사람이었다. 왜 그림자를 양선생이라고 생각한 것일까? 여자는 자동차 옆을 지나 마을로 내려갔다. 나는 천천히 머리를 돌렸다. 그러나 여자는 보이지 않았다. 내가 허깨비를 본 것일까? 자동차는 안개 숲으로 들어갔다.

"저, 저기, 무당!"

송기사가 브레이크를 밟으며 소리를 질렀다. 나는 멍하니 앉아 있다가 정신을 차렸다. 트럭이 숲을 지나가는 중이었다. 주위가 흐려 앞이 잘 보이지 않았다. 좀 전에 내가 봤던 사람이 무당이었나? 그는 여자가 아니었나? 무당은 여자처럼 생긴 남자였다.

"저놈을 잡아야지예!"

그는 차문을 열고 후다닥 뛰어내렸다. 나도 서둘렀다. 무당이 살아 있는가? 그가 살아 있다는 말이 사실인가? 그의 죽음을 믿지 않는 사람이 많았다. 하지만 그것은 소문일 뿐이었다. 그 때문에 공연히 마을이 뒤숭숭했다. 파출소장은 사흘 전에 정식으로 수사를 한다고 귀띔해주었다. 그는 무당이 죽었다고 단정을 지었다. 소문에 대해서도 짚이는 데가 있다는 것이었다. 누군가가 무엇을 숨기기 위해 의도적으로 만든 것이라고 했다. 그는 태국여자까지 불러 조사를 끝내고 확신에 차 있었다. 나는 파출소장이 그녀를 함부로 대하지 않았는지 은근히 걱정이 되었다.

"서라! 거기 서라!"

송기사가 소리를 지르면서 달렸다. 그런데 내 눈에는 무당이 보이지 않았다. 놈이 어디에 있단 말인가? 나는 소리를 좇아갔다. 송기사가 뿌연 안개 속으로 사라졌다. 자욱한 안개 속에서 요란한 발소리가 들렸다.

"송기사님, 어딥니까!"

나도 소리를 질렀다.

"여기예!"

그의 목소리가 들렸다. 소리는 여기저기 메아리가 되어 방향을 잡을 수 없었다. 그냥 길을 따라 내려가는 수밖에 없었다. 무작정 아래로 뛰었다. 한순간 길이 보이지 않았다. 멈춰 서자 깊은 소나무 숲이었다. 당황해 내 발소리를 따라 달렸다. 서두르다가 엉뚱한 곳으로 들어왔다.

나는 송기사를 불렀다. 메아리만 울릴 뿐이고 응답은 없었다. 안개 때문에 한치 앞을 분간할 수 없었다. 나는 방향을 잡기 위해 주위를 두리번거렸다. 뿌옇게 앞을 가로막고 있던 안개가 옅어지고, 바다가 어렴풋이 보였다가 사라졌다. 트럭을 세워둔 윗길로 가려면 바다를 등지고 가야 한다. 그런데 좀 전에 본 것이 바다인가? 아까 봤던 플라스틱 투명 세움 초분이 근처 어디에 있을 것 같기도 했다.

잠시 걸어가자 초분이 희미하게 보였다. 앞에는 QR코드가 선명히 박힌 표지판이 있었다. 바로 그 순간이었다. 웬 그림자가 내 앞을 스쳐 지나갔다. 얼핏 보았지만 얼굴이 해사하고, 몸집이 자그마한 것이 동네 아낙 같았다. 아낙은 몇 걸음 걸어가다 휙 고개를 돌려 나를 쳐다보았다. 내 심장이 쿵 떨어졌다. 무당이었다. 놈은 살아 있었다. 아낙들의 말이 맞았다. 그날 저녁 내가 신당으로 들어섰다가 문을 열고 마당으로 나가자 황급히 도망간 사람은 무당이었다. 그는 신당으로 들어서다가 낯선 방문자를 보고 놀라 달아났다. 태국여자가 뭘 잘못 본 것이었다. 그는 섬에 숨어 있는 것이 분명했다.

나무 뒤로 몸을 숨겼다. 잠시 동안 놀란 가슴을 추스르고 살며시 고개를 내밀었다. 놈은 여자를 데리고 걸어갔다. 두 사람은 다정하게 얘기하느라 다른 데는 관심이 없었다. 그들은 서로에게 정신이 팔려 있었다. 주위를 둘러보았다면 나를 발견했을 것이다. 나는 정신을 가다듬고 소리 나지 않게 숨을 쉬었다. 그러다가 놈의 뒤를 따라갔다. 몸을 낮추고 머리를 내밀었다. 무당이 고개를 뒤로 돌려 이쪽을 두리번거렸다. 틀림없이 무당이었다. 그도 나를 발견한 것인가? 어떻게 해야 하나? 무당은 여자를 쳐다보며 다시 앞으로 걸었다. 금방 놈의 뒷모습이 안개 속에 묻혀 형체가 잘 보이지 않았다. 발소리도 멀어졌다. 나는 후닥닥 달려 나갔다. 뛰어야 놈을 놓치지 않을 것이다. 하지만 희미하게 보이던 무당은 완전히 사라졌다. 숲속에 다시 적막이 내렸다.

나는 고개를 돌렸다. 여전히 숲속이었다. 눈앞에 커다란 짚단이 나뭇가지에 매달려 있었다. 짚단이 아니라 시신을 이엉으로 싸 나무에 매달아놓았다. 초분을 나뭇가지에 매달아놓은 수분(樹墳)이었다. 나는 머리를 들었다. 초분이 큰 열매처럼 달린 바로 그 나무 위에는 관 크기만 한 이엉이 자리 잡고 있었다. 둘 다 풍장(風葬)이었다. 이엉 위로 파란 불빛 둘이 밝혀져 있었다. 이장 할머니 집에서 봤던 새, 올빼미였다. 놈은 사나운 발톱으로 풀 뭉치를 움켜쥐고 고개를 숙이더니 주둥이를 아래로 처박았다. 올빼미는 이엉 속의 시신을 뜯어먹고 있었다. 나는 숨이 멎는 것 같았다. 도대체 여기가 어딘가? 눈앞에서 올빼미가 날개를 펼쳤다. 이어 섬광과 함께 예리한 물체가 머리를 할퀴고 지나갔다. 소름끼치는 소리가 사방으로 울렸다. 계속해 달려가다 나는 한순간 몸의 균형을 잃고 아래로 떨어졌다. 내 몸이 허공을 가르며 물 위로 떨어졌다.

풍덩 소리와 함께 바다 밑으로 가라앉았다.

조금 전 트럭에서 봤던 환상이 눈앞으로 펼쳐졌다. 아낙들의 푸념과 영어 노래가 희미해지자 돌덩이에 매달린 사람이 물밑으로 가라앉고 있었다.

예지몽을 꾼 것인가? 나는 늪으로 들어가듯이 물속으로 빨려들었다.

곧이어 눈앞으로 깊은 바닷속이 펼쳐졌다. 뽀글뽀글, 입에서 물방울을 토하며 아래로 내려갔다. 꿈속의 누나처럼. 나는 끝이 보이지 않은 물속으로 가라앉고 있었다. 저쪽에서 머리 위에 불빛을 매단 사람이 바다 밑에 놓인 큰 어망 속에서 헤엄쳐 나오는 것을 보고 정신을 잃었다.

이곳은 어둠 속이다.

몽롱한 의식 속으로 통증이 파고들었다. 어깨가 끊어질 것처럼 아려왔다. 하지만 진하고 비릿한 냄새가 아픔을 잊게 해주었다. 그만큼 강한 향기가 코를 쿡쿡 찔렀다. 일찍이 경험한 적이 없는 향이었다. 자극적인 냄새 때문에 가물거리던 머리가 맑아졌다. 머릿속으로 굵은 물방울이 떨어져 깊은 자국을 남겼다. 이어 둥근 파문이 일어나 고막을 때렸다. 그 소리가 차츰 잦아들자 침묵이 찾아왔다. 다시 물방울 소리가 들렸다. 그것은 밖에서 나는 소리였다. 바닥에 떨어진 물방울이 길게 여운을 만들었다. 비가 개인 뒤에 나뭇잎이 머금고 있던 빗방울이 옹달샘 위로 떨어지는 소리였다. 물방울 소리가 끝나자 냄새가 다시 피어올랐다.

놀라 눈을 떴다. 비린내였다. 냄새 때문에 머릿속이 몽롱해졌다. 나는 알몸이었다. 통증이 느껴지는 왼쪽 어깨 위에 생선을 발랐는지 비린내가 시퍼렇게 날을 세우고 코끝을 찔러댔다. 그냥 비린내가 아니었다. 생선의 살점이라면 냄새가 이렇게 지독할 수 있을까? 코를 찌르는 냄새에는 향이 섞여 있었다. 몸의 변화가 느껴졌다. 통증이 뼛속 깊이 스며들어 어깨를 휘감았다. 나는 머리를 살며시 들었다. 옆에 앉은 이가 어깨 위에 이겨 바른 약을 숟가락으로 걷어냈다. 사람의 형체가 뚜렷하지 않았다. 누굴까? 통증이 사라지고, 뼛속으로 시원한 기운이 번졌다. 옆에 있는 웅덩이 위로 물방울이 떨어졌다.

"이제 괜찮을 거라예."

여자의 목소리다. 태국여자가 아닌가? 여자가 모습을 드러냈다. 말더듬이 태국여자였다.

"여, 여, 여긴 어딘가요?"

내가 더듬었다. 여기가 어딘가? 물속 같기도 하고, 아주 깊은 동굴 속 같기도 하다. 나는 안개 속에서 미끄러져 바다로 떨어졌다. 그 충격 때문인지 아직도 머릿속은 뿌옇다.

"당신이 만든 약인가요?"

"아니요. 모켄의 약이요. 하지만 아직 치료는 끝나지 않았어요."

여자가 말을 하고 윗도리를 벗었다.

"당신은 누굽니까?"

"전, 모켄의 딸이죠."

그녀가 혓바닥으로 내 어깨를 핥았다. 혀가 닿는 부위에서 가벼운 전류가 일어났다.

"이것 또한 우리 엄마의 치료법이죠."

그녀가 말을 하고, 오랫동안 왼쪽 어깨를 핥아주었다. 통증이 사라졌다. 이어 여자의 혀가 내 귀밑으로 이동했다. 머리가 몽롱해졌다. 환각제를 먹기라도 한 것처럼 몸이 달아올랐다. 달콤한 혓바닥의 감촉 때문에 추락으로 숨죽이고 있던 세포들이 봄비 맞은 풀잎처럼 고개를 들었다. 몸에서 생기가 돌았다. 귀밑을 핥기 시작한 여자의 입술이 귓바퀴를 간질였다. 귓바퀴가 꿈틀거렸다. 몸이 붕붕 떠올랐다. 나는 어두운 주변을 둘러보다가 여자와 눈이 마주쳤다. 그녀는 아무것도 걸치지 않았다.

하얀 몸이었다. 너무나 하얀 몸이라 눈이 부실 지경이었다. 여자는 고개를 들어 손으로 내 가슴을 만졌다. 갑자기 온몸으로 강한 전류가 흘렀다. 그것은 내가 원한 일인지도 모른다. 아니, 내가 원하고 있었던 일이었다. 나는 몸을 약간 일으켜 두 손으로 여자의 머리를 당겼다. 여자의 혓바닥이 내 속으로 들어왔다. 여자는 내 혓바닥을 삼킬 듯이 빨아들였다. 나 역시 한나절을 굶은 아이가 음식을 본 것처럼 정신없이 달려들었다. 타액이 아래로 흘러내렸다.

나는 여자 머리칼을 거머쥐고 숨을 몰아쉬면서 허겁지겁 여자를 탐닉했다. 육감적인 몸이었다. 우리는 서로의 몸뚱이를 당기다가 바다 밑으로 빠져들어갔다. 하지만 아랑곳하지 않았다. 우리는 떨어지지 않고 서로의 몸을 끌어당겼다. 우리는 더욱 깊은 물속으로 들어갔고, 미역 줄기가 온몸을 감았다. 나는 부드러운 그 감촉이 좋아 몸을 더욱 격렬하게 움직였다. 수포가 물기둥을 이루어 불꽃처럼 피어올랐다. 온 힘을 쏟아부었다. 여자는 나보다 더 적극적이었다. 그녀가 하도 다부지게 엉기는 바람에 내 몸이 녹아내릴 것 같았다. 힘이 쭉 빠졌다. 이어 깊은 굴속으로 빨려 들어갔다. 눈앞으로 끝이 보이지 않는 만화경이 펼쳐졌다.

다시 의식이 몽롱해졌다. 하지만 꿈으로 느껴지지 않았다. 그만큼 황홀한 정사였고, 참으로 오랜만에 하는 사정이었다. 나는 길고 깊은 한숨을 토해냈다. 몸의 기가 입 밖으로 쏟아져 나오는 것 같았다. 해변 저 멀리로 바다 끝에서 하얀 파도가 밀려오고 있었다. 하지만 그것이 현실인지 환상인지 분간할 수 없었다. 위에 올라탔던 여자가 아래로 내려와 돌아누웠다. 나는 여자의 등을 껴안았다. 따뜻한 온기가 내 몸속으로 전해졌다.

사건의 전말

마당에서 고양이 소리가 들렸다.

나는 책상 앞에 앉아 아이들의 글을 읽다가 어깨를 주물렀다. 일기에 작문, 건의 사항까지 포함된 적잖은 양이라 단번에 읽을 수도 없었다. 글을 읽다가 절로 손이 어깨로 갔다. 박선생이 양선생에게 받아 보관하고 있던 아이들의 글이었다. 그녀는 몸조리하면서 읽어보라고 하숙방으로 가져왔다. 전임 분교장의 학습 일지에는 아이들의 글을 바탕으로 다음 학기 수업계획서를 만들었다고 적혀 있었다. 이장 할머니도 이번 학기의 수업 방향을 분교장이 새로 짜지 말고 전임 선생이 만들어둔 대로 실행해달라고 부탁했다. 교무실 벽에 붙어 있는 학기 수업 계획서는 마을사람들과의 의견을 반영해 작성한 것이었다. 시골 분교답게 마을 사정도 충분히 감안해 꽤 공들여 학생의 지도 방향을 잡은 것이다. 전임 선생은 비록 임시직이긴 해도 놀라운 통찰력이 있는 교사였다. 마을의 요구가 있었다고 해도 학생들이 속한 지역 사회의 요구를 수용해 수업 계획안을 만들었고, 또 그것에 따라 교육하기가 생각만큼 쉬운 일은 아니었다.

다시 어깨가 아렸다. 아직도 통증이 남아 있었다. 도대체 어떻게 된 일인지 정확히 기억이 나질 않았다. 나는 잘포리 낭떠러지에서 추락하고 나서 이틀 뒤에 후미진 해변의 한쪽 구석에서 발견되었다. 그때 의식을 잃은 상태였고, 마침 남해안 섬들을 돌아다니는 병원선이 마을을 방문한 덕분에 곧바로 의사의 진찰을 받을 수 있었다. 의사는 절벽에서 떨어진 게 사실이냐고 물었다. 그런 사람치고는 너무 멀쩡하다는 것이었다. 절벽 아래 물밑으로 떨어져 내리는 장면이 어렴풋이 떠올랐다.

그날 저녁부터 마을사람들이 다 동원되어 횃불을 밝혀 해변을 뒤졌다. 허나 쌀뜨물을 풀어놓은 것 같은 바닷가에서 무엇을 찾기란 쉬운 일이 아니었다고 한다. 밤새도록 안개를 헤치고 해변을, 나중에는 숲속을, 돌아다닌 사람들 중 상당수가 지쳐 집으로 돌아간 뒤에 아이들이 바위 틈에 박혀 있던 나를 발견했다는 것이다. 송기사는 내가 실종된 후, 서둘러 조치를 취했지만 안개가 짙어져 조난자 구조가 늦어졌다고 기어 들어가는 목소리로 말했다. 그는 이장 할머니에게 엄청나게 욕을 먹었다고 혼잣말처럼 중얼거렸다. 아무튼 선생님을 이틀간이나 위험에 방치했다면서 이장 할머니가 바다 위에 떠 있는 병원선으로 찾아와 죄송하다는 말을 하고 돌아갔다. 하지만 나는 좀 다른 생각이었다. 이틀간 태국여자랑 아무도 모르는 해변의 동굴에 숨어 있었을 것이다. 그것은 꿈이 아니었다. 나는 그렇게 믿고 있었다.

아이들은 한글이나 영어로 작문을 완성했다. 먼저 철수의 작문을 찾왔지만 종이뭉치 속에 그의 원고는 보이지 않았다. 가장 눈에 띄는 글은 민지의 영작문이었다. 아이의 글에는 틀린 단어나 문장은 없었고, 근사한 표현들로 가득 차 있었다. 이 정도로 유려하게 영작을 할 수 있는 학생을 찾기는 쉽지 않을 것이다. 글 속에는 척박한 섬에 사는 아이들의 마음이 고스란히 담겨 있었다. 전임 선생은 아이들의 글 밑에 일일이 날짜와 학생에게 전하는 말을 남겼다. 성실함이 몸에 밴 교사였다. 나 역시 새롭게 만나는 동심에 젖어 글을 읽고 있는데, 누군가 방문을 두드렸다. 이어 박선생과 민지가 고개를 내밀었다.

"철수 집에 다녀왔니?"

나는 반가워 물었다. 어제 민지를 잘포리 철수의 집으로 보냈다. 그녀가 고개를 끄덕였다.

"철수가 뭐래?"

나는 급한 마음에 방으로 들어오란 말도 않고 다시 물었다.

철수와 소통할 방법이 없었다. 엊저녁에도 송기사와 함께 몰래 잘포리에 들렀지만 또 헛걸음이었다. 어찌 알았는지 놈은 감쪽같이 어디로 숨어버렸다. 밤에 집으로 들어와 잠을 잔다는 얘기를 듣고 저녁 늦게 찾아갔다. 철수는 마을사람들을 오해하고 있는 것 같았다. 무당도 죽은 것이 아니었다. 양선생의 일도 철수가 잘못 알고 있는지 모른다. 지금까지 그녀가 없어졌다는 명백한 증거가 나오지 않았다.

나는 하숙방을 찾아온 아이들의 말을 우연히 들었다. 철수가 민지를 좋아한다고 했다. 둘은 수달 보고서를 함께 작성했었다. 철수가 보고서를 쓸 당시 같이하겠다는 아이가 없어 선생님이 민지를 추천한 모양이었다. 그때 생긴 감정일까? 철수는 학교의 다른 아이들과 잘 어울리지 못했다고 한다. 양부모에게 쫓겨난 충격 때문인 것 같았다. 그 일로 소년은 순탄치 않을 자기 운명을 알아버렸는지 모른다. 자기 삶에 자기 피부보다 더 까만 먹구름이 드리워져 있다는 것을. 하지만 그것은 그저 아이가 느끼는 절망감이다. 철수는 혼자서라도 충분히 새 삶을 개척할 수 있는 아이였다. 내가 그를 도와주고 싶었다.

지난번 동굴에서 한 말로 미루어 철수는 아버지의 죽음이 동네 사람들 때문이라고 믿고 있었다. 아이가 학교에 오지 않고, 동네 사람에게 시위하는 것은 그 때문일 것이다.

"풍도로 외지 사람들이 몰려오면 자긴 무인도로 가서 숨어 살 거랍니더. 그런데 공부는 해서 뭐하냐고 했십니더."

방으로 들어와 앉은 민지가 말을 하고 고개를 숙였다. 박선생은 나를 쳐다보았다.

"그리고, 철수 아재가……"

민지는 철수를 아재라 불렀다.

"말해봐."

"지발, 자길 찾지 말라했십니더. 그것이 자기와 선생님을 위하는 길이라면서예."

"……"

나는 멍해졌다. 철수는 뭔가 단단히 오해를 하고 있었다.

이때 마당에서 고양이 울음소리가 났다. 이어 천장에서 쥐들이 요란하게 움직였다. 박선생과 민지는 말없이 앉았다가 돌아갔다.

나는 담배를 찾느라고 아이들의 작문을 한쪽으로 밀쳤다. 그런데 책상 아래로 낯선 메모지가 떨어졌다. 아직 읽지 않은 아이들의 글이라고 여겼다. 그런데 바닥에 떨어진 메모지 위의 글씨는 양선생의 것이었다. 철수의 원고를 찾느라 약간 지저분한 종이 뭉치를 넘겨 볼 때는 발견하지 못한 메모였다. 나는 양선생의 메모를 내려다보았다. '추락사' '익사' '이엉꾼=송석준=염장이' '나는 풍도에서 살아나갈 수 있을까?' 이것이 전부였다. 사람의 몸에 든 멍이 든 자국을 찍은 사람이 이엉꾼인가? 사진은 무당의 솜씨가 아닌 것인가? 아직 뭐라고 단정할 수는 없었다. 양선생은 이엉꾼과 송석준은 동일인이라고 적었다. 그를 만나면 양선생에 관한 의문이나 그녀가 풍도에 관해 품었던 의문이 무엇이었는지 알 수 있을 것 같았다. 나는 다시 아이들의 글을 읽다가 책상에 앉은 채로 깜박 잠이 들었다. 마당에서 낯선 여자의 목소리가 들렸다.

"선생님, 제발 살려주세요."

처음 듣는 음성이었다.

"저, 양현주입니다."

양선생이었다. 그녀가 나타난 것인가? 나는 놀라 눈을 번쩍 뜨고, 의자에서 일어나 방문을 열었다.

"분교장님, 파출소로 한번 가봐야겠십니더."

송기사였다. 그가 문밖에서 나를 부른 것이었다. 이미 날은 어두워졌다.

"지금 파출소장이 무당을 죽인 범인을 잡겠다고 동네 아지매들을 데려다 족치고 있십니더."

그는 약간 흥분해 있었다. 나는 잠시 망설이다가 옷을 챙겨 입었다.

"지가 무당이 살아 있다고 하자, 더 광분해 아지매들 뺨을 때리고, 완전히 제정신을 잃고 미쳐 날뛰고 있어예!"

그가 이장을 찾아가지 않고 내게 온 것은 그날 잘포리에서 본 것을 말해달라는 부탁을 하기 위해서였다.

내가 파출소에 도착하자 사람들이 웅성거렸다. 풍도호 선장은 파출소의 창살을 통해 안을 들여다보면서 이게 뭐하는 짓이냐고 소리를 질렀다. 뒤쪽에서 앞니 깨진 중년이 파출소를 지켜보고 있었다. 풍도호에서 봤을 때보다 훨씬 젊어 보였다.

파출소 안으로 들어서자 파출소장의 고함 소리가 터져 나왔다. 몽둥이로 탁자를 치는 소리도 들렸다. 송기사가 인상을 찡그리고 나를 쳐다보았다. 파출소장을 말려주세요, 무당이 살아 있는데, 괜한 사람을 잡는 게 아니냐는 표정이었다. 잠시 망설였다. 다시 여자의 흐느낌이 흘러나왔다. 나는 의경을 밀치고 문을 두드렸다. 그 순간 문이 열렸다. 아낙 둘이 눈물을 훔치며 걸어 나왔다. 그중 하나는 정미였다. 그녀는 눈물 때문에 화장한 얼굴이 엉망이었다. 그녀는 손으로 자신의 얼굴을 막고 걷다가 나와 부딪쳤다. 둘은 도망치듯이 파출소를 빠져나갔다.

파출소장은 나를 보자 당황한 표정을 지었다. 하지만 이내 얼굴을 바꾸고 의경에게 커피를 가져오라고 말했다. 내가 무당을 봤다고 하자 파출소장은 마시던 커피를 엎질렀다.

"정말로 무당을 만났습니까?"

마주 앉은 파출소장이 낮은 목소리로 물었다.

"네, 제 눈으로 분명히 봤습니다."

나는 자신 있게 말했다. 그는 믿을 수 없다는 표정으로 담배를 피워 물었다.

"점잖은 선생님이 쓸데없이 거짓말을 할 리야 있겠습니까마는……"

파출소장은 말을 하고 담배 연기를 허공에다가 뱉었다.

"그는 살아 있습니다."

나는 분명히 해둘 필요를 느꼈다. 하지만 내 말을 믿지 않는 눈치였다. 엊저녁부터 잘포리로 가서 아낙을 파출소로 끌고 와서 문초를 했다고 한다.

"일단 수사를 중단하고 무당을 찾아보시죠."

"아니요. 그가 죽지 않았다고 해도 수사를 계속할 생각입니다."

"무슨 말씀이신지요?"

"전 무당이 죽었다고 믿는데, 직접 보셨다고 하니 실종으로 이해할 수밖에요. 그래서 일단 실종으로 보고 수사를 할 생각입니다. 실종도 수사 대상이죠."

"……"

"분교장……"

그는 갑자기 목소리를 낮추었다. 조금 전과 사뭇 다른 태도였다. 아낙들을 닦달할 때는 주위에 신경을 쓰지 않았다. 파출소장에게 그럴 권한은 없었다. 경찰서도 아닌 파출소로 사람들을 끌고 와서 고문에 가까운 문초를 하는 것은 당장 문제가 될 수 있었다. 도시였다면 옷을 벗어야 할 사안이었다. 그의 눈동자가 뱀의 비늘처럼 번뜩거렸다.

"내가 그 오입쟁이, 동네 과부들 기둥서방이, 어느 놈한테 맞아 죽었는지가 궁금해 이러는 것 같소?"

그의 목소리가 차분하게 가라앉아 있었다.

"그럼요?"

"난 본서에 들어간다는 핑계를 대고 육지로 나가 양선생의 애인을 만나고 왔습니다."

그의 말을 듣고 놀라 침을 삼켰다. 나도 내심 양선생이 이혼남 애인이랑 어디로 도피했을 가능성을 마음에 두고 있었다.

"그 이혼남 선생은 얼마 전에 조강지처랑 합쳤답니다. 그것으로 대답이 됐소? 더 이상은 수사상 비밀이니 묻지 마시오. 대신 내가 당신이 궁금해하는 걸 보여주지.

그는 말을 하고 서랍을 열어 서류를 꺼냈다. 이어 그것을 펼쳤다.

"이게 뭔가요?

그가 펼친 종이는 컴퓨터에서 출력한 철수의 생활기록부였다. 내가 찾던 기록이었다. 그것을 낚아채려고 하자 파출소장은 재빨리 문서를 도로 넣었다. 그리고 이번에는 공책과 종이 몇 장을 내밀었다. 철수의 일기와 작문이었다. 박선생이 내게 전달한 종이 뭉치 속에 있어야 할 것들이었다.

"양선생 편지도 입수했소. 그뿐이 아니요."

그는 철수의 일기와 작문을 서랍에 도로 넣으면서 말했다.

"그뿐이 아니라니요?"

"철수 아버지 사건에 대한 단서도 잡았소."

파출소장은 목소리를 낮추었다.

"그는 사고로 죽은 게 아닌가요?"

"그건 두고 보면 알 것이고, 내가 선생님한테만 말해주는 거니 그렇게만 알고 있어요."

"혹시 그 사실을 이장님도 알고 계신지요?"

나는 파출소장이 미덥지 않아 물었다.

"이장한테 뭐하러 말해? 이장이 이 사건 담당 검사라도 되나?"

그는 말을 하고 문을 열고 밖으로 나갔다. 그리고 의경에게 소리를 질렀다.

"다들 집으로 돌려보내!"

마을축제

나는 아이들과 함께 구멍가게 앞을 지나 방파제 위쪽 길을 걸어갔다. 아래쪽에는 몽돌 해변이 있고, 그 앞으로 바다가 펼쳐졌다. 널따란 공터 여기저기에 사람들이 모였고, 큰 배 한 척이 방파제 안으로 들어와 섬으로 다가왔다. 그 배에서 선원 하나가 양동이를 들고 선착장에 내렸다. 배는 선원을 내려주고 다시 뱃머리를 돌렸다. 나무들 사이 풀밭에는 외지에서 불러온 악단이 보였다. 그 옆의 넓은 공간에는 대형 스크린이 걸렸다. 여기저기 앉은 사람들이 고개만 돌리면 화면을 볼 수 있는 위치였다. 방회장이 스크린 앞에 놓인 탁자에 앉아 노트북을 들여다보고 있었다. 한나절 사이에 마을 공터가 요란한 제사장으로 변해버렸다. 마을 최대의 축제인 방풍림 동제에 대해선 아이들의 작문에 여러 번 언급되었다.

바다 위에는 둔탁한 빛을 발하는 커다란 철선이 두둥실 떠 있었다. 동제와 겸해 진수식을 하려고 송림도에서 몰고 왔다고 했다. 뱃머리 아래에 '남해전자호'라고 적혀 있었다. 그 밑으로 남해군청, 초분 관리소, 한국전력, 통신사, 대기업 이름 몇 개가 나란히 붙었다. 남해전자가 그들을 대신해 풍도의 초분, 전자기기를 설치, 관리, 보수해준다는 의미일 것이다. 배 위에는 갖가지 종류의 천이 매달린 대나무가 꽂혔고, 가운데는 고사상이 차려졌다. 무당이 연신 방울 달린 칼을 흔들면서 넋두리를 늘어놓았다. 박수무당이 아니라 외지에서 데리고 온 무녀였다. 그는 어디에 숨었는가? 왜, 무슨 이유로 나타나지 않는 것일까? 숨어 있어야 할 이유가 있는 것일까? 그가 살아 있다는 것은 분명한 사실이었다.

철선 위에는 카메라를 어깨에 걸친 사람이 둘이나 움직였다. 조명을 든 사람도 따라다녔다. 진주 방송국에서 방풍림 동제를 취재하기 위해 왔다고 했다. 그뿐이 아니라 주위에 둘러선 사람들은 굿하는 광경을 찍느라 핸드폰을 높이 든 사람도 여럿 있었다. 이 축제는 인근 섬들에 널리 알려진 행사라고 아이들의 작문에 적혀 있었다. 동제는 풍도 사람들만의 것이 아니었다.

"처음 뵙겠습니더. 분교장님 맞지예?"

나 역시 안면이 있는 사람이 아니었다. 아이들과 함께 가는데 터벅머리 중년이 양동이를 들고 다가왔다.

"네. 그런데요?"

나는 엉거주춤하면서 대답했다.

"성호 아버임니더."

민지가 말했다. 그는 먼바다로 고기잡이를 나갔다고 들었다. 조금 전에 큰 배에서 선착장으로 내린 선원이었다.

"근데, 절 어떻게 알아보시고……"

그는 주머니에서 스마트폰을 꺼냈다. 이어 카카오톡을 열고 내 사진을 보여주었다. 성호가 찍어 보낸 것이었다.

"아들이 선생님을 무척 좋아하고 있십니더. 영어를 무지 잘하신담서예."

성호 아버지가 환하게 웃었다. 양동이 속에 가득 담긴 물고기들이 퍼덕거렸다. 나는 그에게 인사를 했다.

공터에는 상들이 즐비하게 놓여 있었다. 사람들은 너도나도 자리를 차지하고 앉아 술을 마셨다. 아이들이 바닷가로 뛰어갔다. 발목에 줄을 묶은 돼지를 끌고 다니던 천자도 이들을 뒤따랐다. 마을축제라고 유난히 곱게 차려입은 정미가 아이패드로 어수선한 주변을 촬영하고 있었다.

*

나는 고개를 돌려가면서 주변을 두리번거렸다. 내 행동이 요란스러웠던지 앞에 앉은 사람도 덩달아 고개를 돌렸다. 다행히 그는 내게 누구를 찾느냐고 묻지는 않았다. 나는 아까부터 한 여자를 찾고 있었다. 마을행사라 그녀도 참가했을 것이다. 동제 때는 마을사람이라면 누구나 일을 거들어야 한다고 아이들의 일기에 적었다. 한쪽에는 아이들을 위한 상도 놓여 있었다.

"선상님, 여기 앉으시지예!"

이장 할머니가 손을 끌면서 말했다. 나는 얼떨결에 앉았다. 오늘은 얼굴이 할머니가 아니라 중년 아줌마로 보였다. 밤낚시를 가다가 만난 노인, 칼부림을 하는 선장을 진정시킨 할머니가 아니었다. 앞에는 손녀와 청년이 음식을 먹고 있었다. 흰옷을 입고 다소곳이 앉아 있는 손녀는 밤에 만났을 때보다 훨씬 예뻤다.

"우리 손주 서방 될 놈이라예."

이장이 청년을 소개시켰다.

"송호진입니더. 잘 부탁드립니더."

그는 머리를 조아렸다. 나도 따라서 머리를 숙였다.

"바닷일 나갔다 돌아오면 바로 식을 치를 깁니더."

"축하드립니다."

나는 청년의 술을 받았다. 이들이 내게 주례를 부탁할지 모른다는 엉뚱한 생각을 했다. 하지만 마을의 유일한 선생이라 해도 총각에게 그런 청을 할 리가 없었다.

청년회 회원들이 다가와 이장 할머니를 데려갔다. 귀신 그림이 그려진 얼굴로 나타난 그들은 이장 할머니를 자신의 어깨 위에 목말을 태웠다. 청년들이 환성을 질렀다. 다른 섬에서 온 청년들이 합세해 작은 배에 올라탔다. 그들은 이장 할머니를 바다 위에 떠 있는 남해전자호 위로 모셔가는 것이었다. 송기사와 비슷한 나이 또래였다. 풍도나 주변 섬에서 태어난 청년들이었다. 그들은 풍도의 발전 가능성 때문에 고향에 뼈를 묻을 각오로 일을 한다고 들었다.

"너그 둘이 기어이 결혼할 기가?"

술이 취한 앞니 깨진 중년이었다. 그는 파출소장과 어깨동무를 하고 나타났다.

"동성동본끼리 결혼해도 되나?"

파출소장이었다. 그는 중년보다 훨씬 많이 취해 있었다.

"우리는 법적으로 결혼하는 데 아무 문제 없어예."

이장 할머니 손녀가 나섰다. 그녀가 입을 열기는 처음이었다.

"그래도 그건 우리 가문의 풍속은 아이다."

앞니 깨진 남자가 혼잣말처럼 중얼거렸다.

"하모, 하모. 풍도 송씨가 어찌 지킨 가문인데! 절대로 안 된다."

파출소장이 소리를 질렀다.

"할매예, 할매예!"

이장 손녀가 말을 하면서 자리에서 일어났다. 그녀는 이장 할머니를 데려올 모양이었다.

"이장 불러와! 할 말은 해야겠다."

파출소장이 고함을 질렀다. 옆에 서 있던 앞니 깨진 중년이 파출소장의 뒷덜미를 낚아채 끌고 갔다. 그러자 이장 손녀와 결혼할 남자가 일어나 여자를 쫓아갔다. 두 사람은 법적으로 결혼해도 문제가 없지만 같은 가문의 남녀였다. 하지만 풍도는 집성촌이라 동성끼리의 결혼을 극도를 꺼린다고 했다.

저쪽에 태국여자의 모습이 보였다. 나는 어쩔까 망설이다가 자리에서 일어났다. 마침 그곳에 있는 간이화장실 때문에 내 행동이 자연스러워 보일 것 같았다. 여자가 국을 끓일 준비를 하는지 마른 미역을 정리하고 있었다. 나는 그녀를 쳐다보고 미소를 지었다. 여자는 못 본 척 고개를 돌렸다. 사람들이 모인 장소에서 서로 알은체하는 것이 내키지 않는 표정이었다. 약간 머쓱해진 나는 화장실로 들어갔다. 바깥으로 나오자 여자는 없어졌다.

나는 방회장의 손에 이끌려 다른 자리로 옮겼다. 몇 명의 사람들이 둘러앉아 술을 마시고 있었다. 해변에서 배를 모으는 목수가 술잔을 옆에 놓고 스마트폰으로 게임을 하고 있었다. 일부는 취해 말이 어눌했다. 누군가가 목수에게 늙은 놈이 아이들처럼 게임을 한다고 핀잔을 주었다. 목수가 무안한지 주위를 둘러보고 스마트폰을 주머니에 넣었다. 파출소장은 조금 전과는 달리 바른 자세로 앉아 있었다. 술에 취한 사람 같지 않았다. 나는 사람들이 눈치채지 않게 앞에 놓인 음식을 먹는 척하면서 태국여자를 찾았다.

"누구를 그리 찾고 있소?"

방회장이 술잔을 내밀었다. 나는 흠칫 놀랐지만 아무런 대꾸도 없이 술잔을 받았다. 당황하면 더 이상할 것이다. 술을 마시면서 고개를 돌리다가 숙희를 쳐다보았다. 그녀는 귀에 이어폰을 끼고 망부석처럼 앉아 있었다. 방회장도 자기 딸을 한번 쳐다보고 술을 마셨다.

태국여자는 어디로 간 것일까? 나는 주변을 둘러보았다. 여자는 보이지 않았다. 스크린 속에는 내셔널지오그래픽채널에서 방송된 영상이 돌아가고 있었다. 이장 할머니가 초분을 육탈한 시신을 수습하는 광경이었다. 그것이 한글자막 없이 흘러 나왔다. 유튜브에서 받아온 것인가? 중앙일간지 문화면에서 특집기사로 다룬 적도 있는 화면이었다. 지방신문에서는 일면에 실리기도 했다.

술상 앞을 지나가던 아낙들이 소곤거렸다. 그들 중 몇 명은 문신 할배를 찾아갔을 때 봤던 얼굴이었다. 그들 속에는 아이패드를 쥔 정미도 있었다. 행대감에 대한 국가인권위의 조사보고서가 나오자 이장에게 달려가 반성문을 올리자고 한 사람이 그녀였다고 했다. 그녀는 마을사람들이 모인 자리에서 다시 그 말을 꺼냈다가 현기 삼촌에게 뺨을 맞았다고 한다.

파출소장이 술잔을 들다 말고 고개를 돌렸다. 옆을 지나던 아낙 하나가 파출소장을 보고 인상을 찡그렸다. 파출소장은 개의치 않고 잔을 비웠다. 그 아낙은 과부들의 술상이 놓인 곳에 앉으면서 다시 파출소장을 쳐다보고 입을 삐죽였다. 정미가 아이패드를 들고 자리에서 일어나 과부들이 모인 술상을 찍었다.

"우리 분교장이 아직까지 총각이라면예. 혼자 풍도에서 어찌 지내나. 적적해서……"

앞니 깨진 중년이 술을 마시고 말했다. 그의 얼굴에는 붉게 술기운이 올라 있었다.

"적적하기로 따진다면 서울에서 이혼했다는 방회장이 더 하죠."

파출소장이었다.

"송림 어판장에 돈 벌러 온 러시아 가시나 하나 봐두었어. 영어도 겁나게 잘하고……"

안주를 문 앞니 깨진 중년이 붉은 미소를 띠고 말했다. 그는 술을 마시자 말이 많아졌다. 말투도 딴판이었다. 평소의 점잖은 모습은 온데간데없었다.

"방회장 짝으로다가 러시아 년을? 러시아 년이면 양년 아닌가?"

파출소장이 혼잣말로 중얼거렸다.

"양년이면 어때! 영어만 잘하면 됐지! 초혼도 아닌데."

"하긴 올라타기엔 백마가 낫지!"

"방회장은 내가 채금지고, 올해 안에 장가보낼 테니 걱정 마!"

"그럼, 송기사한테도 백마 한 마리 끌어다주지!"

파출소장이 주정을 부렸다. 앞니 깨진 중년이 대답도 않고 일어나 여자들이 모인 자리로 옮겨가서 앉았다. 한쪽 구석에 판을 차린 밴드에서 음악이 흘러나왔다.

"선상님, 잘포리에서 문신 할배가 찾아왔십니더."

송기사가 다가왔다. 문신 할배가 그와 나란히 섰다가 머리를 숙여 인사를 했다.

"할배가 긴히 드릴 말씀이 있담니더."

송기사의 표정이 밝았다. 할배가 노인대학에 다니겠다고 한 모양이었다. 노인은 가만히 서 있지 못하고 손을 비비고 머리를 긁적였다. 드러난 어깨에는 상어 한 마리가 아가리를 벌리고 있었다. 파출소장은 함께 술을 마시자고 송기사를 잡아끌어 옆에 앉혔다.

"학교에 다니기로 마음먹었습니까?"

한쪽 구석에 마주 앉자 내가 물었다. 문신 할배는 대답도 않고 무릎을 꿇고 앉았다. 편하게 앉으라고 설득했지만 막무가내였다. 그는 내가 자기 집을 방문했을 때 저지른 실수를 용서받아야 한다고 했다. 용서한다고 하자 그럼 벌로 꿇어앉아 있겠다고 우겼다. 할아버지께서 그렇게 있으면 저도 그리 앉을 수밖에 없다고 하자 바로 앉았다.

이장 손녀가 집으로 돌아간다며 결혼할 청년까지 데려와 다시 머리를 숙였다. 그는 여자가 따를 만큼 잘생긴 얼굴이었다. 이장 할머니는 배 위에서 아직 내려오지 않았다. 하숙집 주인 소피아가 술과 음식이 놓인 쟁반을 들고 왔다. 그녀는 여기서 허드렛일을 하고 있었다. 그런데 대형 스크린 앞에 앉은 사람들이 자리에서 일어나 박수를 쳤다. 주변에 앉은 사람들이 모두 고개를 돌렸다. 화면 위에 남해군청에서 만든 풍도 홍보 영상이 떠올랐다. 선장, 올리비아, 소피아, 아이들이 갯벌에서 낙지를 캐는 장면이었다. 화면 위로 한글 내레이션이 흘렀고, 곧바로 선장의 영어와 함께 화면 아래로 한글 자막이 깔렸다. 선장이 스크린 앞에 의자를 갖다놓고 점잖게 앉아 있었다. 그 모습이 좀 우스꽝스러웠다.

파출소장은 혼자 앉아 술을 마셨다. 그 사이 송기사가 자리를 옮겨 정미와 나란히 앉아 아이패드를 들여다보았다. 과부들은 어디로 갔는지 보이지 않았다. 두 사람은 머리를 맞대고 화면을 내려다보며 뭐라고 소곤거렸다. 송기사가 손뼉을 치고 크게 웃었다. 그러자 정미가 두 팔로 송기사의 목을 감았다. 그러다가 송기사의 품으로 파고들었다. 그가 주위를 둘러보며 그녀를 밀어냈다. 정미는 아랑곳하지 않고 그의 목에 매달렸다. 송기사가 일어나 서둘러 자리를 피했다. 정미가 일어나 그를 쫓아갔다.

공터에 철수가 서 있었다. 근처에 앉아 있던 앞니 깨진 중년이 일어나 철수에게 달려가더니 다짜고짜 철수의 팔목을 휘어잡고 소리를 질렀다.

"이놈우 새끼야! 학교에 안 나온다면서?"

"그건 지 마음 아닙니꺼!"

철수가 거칠게 대답했다.

"뭐라! 니 맘!"

그는 사정없이 소년의 빰을 쳤다.

"왜 때립니꺼?"

"이런 후레자식이 있나! 진주에서 깜둥이 잡종이라꼬 내치는 새끼를 키워줬더니 고마운 줄도 모리고."

"지가 학교에 가면 마을에 무슨 일이 생길까 싶어 무서워 못 갑니더."

"뭐라?"

"지는 양선생님이 어찌 됐는지 알고 있십니더. 지 눈은 못 속입니더. 세상 사람들 눈은 다 속여도 지를 속일 순 없십니더. 지는 마을사람들이 무신 짓을 했는지 잘 알고 있십니더."

"이 새끼가 미쳤나! 갑자기 뭐라꼬 짖어쌌노!"

"왜예. 지가 동네 사람들이 또 무신 짓을 할지 너무 잘 알고 있어 무섭십니꺼?"

"저 새끼가 완전히 제정신이 아니네. 쥐새끼처럼 물속에 처넣어버릴라."

"우리 아버지도 그렇게 죽였지예. 지를 물속에 처넣어보이소. 그래야지 주둥이를 막을 수 있을 테니 말입니더. 하지만 지는 우리 아버지처럼 그리 만만한 사람은 아닙니더."

"아니, 저 자식이!"

문신 할배가 소리치고 몸을 일으켰다. 내가 그를 잡았다. 할배가 끼어들면 철수가 더 맞을 것 같았다. 어디서 이엉꾼이 다리를 절뚝이며 달려왔다.

"이놈아! 어른한테 무슨 짓이고. 빨리 잘못했다고 빌어라!"

그가 호되게 나무랐다.

"……"

소년은 저항하지 않았다.

"애가 요새 니랑 댕긴다면서?"

앞니 깨진 중년도 누그러진 목소리로 이엉꾼에게 물었다. 그는 대답도 않고 철수를 끌고 갔다.

"야, 이 새끼야! 너 이리 안 오나?"

그러나 이엉꾼은 철수를 데리고 저편으로 사라졌다. 나는 철수와 얘기를 하려고 일어나 쫓아가려는데, 문신 할배가 나를 붙잡고 놓아주지 않았다.

"지가 완전히 까막눈은 아닙니더."

"아, 네……"

"학교에 나오면예, 저……"

"말씀하세요. 편하게……"

나는 문신 할배와 말을 주고받으면서도 눈으로 철수를 찾았다. 저편으로 걸어가는 태국여자가 보였다.

"그럼, 어민 자금은 받을 수 있는 깁니꺼?"

"어민 자금이라니요?"

"송기사가……"

문신 할배가 내 눈치를 살폈다. 지난번에 트럭에서 했던 송기사의 말이 떠올랐다. 그가 어민 자금을 미끼로 흥정을 한 것이었다.

"송기사님과 무슨 약속이라도?"

나는 아무것도 모르는 척 물었다.

"아닙니더. 그리고 동네 사람들을 데꼬 와도 되지예?"

"물론입니다. 함께 공부하면 서로 도움이 되고 좋지요.

"지금 데꼬 오면 안 되겠십니꺼? 지금 데꼬 오겠십니더."

문신 할배는 후다닥 일어나 잔을 단숨에 비웠다.

"선상님, 떡 받아예."

성호가 소리를 지르고 숙희와 함께 달려갔다. 나는 성호를 향해 손을 흔들었다. 다른 아이들이 뒤를 따르며 달려갔다. 성호는 평소와 달리 밝은 모습이었다. 공부는 아주 잘하는 아이였지만 캄보디아로 가버린 엄마 때문인지 항상 얼굴에 그늘이 드리워져 있었다. 성호는 친구들과 좀처럼 뛰노는 적이 없었다. 그런데 오늘은 달랐다. 아마 뒤쪽에서 자신을 지켜보는 터벅머리 아빠 때문일 것이다. 그의 일기는 캄보디아에 있는 엄마에 대한 그리움과 아버지에 대한 존경심으로 채워져 있었다. 터벅머리도 달리는 아들을 바라보면서 흐뭇한 미소를 지었다. 천자도 돼지를 안고 나타났다. 화장실 근처에서 일을 도와주고 있는 태국여자의 모습이 보였다. 그녀는 가마솥 옆에 붙어 서서 미역국을 끓였다.

사람들의 시선이 바다 위로 모였다. 배 위에는 방회장의 얼굴도 보였다. 그 사이 배로 올라간 모양이었다. 진수식을 하는 배에서 뭔가를 던지고 있었다. 밴드가 요란한 음악으로 동제의 분위기를 고조시켰다. 뱃머리에 올라선 이장 할머니가 다른 사람들과 함께 종이 뭉치를 던졌다. 그것이 상 위로 날아와 술병을 쓰러뜨렸다. 내가 넘어진 술병을 세우자 문신 할배가 종이 뭉치를 주웠다. 그것들이 자갈밭 위로 쏟아졌다. 할배가 종이 뭉치를 펼쳤다. 그 속에는 찹쌀떡과 만 원짜리 지폐가 들어 있었다. 나는 자갈밭 위에서 일어나는 일들을 지켜보며 태국여자를 놓치지 않았다.

"그럼 잘포리 노인들을 지끔 데꼬 오겠심니더. 그래야 내일부터 핵교 댕기지예."

문신 할배가 말을 하고 일어났다.

"학교로 모시고 오세요."

"알겠심니더."

문신 할배가 떡을 물며 대답했다. 그 바람에 입에서 떡고물이 튀었다. 그는 당장 동네 노인들을 끌고 올 건지 자갈밭을 가로질러 걸어갔다.

나는 그 자리에서 일어나 태국여자 쪽으로 다가갔다. 하지만 태국여자는 보이지 않았다. 가마솥 주위에 앉아 있는 여자 둘은 태국여자가 아니었다. 나는 고개를 돌려가면서 주변을 두리번거렸다. 역시 보이지 않았다. 나는 여자를 찾다가 한쪽 구석에 파출소장이 바다에서 밀려온 쓰레기 뭉치처럼 널브러져 있었다. 술을 마시고 꼬꾸라진 것이었다. 태국여자가 눈에서 사라지자 조금 전에 철수가 쏟아낸 말들이 생각났다. 그 때문에 머릿속이 혼란스러웠다. 파출소장도 비슷한 말을 했다. 그는 정말로 무당이 아니라 양선생의 실종사건을 수사하고 있는 것일까? 또 철수 아버지의 죽음에 의문을 품은 것일까?

어디서 달려왔는지 의경 둘이 엉겨 붙어 파출소장을 일으켰다. 파출소장은 자신을 업으려는 의경을 향해 주먹을 날렸다. 주먹은 빗나갔다. 하지만 이내 파출소장의 맞은편 손이 요란한 소리를 내면서 의경의 얼굴을 갈겼다. 파출소장은 뺨을 맞고 황당한 표정으로 서 있는 의경을 밀치고 바닷가 자갈밭으로 뛰어갔다. 달리는 자세가 엉성하기 그지없었다. 나는 태국여자를 찾아 미역국을 끓이는 가마솥 근처로 걸어갔다. 여자는 어디로 간 것일까?

주변을 살펴보다가 바다 쪽으로 몸을 돌렸다. 의경들이 비틀거리며 걷는 파출소장의 등을 낚아챘다. 이어 발을 걸어 거칠게 넘어뜨렸다. 그의 머리가 자갈밭에 처박혔다. 비슷한 일이 자주 있었는지 사람들은 아무렇지 않게 보아 넘겼다. 의경 하나가 큰소리로 이런 술주정뱅이는 바다에 처넣어야 한다고 구시렁거렸다. 다른 이는 자갈밭에 엎어진 그를 발로 뒤집었다. 술병을 들고 가던 하숙집 주인 올리비아에게 달려가 의경들을 말렸다. 그러자 의경 중 하나가 욕을 하면서 등을 갖다 댔다. 업고 갈 모양이었다. 파출소장은 그의 엉덩이를 발로 걷어차고 바다로 뛰어들었다.

"왜, 왜, 이, 이래예?"

태국여자의 목소리였다. 내가 놀라서 돌아보자 그녀는 내 뒤에 서 있었다.

"어디 있었어요? 찾았잖아요."

나는 반가워 큰소리로 말했다. 여자가 놀라 주위를 둘러보았다. 근처에는 다른 사람이 없었다.

"다, 당신. 때, 때, 때문, 동, 동, 동제 일을, 도, 도울 수가, 없잖아예."

태국여자가 힘들게 말을 쏟았다. 그녀는 내 눈을 피해 다녔다. 그래서 내가 그토록 여자를 찾았는데도 보이지 않았다. 내가 말을 하려 하자 여자는 틈을 주지 않고 다시 말을 뱉었다.

"조, 조심해예. 나, 나, 나한테 관심을 보이면, 위, 위험해져예."

태국여자는 말을 하고 떠났다. 그녀는 내가 다가오면 할 말을 준비하고 있었다. 말을 마친 그녀는 화장실로 들어갔다.

*

나는 사람들과 섞여 술을 마셨다. 앞니 깨진 중년이 가운데 앉고, 방회장, 선장, 현기 삼촌이 나란히 자리를 잡고 앉아 있었다. 처음 보는 백발노인도 있었다. 그는 술을 많이 마신 얼굴이었다. 이엉꾼의 모습도 보였다. 그 옆에는 이장 할머니의 손녀사위가 될 청년이 있었다. 그는 자꾸 나를 힐끔힐끔 쳐다보았다. 그러다가도 내가 청년을 향해 고개를 돌리자 오히려 눈을 피했다. 백발노인이 선장 앞에 놓인 잔에 사이다를 따르면서 자네는 이장과 함께 풍도를 대표하는 인물이 됐으니 술을 끊으라고 말했다. 섬을 알리는 광고에 출연한 것을 두고 하는 말 같았다. 선장은 그러겠다고 말하고, 음료수를 마시면서 소주병을 기울이는 현기 삼촌을 쳐다보았다. 그는 이장의 손녀사위가 될 청년과 술잔을 주고받았다.

어제 나는 이엉꾼을 만나기 위해 사람들에게 물어 산을 올랐다. 이엉꾼이 아니라 송석준에게서 사건의 진상을 듣고 싶었다. 하지만 그를 만나지 못했다. 모여 앉은 사람들은 각자 말을 주고받느라 정신이 없었다. 이엉꾼은 구석에 혼자 앉아 말없이 생선회를 안주로 술을 마셨다. 나는 망설이다가 맞은편에 앉은 그에게 인사를 했다. 화상으로 얼굴은 엉망이라 보기 흉했지만 눈에서는 빛이 났다. 그가 철수와 산다고 하니 더욱 친분을 쌓아야 할 것 같았다. 그것도 그를 찾아나선 이유 중에 하나였다. 철수는 엉망으로 꼬여 있었다. 하지만 파출소장의 말처럼 양선생이 실종되고, 자기 아버지가 의문의 죽음을 당했다면 소년의 마음이 꼬인 것이 아니다. 그것은 충분히 이유 있는 반항이었다. 나는 이엉꾼에게 술을 따라주었다.

"선상님, 저를 찾았담서예?"

그는 왼손으로 술잔을 비우고 말했다. 쇠갈고리가 달린 오른손은 아래에 감추고 있었다. 왼손은 상처가 없이 온전했다. 그쪽은 불길이 피해

간 모양이었다. 한손으로 어찌 새끼를 꼬아 이엉을 만들까? 앞니 깨진 중년이 이엉꾼을 발견하고 술을 내밀면서 입을 열었다. 그사이 술이 좀 깼는지 아까와는 달리 차분한 음성이었다.

"초분은 잊어버려라! 그동안 자네가 마을 묘지를 관리한다고 힘도 많이 들었지만서도 이젠 사정이 달라졌다. 마을사람들 중에선 자네를 초분 관리 이엉꾼으로 임명하자는 말도 있었다 하지만 육지 사람들의 거부 반응이 워낙 심해. 지난번 도시인들 불러 갯벌 체험시킬 때 기억 나제…… 그날, 자네 얼굴이 그래갖고 도시 아이들이 놀래 도망쳤잖아! 자네도 풍도 송씨 가문 자손이라 우리 맘도 많이 아팠다. 하지만 공과 사는 확실히 해야 한다. 그것은 마을 발전을 위해 어쩔 수 없는 일이다. 앞으로 관상용으로 조성될 초분들은 송기사가 채금지고 관리하기로 했다. 너무 섭섭하게 생각하지 말거라!"

"……"

이엉꾼이 말없이 잔을 비웠다. 그는 내용을 이미 알고 있는 듯했다. 나는 다시 태국여자를 찾아 미역국 가마솥이 있는 쪽으로 고개를 돌렸다. 여자는 미역국 그릇이 가득 놓인 커다란 쟁반을 들고 사람들이 둘러앉은 상 앞으로 가서 국을 내려놓았다.

"일을 그런 식으로 하면 안 되지!"

백발노인이었다.

"일에는 순리가 있는 법이다. 또 일이란 것은 하던 사람이 해야지! 이엉꾼 저 친구가 문둥병이 걸린 것도 아인데, 겉모습이 흉하다고 안 돼? 이엉꾼 아버지가 문둥이였다고, 저놈이 문둥이 자식이라고 이엉꾼 안 시키는 거 아니가!"

"형님, 말을 어찌 그리함니꺼? 아무리 문둥이 피를 받았지만 재가 우리랑 같은 종씹니더."

앞니가 깨진 중년 남자였다. 백발노인은 그의 말을 들은 체도 하지 않았다.

"철수 아버지가 죽자마자 철수를 진주로 보내더니, 이제 화학공장 댕기다가 얼굴에 화상 입고, 오갈 데 없어 고향으로 돌아와 염소나 치고, 마을에 궂은일 하면서 있는 듯 없는 듯 살았던 이엉꾼도 쫓아낼라쿠는 거 아니가?"

"그런 게 아님니더! 철수가 부모 잃고 고아 돼, 우리가 진주 좋은 집으로 입양 보내준 김니더. 어째 우리 좋은 뜻을 그리 왜곡함니꺼?"

현기 삼촌이 노골적으로 불만을 드러냈다.

"좋은 뜻? 니 누굴 바보로 아나?"

"아재는 술만 묵으면 그 얘기잖아예! 그게 언젯적 얘김니꺼!

앞니 깨진 중년 남자가 짜증을 냈다.

"그기 뭐 그리 오래전에 일이고. 입은 비뚤어져도 말은 바로 하라 했다. 철수 아버지 사건 때문에 누가 감옥 간 적 있나?"

백발노인은 마을사람들이 입에 담지 않으려는 얘기를 계속 꺼냈다.

"무슨 말하는 김니꺼! 그때 제가 경찰서 가서 사유서 썼는데……"

앞니 깨진 중년이 목소리를 낮추었다. 백발노인이 그의 말에 얼굴을 붉히면서 술잔을 상 위에 내리쳤다.

"사유서 같은 소리하고 자빠졌네! 사람이 죽었어!"

"그럼, 신문기자한테 행대감 행적을 고자질한 게 잘한 일임니꺼? 아재는 그런 인간을 가만두란 말임니꺼? 그놈 때문에 국가인권위원회가지 나서는 통에 온 마을이 발칵 뒤집어졌잖아예."

"철수 아버지도 일이 그리 크게 벌어질 줄은 몰랐을 기다."

"지는 생각이 좀 달라예. 작심하고 정보를 준 기라예."

"맞심니더. 그놈이 앙심을 품 한고 일임니더."

현기 삼촌이었다.

"바다 농사 해볼라꼬 고향에 왔으면 조용히 농사나 짓지. 그놈이 처음 풍도에 와서 미역 양식장 하겠다고 할 때, 동네 사람들이 올매나 도와줬는지 암니꺼. 너도 나도 기회만 되면 다 떠날라 카는 섬에 돌아왔다꼬, 특히 지랑 같은 해병대 출신이라고 지가 도울 수 있는 것은 죄다 도왔심니더. 아재도 여기 살았으니 동네 인심 환히 알잖아예. 어릴 때 떠났지만 그래도 고향 놈이라꼬 그리 잘해줬는데, 배은망덕한 놈, 은혜도 모리고 우리 뒤통수를 쳐!"

앞니가 깨진 중년 남자였다.

"알지! 동네 인심, 내가 와 모리겠노! 겉으로는 간이라도 내어줄 것 같이 하지만 정작 중요한 건 안 주지. 철수 아부지한테 어민 정책자금 공평하게 나눠줬나?"

백발노인은 여기 살았던 모양이었다.

"그건 근처 다른 섬 인심도 다 마찬가지라예! 외지 사람 쉽게 받아들이는 섬이 오데 있노."

선장이 퉁명스럽게 말했다.

"하여간, 그 인간이 행대감을 모함하는 바람에 마을사람들 알거지 되고, 여기가 다른 섬처럼 무인도 될 뻔했심니더."

현기 삼촌이었다.

"모함? 철수 아버지가 행대감을 모함을 했다꼬! 사실을 말한 것이 모함이가! 니 아직도 그리 생각하고 있나?"

"할아버님, 마을사람들은 한센인 학살사건에 대해 충분히 반성했습니다. 그것은 비록 저희가 한 일은 아니지만 말입니다. 우리는 행대감 동상의 머리를 잘랐고, 이제 마을에서 그의 이름을 부르는 것조차 금하고 있습니다. 그보다 명백한 증거가 어디 있습니까?"

방회장이 말을 하고, 나를 쳐다보더니 헛기침을 했다. 그의 말 때문인지 백발노인의 태도가 수그러들었다.

"우리도 할배 맘 알고 있심니더. 와 모르겠심니꺼? 무슨 일이건 하다보면 항상 사고가 있기 마련이지예. 또 철수 아부지는 지가 입에 게거품 물다 물에 빠져 죽었잖아예. 우리랑 다투는 과정에서 그런 일이 터졌고, 또 철수 어머이가 학교에서 아이들한테 영어를 가르쳤고, 그래서 우리도 철수한테 최선을 다했잖아예. 육지의 좋은 집에 입양도 시켜줬고…… 쫓겨난 거야, 지 복이 그것밖에 안 돼 그런 걸, 우린들 어떡합니꺼!"

선장이 말을 하고 술을 마시려 하자 옆 사람이 말렸다. 선장은 주위 사람들을 둘러보더니 술잔을 내려놓았다.

"당시 철수 아버지도 피해자지만 저도 희생자라예! 이 앞니가 그때 싸우다가 맞아 내려앉은 거잖아예!"

중년은 앞니 깨진 자신의 입을 벌려 보였다. 백발노인은 눈을 감았다.

"이엉꾼! 니가 쥐를 키운다면서?"

파출소장이 불쑥 나타났다. 그는 나를 밀어내고 옆에 앉았다. 아랫도리가 반쯤 물에 젖어 있었다. 뒤따라온 의경 둘이 난감한 표정을 지었다. 그들은 파출소장을 끌고 가고 싶은 눈치였다.

"뭐라! 쥐새끼를 키운다꼬?"

앞니 깨진 중년이 입을 벌렸다. 다른 이들도 비슷한 반응이었다.

"Somehow, I finally find out where the rats come out!(어디서 쥐새끼가 자꾸 나오나 했더니!)"

선장이 영어를 하고 술을 들이켰다.

"누가 그라던가예?"

이엉꾼이 눈알을 번뜩거리며 물었다.

"이 병신 새끼가 누구한테 눈알을 부라리고……"

파출소장은 내 술잔을 쥐고 소리를 질렀다.

"선상님이 그런 말을 했심니꺼?"

이엉꾼이 나를 쏘아보았다.

"선상, 아직까지 있었소?"

앞니 깨진 중년이 놀란 표정으로 나를 쳐다보았다. 한쪽 구석에 내가 앉아 있었다는 사실을 잊은 모양이었다. 현기 삼촌도 나를 쳐다보고 약간 난감한 표정을 짓고 술잔을 입으로 가져갔다.

"그거 불법 아닌가예?"

"불법은 아니지. 뭘 키우던지 그건 자기 맘이라."

파출소장이 대답했다. 이엉꾼은 일어났다. 나는 그런 말을 하지 않았다. 하지만 놀란 사람들이 한마디씩 쏘아대는 바람에 부정할 겨를이 없었다. 나는 이엉꾼을 붙잡았지만 그는 뿌리치고 걸어갔다.

"송석준씨."

나는 이엉꾼의 이름을 불렀다. 그는 놀라 뒤를 돌아보았다. 하지만 그뿐이었다. 절뚝이며 걷는 이엉꾼을 좇아갔으나 그는 다시 돌아보지 않고 달려갔다. 어디서 나타난 구포댁이 술을 마시려는 선장의 귀를 잡아 비틀었다. 그녀는 남편을 끌고 가면서 자기 신발을 벗어 선장의 머리를 마구 때렸다. 선장은 신발을 이리저리 피하고 두 손을 모아 빌면서 끌려갔다.

*

한 아낙이 밴드 반주에 맞춰 이미자의 〈동백아가씨〉를 영어로 부르고 있었다. 여자의 등 뒤, 스크린 위에는 초분을 걷어내는 이장 할머니의 영상이 영어 내레이션과 함께 흘러나오고 있었다. 제법 근사한 목소리가 바다 위로 울려 퍼졌다. 사람들에게 가려 노래를 부르는 사람은 보이지 않았다. 아마도 이주여성일 것이었다. 나는 사람들 틈에서 태국여자를 찾다가 바닷가로 걸어갔다. 술을 많이 마시지는 않았지만 머리가 멍해졌다. 여자는 보이지 않았다. 있다고 해도 사람들이 많은 곳에서 여자에게 다가갈 수가 없었다. 여자는 그것을 원치 않았다. 게다가 여자는 내가 자기에게 관심을 가지면 위험해진다고 했다. 풍도에는 위험한 일이 왜 이렇게 많은 것일까? 노래가 끝나자 바다 위가 조용했다. 파출소장은 의경의 등에 업혀 가고 있었다. 다시 바다로 뛰어들었는지 물에 빠진 생쥐 꼴이었다.

나는 술기운을 떨쳐내기 위해 담배를 피워 물고 널찍한 바위 위에 앉았다. 이번에는 〈님은 먼 곳에〉가 영어 가사로 흘러나왔다. 정미가 마이크를 쥐고 스크린 앞에서 노래를 불렀다. 앞에 자신의 모습을 찍는 카메라가 있는지 노래를 부르면서 손가락을 브이자로 만들며 웃었다. 그녀는 술을 마셨는지 몸이 휘청거렸다. 잘포리에서 처량하게 저 노래를 부르던 여자는 그녀였다. 아이들이 모래 장난을 하고 있었다. 한 아이가 모래 속에서 쥐를 파내 놈을 앞에 앉은 아이의 얼굴에 던졌다. 그것을 맞은 아이는 호들갑을 떨지도 않았다. 대수로운 일이 아니라는 반응이었다. 아이는 쥐를 주워 바다로 던져버렸다. 맞은편의 아이가 쥐를 또 던졌다. 그것은 공이었다. 풍도에서 쥐는 더 이상 공포의 대상이 아니었다. 흔한 장난감이었다.

나는 자리에서 일어났다. 배에서 방울을 흔들면서 주절거리는 무녀의 넋두리가 다시 들렸다. 아직도 방송국 카메라는 그대로 있었다. 뱃머리에 앉아 있던 이장 할머니가 술병을 쥐고 춤을 추었다. 귀신의 얼굴을 한 청년회 회원 둘이 일어나 춤을 추었다. 덩달아 다른 사람들이 일어나 손을 흔들었다. 정미의 영어 노래가 끝나가고 있었다.

나는 학교 쪽으로 걸어갔다. 여전히 태국여자는 보이지 않았다. 나는 걷다 말고 멈춰 섰다. 모래에서 쥐를 파낸 아이가 놈을 들어올리더니 입속에 넣어 꿀컥 삼켜버렸다. 그리고 나를 쳐다보며 웃었다. 나는 화들짝 놀라 눈을 깜박거렸다. 뭔가 잘못 봤을 것이다. 나는 두근거리는 가슴을 진정시켰다.

그때 한 아낙이 달려와 바다로 풍덩 뛰어들었다. 이어 뒤따라온 아낙이 물속으로 들어가 먼저 물에 빠진 아낙을 건져 올렸다. 태국여자도 달려왔다.

"놔라! 나, 그만 살란다! 아무 재미도 없이 못 살것다."

물속으로 뛰어들었던 아낙이 소리를 질렀다. 풍도호에서 무당이 담배를 피울 수 있도록 바람을 막아준 아낙이었다.

"아이고, 열녀 났다! 열녀 났어! 무당 죽었다고 따라 죽을라는 갑네."

뒤쪽에 아낙이 구시렁거렸다.

"형님, 무당이 죽은 게 아니라잖아예."

"님을 만날라면 기다릴 줄도 알아야지."

"그래, 잘생기고 귀한 님인데."

몰려온 아낙들이 한마디씩 뱉었다. 모두 과부들인 모양이었다. 물속에 뛰어들었던 과부가 다시 바다에 몸을 던졌다. 숙희가 스마트폰을 들고 달려왔다. 아이는 여자를 찾아 카메라를 이리저리 움직였다. 이번엔 물속으로 사라졌다. 아낙들도 어디로 들어가야 할지 몰라 주위를 두리번거렸다. 태국여자가 윗도리를 벗어젖히고 바다로 뛰어들었다. 한동안 수면 위로 아무도 나타나지 않았다. 나는 길바닥에 떨어진 윗도리를 집었다.

또 다른 아낙이 옷을 벗으려는 순간 태국여자가 아낙을 끌고 물 위로 떠올랐다. 두 사람이 아래로 내려가 의식을 잃은 듯한 아낙을 받아 올렸다. 숙희가 스마트폰을 들고 뒤를 따랐다. 주위에서 술을 마시던 사람들이 하나둘 몰려들었다. 태국여자는 바위를 밟고 다급하게 올라와 사람을 밀어냈다. 발바닥에서 피가 흘렀다. 사람들은 자리를 비켜주었다. 그녀는 두 손으로 누워 있는 아낙의 입을 힘껏 벌렸다. 아낙의 얼굴색은 그사이 파랗게 변해 있었다. 태국여자는 자신의 입을 갖다 대고 인공호흡을 시작했다.

한참 만에 누워 있던 아낙의 입에서 '웩' 하는 소리와 함께 바닷물이 쏟아졌다. 나는 주워 들고 있던 윗도리를 태국여자의 등에다 걸쳐주었다. 여자의 얼굴빛이 변했다. 내가 괜한 짓을 한 것인가? 남자들이 나를 쳐다보았다. 돼지를 끌고 나타난 딸이 엄마의 등에 얹힌 윗도리를 집었다. 과부 둘이 수건을 들고 와 깨어난 아낙의 몸을 덮었다. 천자가 엄마에게 윗도리를 건넸다. 그녀는 젖어 물이 흐르는 브래지어 위에 옷을 걸치고 옆에 서 있던 남자가 내민 콜라를 받아 마셨다. 태국여자는 콜라를 먹고 한숨을 내쉬었다. 그리고 짧은 순간 그녀와 내가 눈이 마주쳤다. 여자의 눈빛은 내게 제발 떠나달라고 애원하고 있었다. 구경꾼이 하나 둘 흩어지고 과부들만 남았다. 태국여자가 땅바닥에서 일어났다. 나는 그녀의 바람대로 그 자리를 떠났다. 그러나 이때 날카로운 목소리가 내 발목을 잡았다.

"이년아! 이 화냥년아!"

깨어난 아낙의 다리를 주물던 과부가 달려와 태국여자 윗도리를 잡아당겼다. 태국여자의 옷이 땅바닥에 떨어졌다. 주위에서 돼지를 끌고 다니던 천자가 놀라 엄마에게 엉겨 붙었다. 태국여자가 뭐라고 소리를 내면서 옷을 주웠다. 그러자 다른 아낙이 옷을 빼앗았다.

"이년이 우리를 골탕 묵일라꼬 무당이 죽었다고 신고했제!"

그녀는 소리를 치고 태국여자에게서 빼앗은 옷을 바다에 던졌다. 나는 그곳으로 걸어갔다.

"어머이, 도망가!"

천자가 말했다.

"도망가!"

동네 아낙이 딸을 태국여자에게서 떼어냈다. 아이가 울음을 터뜨렸다.

"이년 누구 씬 줄도 모리는 계집애 하나 찼다고, 눈에 뵈는 게 없나!"

처음 소리를 지른 아낙이 태국여자의 뺨을 갈기면서 말했다. 듣기 민망한 독설이었다.

"천자, 누구 씨인지 말해! 재 애비가 누고?"

또 다른 아낙이 다가왔다. 그녀는 술에 취해 있었다. 태국여자는 물에 떨어진 옷과 자신을 때린 아낙을 번갈아 쳐다보았다. 그녀의 눈망울에서 눈물이 고였다. 나는 바위 아래로 내려가 물속에서 옷을 건졌다.

"왜 무당 일에 니가 나서노? 무당이 니 서방이라도 되나?"

술 취한 아낙이었다. 아낙들이 태국여자를 힘껏 밀었다. 태국여자가 휘청거리다 넘어졌다. 천자는 돼지를 팽개치고 쓰러진 엄마에게 엉겨 붙었다.

"신고는 제가 했습니다."

나는 태국여자에게 옷을 내밀며 말했다.

"당신은 뭐꼬?"

술 취한 아낙의 눈이 심하게 충혈 되어 있었다. 땅바닥에 주저앉은 태국여자는 옷을 주워 입었다. 아낙은 태국여자에게 다가가 옷을 빼앗으려 했다. 그녀가 옷을 못 입게 할 심사였다. 나는 엉겨 붙는 아낙을 말렸다.

"이년 새 서방이구먼!"

"하여간 이년 남자 후리는 재주는 알아줘야 한다니께!"

또 다른 아낙이 나를 밀면서 중얼거렸다.

"이게 무슨 추탬니꺼!"

송기사가 달려와 태국여자에게 엉겨 붙는 아낙을 밀쳤다. 그 바람에 아낙은 엉덩방아를 찧었다. 울먹이던 천자가 도망가는 돼지를 뒤쫓았다. 아낙이 벌떡 일어났다.

"니가 뭔데 남의 일에 난리고, 난리가!"

그녀가 송기사의 머리를 거머쥐고 싸울 기세로 달려들었다.

"이 아지매가 술 처묵고 미쳤나! 이놈우 과부들이 동네 망신을 시켜도 유분수지…… 분교장님 앞에서 이게 뭐하는 짓이고!"

송기사가 게거품을 물고 소리를 질렀다. 그의 말에 아낙들은 주춤거렸다.

"맞네, 새로운 선상님이구먼……"

한 아낙이 기어 들어가는 목소리로 말했다. 그 말에 모두들 입을 다물었다. 나를 밀친 아낙도 놀란 표정으로 물러났다.

"송기사, 무슨 일이고?"

정미가 달려왔다. 그녀는 술을 얼마나 마셨는지 얼굴이 바다 위에 두둥실 솟아오른 달덩이로 변했다. 그녀는 송기사에게 막무가내로 엉겨붙었다. 그는 여자를 한쪽에 앉혔다.

"파출소장한테 물어보세요. 신고는 제가 했습니다. 그리고 무당은 죽지 않았습니다.

나는 말을 마치고 태국여자를 일으켜 주려다가 그만두었다. 여자가 원치 않았다. 아낙들은 쭈뼛거리면서 고개를 돌렸다. 그들은 술을 마시던 자리로 돌아갔다. 물에 빠졌던 아낙도 정신이 드는지 일어나 앉았다. 천자가 돼지를 끌고 왔다. 땅바닥에서 혼자 일어선 태국여자가 돼지를 묶은 줄을 잡았다. 그녀는 자리에 둘러앉은 아낙들을 쳐다보다가 깨어난 아낙에게 다가섰다.

"괘, 괘, 괘, 괘찮, 괘찮아예?"

태국여자는 더듬긴 해도 정확히 말했다.

"……"

아낙은 자신을 잡으려는 태국여자의 손을 뿌리쳤다. 술자리에서 한 아낙이 달려와 깨어난 아낙을 데려갔다. 태국여자는 부축을 받고 걸어가는 아낙을 보고 미소를 짓더니 딸과 함께 돼지를 끌고 걸어갔다. 숙희가 스마트폰으로 두 사람의 뒷모습을 찍었다. 나는 갑자기 코끝이 찡해지면서 눈망울에 물이 고이는 것을 느꼈다. 누나의 얼굴이 떠오른 것이다. 송기사가 입을 열었다.

"저리 심성이 좋은 아지매가 팔자는 어찌 저 모양인지……"

"그냥 태국으로 돌아가죠."

나는 조심해 입을 열었다. 그 와중에서도 자신의 감정을 들킬까봐 두려웠다. 바닥에 주저앉아 있던 정미가 태국여자를 향해 입을 비쭉거렸다.

"고향이 태국도 아닌 모양입니더. 그곳에 형제도 없고예."

"선생님, 참말로 죄송합니다. 남편 없이 사는 과부들이라……"

송기사가 대신 사과를 했다. 그의 입에서 술 냄새가 풍겼다. 과부들은 술잔을 돌리면서 이쪽을 힐끔거렸다.

"아닙니다. 제 잘못입니다."

"재수 우라지게 없었다고 생각하시소."

"네, 정말 감사합니다. 송기사님 아니었다면 오늘 큰 봉변을 당할 뻔했습니다."

송기사가 정미를 일으켜 함께 조금 전에 싸웠던 과부들의 술자리로 가서 그녀들 틈에 끼었다. 송기사가 언성을 높인 아낙네에게 술을 내밀었다. 그는 웃으면서 술잔을 집어 들었다. 바람이 불어왔다. 바다 위에 떠 있는 남해전자호에서 깃발들이 나부꼈다. 나는 고개를 돌려 담배를 피워 물었다.

풍도에는 어둠이 깔리고 있었다. 나는 뒤돌아 걸었다. 물속에 뛰어들었던 아낙이 수건을 뒤집어쓴 채로 노래를 불렀다. 조금 전의 일은 잊었는지 아낙들이 젓가락을 두드렸다. 송기사도 손뼉을 치며 함께 어울렸다.

"우우우 우우우."

한 아낙의 입에서 〈사랑을 위하여〉 전주곡이 흘러나왔다.

"이른 아침에 잠에서 깨어 너를 바라볼 수 있다면."

송기사와 정미가 어깨동무를 하고 노래를 불렀다.

"물안개 피는 강가에 서서 작은 미소로 너를 부르리."

아낙 둘이 노래를 부르면서 자리에서 일어났다.

"하루를 살아도 행복할 수 있다면 나는 그 길을 택하고 싶다."

다른 자리에 앉은 아낙이 뒤를 받았다. 마치 기다리고 있었던 것 같았다.

"세상이 우리를 힘들게 하여도 우리 둘은 변하지 않아."

이번엔 아낙 뒤쪽에 앉은 남자들이었다.

"너를 사랑하기에 저 하늘 끝에 마지막 남은 진실 하나로 오래 두어도 진정 변하지 않는 사랑으로 남게 해주오."

자갈밭에 앉은 거의 모든 사람들이 함께 노래를 불렀다.

나는 잘포리 노인들을 만나기 위해 학교로 갔다. 바닷가에서는 아이들이 여전히 쥐를 가지고 놀았다. 어디서 펑하는 소리와 함께 허공으로 불빛 하나가 날아오르더니 금방 불꽃이 하늘을 수놓았다. 다시 요란한 파열음과 함께 폭죽이 터졌다. 펑, 펑, 펑, 펑 불꽃이 어둠을 가르고 하늘에서 흘러내렸다. 그중 둘은 차례로 터져 하늘을 온통 꽃무늬로 물들였다. 바다가 대낮처럼 환해졌다.

지금도 그날 일들을 떠올리면 가슴이 아려온다. 그것은 태국여자 때문만은 아니었다. 차라리 동제에 참석하지 않았다면…… 그랬다면 이후 일들에 대해 좀 더 냉정하게 판단할 수 있었을지 모른다. 뭐라고 말해야 할지. 나는 별로 보고 싶지 않은 사람들의 속내를 확인해버린 꼴이었다. 그럴 것이라는 추측과 직접 보는 것은 다른 문제이다. 전자는 확인하지 않아 언제든지 부정할 수 있는 법이다. 그러나 후자는 그럴 수 없다. 방풍림 동제는 인근에서 가장 큰 행사라고 아이들이 일기에 적었다. 풍도나 인근 섬의 사람들은 어부였다. 바다가 삶의 터전이었던 이들은 언제 죽을지 모른다는 공포에 시달렸을 것이다. 그 때문에 서로의 존재를 확인할 필요를 느꼈다. 방풍림 축제, 동제는 바로 그런 역할을 한 것이다.

허깨비

동제 날, 잘포리의 문신 할배 일행에게서 교사일지를 받았다. 나보다 먼저 학교로 찾아온 그들이 술자리를 만들기 위해 교무실에서 캐비닛까지 옮기다가 발견했다는 것이었다. 그것은 양선생의 공책이었다. 나는 공책을 이리저리 들추다가 추락사와 익사의 차이점에 관한 기록을 발견했다. 추락사와 익사. 지난번 메모에도 두 단어가 있었다. 사체에 관한 설명이 장황하게 펼쳐졌다. 누구의 말을 듣고 정리한 글이었다. 이엉꾼 송석준. 그가 아니면 섬에서 사체에 관해 이런 전문적인 내용을 말해 줄 사람은 없었다.

그들에게서 태국여자의 얘기도 들었다. 내가 교무실로 들어서자 이웃 섬의 노인들도 함께 몰려와 진을 치고 있었다. 술이 취하자 이런저런 얘기들이 쏟아져 나왔다. 노인들 중 하나가 태국여자의 말더듬이 과정을 소상하게 설명해주었다. 그녀가 풍도로 들어왔을 때는 멀쩡했는데,

남편이 죽자 시어머니의 주선으로 청년회 부회장인 현기삼촌과 살림을 차리고 나서부터 말을 더듬게 되었다는 것이다. 그런데 태국여자가 아이를 낳지 못한다고, 그 집에서 쫓겨나기 전까지는 말더듬이 그리 심하지는 않았다고 했다. 그녀가 전 남편의 어머니, 시어머니 품으로 갔을 때까지도 말이 별로 없을 정도였다고 한다. 그런데 현기 삼촌이 필리핀 여자 올리비아를 아내로 들이고부터 말더듬이 아주 심해졌고, 시어머니가 돌아가시고 나서부터 거의 말문이 막혔다는 것이었다. 섬에서 겪은 풍상(風霜) 때문에 심한 말더듬이가 되는 것은 얼마든지 가능한 일이다. 그녀는 불교의 나라 태국에서 자란 탓에 무당을 한국의 승려로 알고, 믿고 따랐다고 했다.

학교에서 술자리를 끝낸 나는 노인들과 함께 하숙방으로 갔다. 천장에서 서까래를 타고 다니는 쥐 소리를 들으면서 다시 술을 마셨다. 이들은 그냥 늙은이가 아니었다. 격정은 젊은 사람과 다를 바가 없었다. 무당에 대한 얘기도 오갔지만 무슨 내용인지 기억이 나지 않았다. 철수 아버지와 무당이 가까운 친구라고 한 것도 같았고, 무당이 양선생을 따먹으려고 수작을 걸다가 경찰에 고소당했다고 한 것도 같았다. 노인들은 술을 먹고 횡설수설이었다.

나는 노인들이 내미는 술을 마다하지 않고 들이켰다. 실은 누나 생각이 나서 자꾸 술을 마셨다. 누나에게도 태국여자와 비슷한 경험이 있었다. 그녀는 좀처럼 우는 법이 없었다. 그런데 딱 한번 감나무 집 아들과의 사랑이 좌절됐을 때 소리 내어 펑펑 울었다. 그 집안에서 말더듬이를 며느리로 들일 수 없다는 것이었다. 하지만 그 집 아들을 사귀면서 누나의 말문이 열렸다. 예전처럼 심하게 더듬지도 않았다. 벙어리처럼 살았던 누나는 뭐든지 다시 시작할 수 있을 만큼 상태가 좋아졌다. 엄마와 나는 어떻게 이 고비만 잘 넘기면 감나무집 아들보다 괜찮은 신랑감도 만날 수도 있을 것이라고 생각했다. 그때 나는 처음으로 사랑은 힘이 세다는 것을 알았다. 그러나 사랑의 상처는 누나를 더 심한 말더듬이로 만들었다.

술에 취해 정신이 가물거리는데도 쥐 소리가 들렸다. 문신 할배가 고개를 들더니 험악한 욕설을 뱉었다. 새로 도배한 천장이 쥐의 오줌으로 누렇게 얼룩이 져 있다는 것이었다. 앞에 앉은 노인이 제구실을 못하는 고양이를 죽여버리겠다고 과일 깎는 칼을 들고 밖으로 나갔다. 나는 마당에서 울어대는 놈의 소리를 들으면서 방바닥에 누웠다.

나는 태국여자와 딸을 함께 불러 말더듬을 교정해봐야겠다고 마음먹었다. 여자가 가장 먼저 소통해야 할 사람은 딸 천자였다. 노인들의 말에 의하면 천자 아버지는 마을사람들 중 하나가 분명한데, 아무도 그가 누군지 모른다고 했다. 하지만 이것은 동네 사람들의 주장이다. 태국여자는 아이의 아버지를 알고 있을 것이다. 그녀가 겪었을 풍상을 생각하자 더욱 그녀의 말문을 터주고 싶었다. 시간이 많이 걸리더라도 여자가 일상 대화를 정상적으로 할 수 있도록 만들어보리라 결심했다.

나는 자꾸 불안했다. 뭔가가 내게로 다가오고 있다는 느낌이 들었다. 그것은 풍도로 들어섰을 때부터 든 막연한 공포였다. 이제는 그냥 막연한 공포가 아니었다. 그 실체를 알려면 이엉꾼을 만나야 한다. 나는 야외 수업을 핑계로 아이들을 앞세우고 공동묘지가 있는 산으로 향했다.

앞으로 자신이 가르칠 잘포리 노인들을 먼저 산으로 보내 이엉꾼을 찾아보라고 했다. 오늘 수업은 아이들이 그에게 초분에 관한 얘기를 듣는 것이다. 공동묘지 위로 올라서자 초분으로 변한 무덤들이 눈에 들어왔다. 모두들 방향을 아래쪽 바다로 향하고 있었다. 그것들은 금방이라도 먼 바다로 떠날 작은 배로 보였다. 섬사람들의 진짜 무덤은 바다라고 했나? 아이들을 데리고 능선을 넘어서다가 문신 할배를 만났다.

"도대체 어디에 숨었는지 보이질 않아예."

그의 머리가 바람에 날렸다. 머리카락으로 가려진 이마에 꽤 근사한 갈치 문신이 보였다. 바다 위로 구름이 몰려들었다

"개똥도 약에 쓸라면 없다카더마!"

노인 하나가 중얼거리면서 주위를 두리번거렸다. 그들은 이엉꾼을 찾아 오랫동안 헤매고 다닌 듯했다.

"없어진 거 같은데예."

"이 인간이 우릴 골탕 묵일라꼬 작정한 거 아닐까예?"

"그럴 리가 있습니까."

나는 내심 문신 할배의 말이 맞을지 모른다는 생각이 들었다. 나 역시 어제 이엉꾼을 찾으러 왔다가 낭패를 당했다. 그를 정식으로 학교에 초청해 수업을 부탁할 셈이었다. 초분은 풍도 아이들이라면 잘 알고 있어야 할 자기 고장의 장례 풍습이었다. 그런데 이엉꾼의 거처를 정확히 알고 있는 사람이 없었다. 동굴에 있을 때도 있고, 공동묘지 아래 움막에 있을 때도 있다는 것이다. 그냥 막연하게 산에 올라가면 만날 수 있다고 했다. 그가 필요하면 산으로 올라간다는 식이었다. 오히려 거처를 묻는 것을 이상하게 여겼다.

지난번 길을 따라 갔지만 동굴을 찾을 수가 없었다. 이엉꾼을 만나 먼

저 술자리에서의 오해도 풀어야 했다. 나는 그가 쥐를 키운다는 얘기를 한 적이 없었다. 그런 엉뚱한 생각을 하지 않은 것은 아니었다. 하지만 그 말을 입 밖으로 꺼낸 적은 없었다. 무엇보다도 사라진 무당과 양선생 사건에 대한 의문을 풀어야 한다. 그는 두 사건의 진실을 알고 있을 것 같았다. 그리고 철수가 학교로 돌아올 수 있도록 도와달라고 할 생각이었다.

"여긴 쥐 소굴이네!"

문신 할배가 말했다. 쥐 한 마리가 나무에 올라가 껍질을 갉아먹었다. 자세히 보니 낙엽송이었다. 나무껍질이 거의 다 벗겨져 노랗게 변해 있었다. 쥐는 인기척에 놀라 나무를 타고 내려와 수풀 속으로 사라졌다. 그러자 숲속에서 쥐를 한 마리씩 입에 문 족제비 두 마리가 고개를 내밀었다. 둘은 사람을 보자 급하게 숲속으로 꼬리를 감추었다. 나는 주위를 둘러보았다. 눈앞으로 펼쳐진 낙엽송들이 모두 껍질이 벗겨져 말라가고 있었다. 쥐를 잡아먹는 야생동물이 있긴 해도 먹이사슬이 붕괴된 것이다. 쥐는 워낙 번식력이 뛰어나 천적이 적어지면 개체수가 한꺼번에 늘어난다.

"선상님예, 참말로 이엉꾼이 쥐를 키우는 게 아닐까예?"

"쥐를 키워 뭣하게요?"

"본 사람이 있다더마예."

노인이 고개를 갸우뚱했다.

"뭘 잘못 봤겠죠!"

그날 저녁 동굴 앞에서 놀라 쓰러졌을 때도 내가 뭔가 잘못 보았을 것이다.

여기서 의문을 차단해야 한다. 잘못하면 이엉꾼에 대한 불신이 더 증폭될 수 있었다.

"그럼예, 설마 쥐를……"

문신 할배가 거들었다. 다행히 노인 둘은 더 이상 의심을 하지 않았다.

"태국여자를 본 것 같은데……"

문신 할배가 중얼거렸다. 그는 주위를 살폈다.

어제 오후, 나는 산을 헤매다가 또 발을 헛디뎠다. 가파른 언덕이었다면 큰 사고를 당했을 것이다. 겨우 몸을 추스르고 바위에 기대 앉아 능선을 올려다보았다. 빨리 이엉꾼을 만나 일을 끝내고 학교로 가야 한다는 마음 때문에 발을 헛디딘 것이었다. 오후에 영어선생들과 회의가 있었다. 서두르지 않으면 약속을 지킬 수 없을 것 같았다. 염소들이 움푹 팬 곳에 모여 풀을 뜯고 있었다. 그때 언뜻 태국여자가 보였다. 그래서 서둘러 일어나 찾았지만 없었다. 아님, 내가 헛것을 본 건지도 모른다.

다음 순간 이상한 소리가 들려 귀를 기울였다. 짐승의 울음소리였다. 한동안 멍한 상태로 섰다가 정신을 차렸다. 잠시 뒤 사방으로 적막이 깔렸다. 환청인가? 나는 일어나 다리를 절면서 산을 돌아다녔다. 나중에는 염소도 보이지 않았다. 산길을 걸으면서 내가 허깨비를 찾아다녔는지 모른다는 생각이 들었다. 이엉꾼은 허깨비다. 아무도 그에게 관심을 갖는 사람은 없었다. 언제나 있으나 마나 한 존재였다. 그러다가 문득 이엉꾼이 없어졌다면 다음 차례는 태국여자라는 생각이 들었다. 그냥 그렇게 될 것 같았다. 조금 전 태국여자를 본 것은 그 때문이었을까? 그녀가 없어질 수도 있다는 불안한 심리가 허깨비를 만들어낸 것이었다.

"으르르렁……"

나는 산길을 걷다가 몽둥이를 맞아 피범벅인 송아지만한 개와 맞닥뜨렸다. 이엉꾼이 몰고 다니던 해피였다. 이상한 소리는 환청이 아니었다. 동네 사내들이 검정개를 잡아 철사로 목을 조여 나무에 매달았다. 그들 중에는 선장도, 현기 삼촌도 있었다. 그런데 실수로 줄이 끊어진 모양이었다. 머리 한쪽이 뭉개진 해피가 목에 철사를 묶은 채로 길을 막고 으르렁거렸다. 나는 침을 삼키면서 뒤로 물러섰다. 해피의 한쪽 눈도 핏빛이었다. 흰 이빨을 드러낸 놈은 당장이라도 나를 물어뜯을 기세였다. 사내들이 숲속으로 도망치는 것이 보였다. 해피가 고개를 돌리더니 그들을 쫓아갔다.

나는 서둘렀다. 해피 때문에 더한 공포가 엄습했다. 산을 내려가면서 박선생에게 전화를 걸어 오후의 영어 선생들과의 모임을 취소시켰다. 태국여자가 벌써 사라졌을지도 모른다. 먼저 그것을 확인해야 한다. 만약 사라지지 않았다면 단단히 주의를 주어야 한다. 나는 숲을 벗어나 해변으로 난 길을 막 접어들려다가 자동차를 발견했다. 차 안에서 남녀가 입을 맞추고 있었다. 나는 고개를 숙이고 자동차 속을 살폈다. 송기사와 태국여자였다. 머리를 숙였다가 살그머니 들어올렸다. 태국여자가 아니라 정미의 얼굴이 살짝 보였다. 그들은 입을 맞추면서 근친간의 사랑을 하는 것이 아니었다. 송기사와 그녀는 아이패드를 자동차 앞에 놓고 무슨 심각한 말을 하고 있었다. 풍도를 다녀간 사람이 좋지 않은 또 다른 글을 올린 것인가? 송기사가 담배를 꺼내 물었다. 나는 뒤를 돌아 해변을 끼고 뻗은 길을 걸어갔다. 얼마 걷지 않아 바다 위에서 물질하는 해녀를 보았다. 무시하고 뛰어가려다가 아이의 웃음소리 때문에 고개를 돌렸다. 천자였다. 태국여자의 딸이 엄마와 함께 물속에서 놀고 있었다.

두 사람만이 아니었다. 수달 가족도 이들과 어우러져 자맥질을 하고 있었다. 나는 그 자리에 멈춰 서서 길게 한숨을 내쉬었다.

*

"선상님, 비가 올 것 같심니더."

민지가 입을 열었다. 정말로 바다에서 구름이 밀려왔다. 그사이 날씨가 변덕을 부려 바람이 몰아쳤다. 아이들은 추운지 몸을 움츠렸다. 문신 할배는 혼자서라도 이엉꾼을 찾아보겠다고 산에 남았다. 나는 아이들을 데리고 능선을 내려갔다. 이들에게 한동네 사는 기인에 대한 공포를 덜어주려는 내 의도는 실패로 끝났다.

바람이 억새를 요란하게 흔들어댔다. 아이들은 몸을 떨었다. 이들에게 문둥이 얼굴을 한 이엉꾼을 꼭 만나게 해야 한다. 그래서 그가 문둥이가 아니라는 것을 분명히 알려야 한다. 이대로 끝내면 안 된다. 그런 생각을 하면서 산을 내려오는데 갑자기 주위가 어두워졌다. 하늘에 먹구름이 모이면 금방 빗줄기가 쏟아질 것이다. 바람 속에서 사나운 소리가 섞여 들렸다.

조금 전, 노인들은 이엉꾼이 없어진 것 같다고 말했다. 그는 없어도 되는 존재, 없앨 수도 있는 존재였다. 문득 소름이 돋았다. 나는 심한 한기를 느꼈다. 온몸이 떨렸다. 하늘에서 굵은 빗줄기가 쏟아졌다. 이어 요란한 천둥이 주위의 모든 소리를 삼켜버렸다.

고양이를 삼킨 쥐

고양이는 흰 이빨을 드러낸다. 앙칼진 괴성을 지르며 앞발로 상대의 얼굴을 사정없이 할퀸다. 날카로운 발톱 사이로 핏방울이 맺혔다. 바닥에 핏자국이 선연하다. 상대는 이엉꾼의 검정개 해피였다. 나는 숨이 막혔다. 자세히 보니 해피가 아니라 개만 한 쥐였다. 둘이 맞붙었다. 잘포리 노인들이 방으로 찾아와 술을 마신 후로 마당에 있던 고양이가 없어졌다. 그날 저녁 노인이 칼을 쥐고 마당으로 나가더니 고양이를 죽인 모양이었다. 하나같이 거칠게 살아 그런 일은 식은 죽 먹듯이 할 위인들이었다. 그런데 이상하게 고양이가 없어진 후로 천장에서 쥐 소리가 들리지 않았다.

개만 한 쥐는 바닥에 선명한 자신의 피를 내려다본다. 이어 코를 실룩거리다가 몸을 날린다. 고양이는 날카로운 양쪽 발톱을 물갈퀴처럼 펼쳐 상대의 얼굴에 흠집을 냈다. 쥐의 얼굴은 피범벅이 된다. 놈은 수염을 세우더니 구석으로 몰린 고양이의 목을 사정없이 물었다. 고양이는 맥을 추지 못하고 늘어진다. 급소를 가격한 것이다. 쥐는 혓바닥으로 피로 얼룩진 콧잔등을 핥으면서 걸어간다. 놈은 얼마 걷지 않아 큰 덩치를 주체하지 못해 휘청거린다. 다시 몇 걸음을 떼다가 바닥에 주저앉는다. 이어 거칠게 숨을 내쉬면서 혓바닥을 내밀어 피범벅인 자신의 주둥이를 핥았다. 한쪽 구석에 누워 있던 고양이의 눈이 스르르 감긴다.

눈을 떴다. 꿈이다. 꿈의 끝자락에 울음소리를 들었다. 고양이 소리였다. 놈은 죽지 않았다. 다시 소리가 들렸다. 천장이었다. 방에 불을 밝혔다. 나는 천장을 올려다보았다. 구석에 움푹 들어간 곳을 살폈다. 베니어가 기다랗게 찢어져 있었다. 의자를 놓고 위로 올라섰다. 그날 저녁 노인은 고양이를 죽인 것이 아니었다. 나는 베니어를 밀어보았다. 어두운 천장이 눈에 들어왔다. 고양이는 보이지 않았다. 놈은 천장에 구멍을 뚫어 밖으로 나갔는지 모른다. 손이 닿을 만한 거리에 시커먼 물체가 놓여 있었다. 나는 천장 안으로 손을 뻗어 그 물체를 잡아당기다가 의자에서 굴러떨어졌다. 고양이가 방바닥으로 뛰어내렸다. 놈도 놀라 입에 물고 있던 것을 떨어뜨렸다. 그것은 바닥을 데굴데굴 구르다 멈췄다. 고양이 목이었다. 나는 놀라 놈을 쳐다보았다. 조금 전 천장에서 뛰어내린 것은 고양이가 아니라 쥐, 말할 수 없이 크고 시커먼 쥐였다. 나는 내 손을 보았다. 천장에서 끄집어낸 것은 고양이였다. 머리가 떨어져 나간 고양이. 숨이 멎을 것 같은 공포가 내 몸을 감쌌다. 쥐는 주위를 두리번거리다 책상 위로 풀쩍 뛰어올랐다. 쥐가 열린 문틈으로 빠져나갔다. 나는 겨우 호흡을 가다듬고 정신을 차렸다. 방바닥에는 고양이의 머리가 뒹굴었다.

나는 조각난 고양이 사체를 들고 방문을 열었다. 그 순간 마당에서 귀를 찢는 요란한 소리가 들렸다. 어두운 마당으로 나가 화장실 앞의 작은 텃밭에 가서 삽으로 흙을 팠다. 나는 고양이를 묻다 말고 고개를 돌렸다. 오싹한 느낌 때문이었다. 정말로 눈동자가 자신을 지켜보고 있었다. 장독 위에 파란 불이 보였다. 파란 눈동자. 커다란 쥐였다. 나는 놈을 쫓으려고 발을 굴렀다. 그러자 닭장에서 뭔가가 움직이고, 닭들이 날개를 퍼덕거렸다. 쥐는 어디로 사라졌는지 보이지 않았고, 위채의 지붕 위에서 불빛 둘이 번뜩거렸다. 나는 흙을 마저 덮고 닭장 쪽으로 걸어갔다. 닭장 문이 반쯤 열려 있고, 닭 두 마리나 널브러져 있었다. 쥐가 바깥으로 나와 닭을 물어뜯은 모양이었다. 이미 한 마리는 죽었고, 다른 닭은 피를 흘리면서 숨을 헐떡이고 있었다. 그때 집 뒤 숲에서 울음소리가 들렸다. 나는 방으로 들어가다 뒤를 돌아보았다. 지붕 너머 나무 위에 제법 많은 짐승의 눈빛이 번득거렸다. 저들이 모두 쥐인가? 고양이만 한 쥐들인가? 나는 소름이 돋았다.

이장, 행대감, 꿈, 현실

나는 수업을 끝내고 이장 할머니를 찾아 언덕을 올라갔다. 어쨌든 그녀가 마을의 대표이고, 내가 풍도로 온 첫날 어렵고 해결하기 힘든 일이 있으면 자신을 찾아오란 말도 있었다. 더구나 풍도에서 일어난 사건들은 이장 할머니와 관련이 없는 것 같았다. 노인은 자신의 섬에서 일어나는 끔찍한 일들을 까마득히 모르고 있을 수도 있었다. 집에 없으면 죽치고 앉아 들어올 때까지 기다릴 생각이었다. 다행히 그녀를 만났다. 이장은 기다란 탁자 위에 펼쳐진 노트북을 켜 놓고 무엇을 들여다보고 있었다. 마당 한쪽에는 큰 나무 하나가 덩그렇게 서 있었다. 나뭇가지 여기저기 빨간 핏자국이 선연했고, 바닥에는 조각난 쥐들이 흩어져 있었다. 나무 위에는 커다란 새 한 마리가 앉아 있었다. 지난번에도 봤던 놈이었다.

"왜, 무당 때문에 왔나?"

이장 할머니가 하품을 하고 물었다. 이장은 평소 때와는 조금 다른 얼굴이었다. 그녀는 나를 흘끔 한번 쳐다보았다. 이미 내가 찾아온 이유를 알고 있는 듯했다.

"네, 하지만 그뿐이 아닙니다."

"오늘밤에 얘기하면 안 되겠소? 난 이걸 봐야 돼. 여기 댓글 한번 봐. 난리야."

그녀는 노트북을 돌려 내게로 밀었다. 풍도 홈페이지에 풍도산 해산물 코너를 확인하고 있었다. 내 눈에는 올린 글도, 그 밑에 포도송이처럼 주렁주렁 매달린 댓글도 제대로 보이지 않았다. 그 위로 펄펄 끓는 물에 멸치를 데치는 사진과 그것을 소반으로 건져 올리는 사진들이 있었다.

"이장님……"

"자네, 이걸 봐. 사람들이 풍도산 멸치의 위생 상태가 의심스러운 가봐. 참, 사진으로는 믿을 수 없나! 멸치가 뭔지도 모르는 것들!"

그녀는 말을 하다 말고 고개를 돌렸다.

"근데, 자네가 궁금한 것은 오늘 저녁에 얘기해주면 안 될까?"

"청년회 밤낚시에서요?"

내가 물었다. 청년회에서 나를 밤낚시에 불렀다. 그 자리에서 마을의 중요한 현안을 의논할 거라고 했다.

"낚시보다 멸치를 말려야지. 어차피 그 일을 하려면 마을사람들이 다 모여야 돼. 거기서 무당 얘기를 할 테니……"

이장 할머니는 다시 하품을 하고 눈을 깜박거렸다. 도저히 잠이 와서 못 참겠다는 표정이었다.

"전임 분교장 양선생도 실종됐습니다."

나는 다가가 말했다. 역시 놀라지 않았다.

"아…… 알았네……"

그녀가 중얼거렸다.

"바람과 햇빛, 달빛으로 멸치를 말리는 과정을 보여줘야겠어. 그래야 댓글이 사라질 거야. 풍도 다녀간 사람들이 하나같이 멸치 맛을 잊을 수 없다는데, 꼭 이런 것들이 있다니께. 인터넷은 거짓을 만들어내는 곳이야."

잠시 후, 그녀는 눈을 감았다. 곧이어 잠이 들었는지 가늘게 코를 고는 소리가 들렸다. 저녁에 얘기할 수밖에 없었다. 노트북의 화면이 저절로 꺼졌다. 나는 마당을 나서다가 고개를 돌렸다. 나무 아래에 조각난 쥐들의 사체가 보였다. 걸음을 멈추고 나무 위를 올려다보았다. 새는 커다란 올빼미였다.

*

달밤이다.

아름다운 바다이다.

청년회 방회장의 몸이 흔들린다. 나는 힘들게 노를 저었다. 삐걱거리는 울림이 물결 위로 울려 퍼진다. 모터를 돌리면 수달이 놀란다는 것이었다. 수달이 근처에 떼로 모여 산다고 했다. 수달은 갯벌 체험이나 미역 따기 행사, 영어 체험을 위해 섬을 찾은 사람들의 눈요깃감이었다. 그 때문에 청년회에서 놈들의 개체수를 늘리려고 신경을 쓰고 있었다.

물결이 잔잔하다. 노가 물결을 가르고 앞뒤로 움직인다. 그 소리는 영락없이 음악이었다. 고개를 들어 무인도를 쳐다보았다. 나와 방회장은 술을 마실 장소로 이동하고 있었다. 내 입에서 갑자기 탄성이 터졌다. 참나리 군락이 눈에 들어왔다. 꽃봉오리가 계곡 전체를 뒤덮었다. 주근깨가 붉게 핀 꽃잎을 보면 누나가 떠올랐다. 청년회원 몇 명이 낚싯대를 들고 있었다. 달빛이 드리워진 절벽을 쳐다보다가 넋을 잃었다.

청년회원들은 벼랑 아래에서 술을 마셨다. 태국여자는 옆에 앉아 생선회를 떴다. 넓고 편편한 모래밭에 돗자리를 깔아 술상을 놓았다. 사람들은 누군가를 기다리고 있었다. 벼랑을 수놓은 붉은 꽃들은 달빛을 받아 황홀경을 이루었다. 참나리의 붉은 꽃잎 위로 주근깨 같은 점들이 다닥다닥 붙어 있었다. 꽃향기 때문에 술맛이 그만이었다. 나는 아래를 내려다보았다. 낚시를 하는 청년회 회원들이 계속해서 꽃 같은 빨간 참나리 볼락을 낚아 올렸다.

그때 쥐 한 마리가 물로 뛰어들었다. 또 다른 놈이 뒤를 따랐다. 놈들은 물살을 가르면서 달렸다. 목을 지나 풍도로 가려는 것이었다. 수영 솜씨가 보통이 아니었다. 이들이 목을 반쯤 건넜을까? 잔잔한 물결이 요동치더니 수달 한 마리가 불쑥 떠올랐다. 물밑으로 내려가는 수달의 등이 보였다. 쥐들도 사라졌다. 수달은 두 놈을 한꺼번에 삼켰다. 바다는 금방 평온을 되찾았다.

청년 회원들이 하나둘 자리에서 일어났다. 방회장이 시계를 쳐다보았다. 옆에서 태국여자가 살아 펄떡이는 볼락의 배를 갈랐다. 접시가 회로 가득 찼다. 민첩한 솜씨였다. 방회장이 소주병을 따서 잔을 채웠다. 사람들은 맥주잔에 소주를 부어 마셨다. 나는 단숨에 잔을 비우고, 젓가락으로 회를 집었다. 생선의 살점은 입에서 녹아 목구멍을 타고 내려갔다.

묘한 맛이었다. 달빛 때문에 술이 절로 넘어갔다. 정신이 몽롱해졌다. 꽤 시간이 지난 것 같았다. 저만치에서 청년회 회원들이 옷을 벗고 바다로 뛰어들었다. 해변 주변에 형성된 나무들이 바다 위에 그늘을 만들어 놓았다. 거대한 어부림이었다. 물결 위에 드리워진 그늘로 멸치 떼가 모여들었다. 청년회 회원들이 그늘 아래로 달려갔다. 그들은 서로에게 물을 퍼부었다. 바다에는 가장 원시적인 고기잡이 방법이라는 죽방렴이 보였다. 바다 위에 브이자 모양으로 말뚝을 박아 넓은 한쪽에서 들어온 고기를 한곳으로 몰아넣는 방식이었다. 요즘은 예전처럼 멸치가 많이 나지 않는다고 했다. 그래서 행대감이 살았을 때처럼 멸치파시도 어장도 없다는 것이었다. 다만 죽방을 만들어 잡은 멸치를 관광 상품으로 파는 정도였다. 멸치가 줄어들어 그마저 힘들지 모른다고 했다.

"형님, 우리 샘 취향을 어찌 알았십니꺼?"

송기사의 목소리가 들렸다.

"사내는 너나 내나 똑같아!"

숙희 아버지, 방회장이었다.

"아까 벼랑 밑에서 참나리 주근깨랑 말더듬이 주근깨랑 비슷하다고 감탄하더마!"

다른 청년회 회원의 웃음소리가 들렸다.

"참, 얼굴을 유심히도 봤구만!"

방회장이었다. 둘러앉은 사람들이 동시에 웃음을 터뜨렸다. 나는 낚싯대가 드리워진 바다를 쳐다보았다. 청년 회원이 휘청대는 낚싯대를 당겼다. 굵은 놈이 물을 차고 허공으로 튀어올랐다.

볼락이 아니라 쥐였다. 다른 낚싯대에도 쥐가 걸려 바동거렸다. 제법 큰놈이었다. 쥐가 자꾸 올라왔다. 나는 놀라 고개를 돌렸다. 태국여자가 쥐로 회를 떴다. 옆에 피범벅이 된 시커먼 털이 소복이 쌓여 있었다. 내가 먹은 것은 생선이 아니라 쥐였다. 하지만 구역질이 나질 않았다.

"이장이다! 이장님이 오셨다!"

물속에서 청년회 회원들이 환호성을 질렀다. 한쪽 상에 둘러앉아 술을 마시던 방회장, 앞니 깨진 중년, 현기 삼촌, 백발노인도 자리에서 일어났다. 그들의 눈에선 눈물이 흘러내렸다. 저편에서 노인이 지게를 지고 걸어왔다. 뒤에는 젊은 여자가 따라왔다. 여기저기에서 사람들이 모여들었다. 그들은 이장이 왔다고 소리를 질렀다. 나도 자리에서 일어났다. 노인은 이장이 아니라 행대감이었다. 그는 지게 위의 짐을 술상 근처에 내려놓았다. 따라온 여자는 색시로 변한 이장 할머니였다. 행대감은 모래 위에 놓인 짐을 발로 밀었다. 풀로 이은 가마니가 뭉개졌다. 초분을 지고 온 것이었다. 가마니 속의 시체가 문드러져 있었다.

"이래도 무당이 죽었나?"

그가 나를 향해 소리를 질렀다. 발가벗은 청년회 회원들이 웃었다. 시체에는 온통 구더기가 엉겨 붙어 있었다. 모래 위로 쇠갈고리가 흘러내렸다. 무당이 아니라 이엉꾼이었다. 한순간 시체가 하얗게 변했다. 흰 구더기가 썩은 몸뚱이에 붙은 것이다. 나는 배 속이 뒤틀렸다. 이제야 회로 먹은 쥐고기가 목구멍을 타고 올라왔다. 입을 막고 달려갔다.

참나리 벼랑 아래서 구역질을 하고 있는데, 누가 등을 두드려주었다. 고개를 돌리자 태국여자였다. 갑자기 주위가 환해졌다. 시체에 엉긴 구더기 속에서 하얀 나비들이 피어올라 풍도 쪽으로 사라졌다. 목 너머로 공동묘지가 보였다. 그곳의 초분들이 돛단배가 되어 바다 위로 떠올랐다. 공동묘지 초분이 있던 자리에는 딸랑 돌멩이들만 하나씩 남아 있었다. 돛단배는 물결을 가르고 앞으로 나아갔다. 나는 그 광경을 보고 넋을 잃었다. 실제가 아니라 아이패드 속의 영상처럼 티끌 한 점 없이 깨끗한 바다 위를 돛단배들이 떠나갔다.

행대감이 바다를 향해 두 손을 높이 들었다. 그는 선착장 옆에 목이 날아간 동상의 석대 앞 부조 속에 있는 남자였다. 까만 칠이 된 그림 속에서 배를 지휘하는 선장처럼 손을 번쩍 들어올렸다. 그런데 행대감의 얼굴이 흉측하게 뭉개져 있었다. 손도 마찬가지였다. 노인이 바다를 향해 고함을 지르자 바다 위에 떠가는 돛단배 주위의 물이 부글부글 끓어올랐다. 갑자기 물결이 은빛으로 변해 사방으로 번졌다. 멸치 떼였다. 죽방렴 근처에만 멸치가 모인 것이 아니었다. 바다가 은빛으로 환해졌다. 발가벗은 사람들은 소리를 지르면서 바다로 뛰어들었다.

"당신의 말더듬을 고쳐주고 싶어요."

내가 말했다.

"전 말더듬이가 아니라예."

"정말 그러네요."

"하지만 당신의 가르침을 받고 싶어예. 제가 당신을 구해주었으니 당신도 제게 뭔가를 줘야지예."

"제가 낭떠러지에서 떨어졌을 때, 당신이 절 구했나요?"

"네, 당신도 그 사실을 기억하고 있네예."

"그걸 어떻게 잊어요. 근데 당신의 고향은 어디죠? 태국도 아니라면서요."

"태국과 미얀마 사이에 있는 섬이라예. 그곳에서 태어나 배 위에서 살았어예."

"배 위에서요?"

"전, 배를 타고 바다를 떠다니는 모켄 족이라예. 말했잖아예. 그러니게 제 고향은 바다이지예. 전, 배 위에서 태어나 태국에 정착한 열 살 때까지 물속에서 살았어예."

"바다가 고향이라고요?"

"네, 바다가 제 진짜 고향입니더. 저도 죽으면 풍장을 했다가 바다로 돌아갈기라예."

누나와 대화하는 것 같았다. 내게 누나는 정상인이었다. 그녀의 얼굴을 뚫어지게 쳐다보았다. 뺨 위로 흩어진 주근깨가 참나리의 붉은 꽃잎에 박힌 검은 점처럼 아름다웠다. 누나의 얼굴이 겹쳐졌다. 나는 손을 뻗어 여자의 얼굴을 만졌다. 한순간 해변이 환해졌다. 나는 놀라 뒤를 돌아보았다. 모래 위로 조명이 환하게 밝혀졌다. 저쪽에서 카메라가 돌아가고 있었다. 나는 놀라 자리에서 일어났다. 영화라도 찍는 것인가? 풍도 사람들이 죄다 나와 광주리로 멸치를 퍼 담았다. 영화가 아니라 그 광경을 찍고 있었다. 풍도 홈페이지에 올릴 동영상이었다. 아낙들이 노래를 흥얼대며 멸치를 날랐다. 남자들도 손뼉을 치며 박자를 맞추었다. 사람들은 좋아 어쩔 줄을 몰랐다.

조명으로 대낮처럼 환한 해변이었다.

즐비하게 늘어선 여러 개의 가마솥에서는 멸치를 연신 끓여댔다. 드럼통을 쪼개고 붙여 만든 가마솥들에서 수증기가 솟아올랐다. 그들은 카메라를 의식하지 않고 멸치를 데치는 작업에 매달렸다. 아낙들이 멸치를 소반으로 건져 올려 가마니를 깔아둔 모래사장 위에 널었다. 멸치가 산더미처럼 쌓여가는 장면을 카메라가 찍고 있었다. 나는 고개를 돌렸다. 행대감도, 색시로 변한 이장 할머니도 보이지 않았다. 나는 주변을 살펴보았다. 모래 언덕이 우리를 둘러싸고 있어 마치 방 안에 들어와 있는 것 같았다. 나는 다시 여자를 안았다. 그날처럼 하얀 몸이었다. 그녀의 몸에서 분가루가 묻어나올 것 같았다.

"이엉꾼이 당신 애인인가요? 그런 말들이 많아요."

내가 묻자 여자가 웃었다.

"그에게 어머니를 바다에 뿌려달라고 부탁했어예."

"그럼, 당신 집 앞에 있는 것이 초분인가요?"

그녀의 채소밭 가운데 쌓아둔 지저분한 북데기가 초분이었다.

"네, 시어머니는 풀 무덤에서 나와 바다로 들어가고 싶어 했어예."

"풍도 사람들은 바다에 자신의 뼛가루가 뿌려져야 진짜로 죽은 거라고 믿는다면서요?"

"그래예. 우리 모켄 족도."

태국여자가 갑자기 내 입술에 자기 입을 갖다 댔다. 나는 어지럼증을 느꼈다. 이어 여자와 엉기다가 화들짝 놀란다. 성기가 움츠러들었다. 하얀 엉덩이가 온통 채찍 자국이었다. 여자가 웃었다. 자신이 사랑한 남자들이 남긴 상처라고 말했다. 나는 침을 삼켰다. 그녀의 부드러운 손길 때문에 놀란 가슴이 진정되었다. 여자가 시키는 대로 몸을 움직였다. 상황을 주도하는 쪽은 그녀였다. 벼랑은 참나리 천지였다. 주위가 붉게 물들었다. 꽃향기가 해변에 낭자했다. 나는 활짝 핀 꽃을 따라 시선을 옮기다가 위를 올려다보았다. 산꼭대기에 우뚝 솟은 통신사 기지국과 이런저런 설비들이 한데 모여 있는 철탑이 괴물처럼 해변을 내려다보고 있었다.

내가 몰랐던 일들

나는 밤낚시를 갔다가 마신 술 때문에 사흘을 죽은 듯이 누워서 지냈다. 그곳의 일은 기억도 잘 나지 않았다. 그사이 교감의 연락으로 아이들의 송림도 본교 방문 수업이 이루어졌고, 풍도 분교에 영어 선생을 구한다는 광고도 나갔다. 구인광고는 나도 모르는 사이에 마을에서 본교에 요청한 것이었다. 서둘러 선생님 구인 광고를 낸 것은 인근에 있는 섬 두 개가 무인도가 되면서 학생 숫자가 늘어날 것이기 때문이었다. 아직 초등학교에 입학하지 않은 아이들이었다. 그들에게 남해안 도시에서는 도저히 받을 수 없는 영어교육을 시켜주겠다고 제안했다고 한다. 나는 겨우 깨어났지만 머리가 너무 아파 하루 종일 누워 있었다.

며칠 사이에 일어난 일을 박선생이 미주알고주알 일러주었다. 그녀의 말을 듣다가 세 달에 한 번씩 하는 안과 검진을 잊었다는 것을 알았다. 엊저녁에 찾아온 송기사가 파출소에서 벌어진 소동에 대해 말해주었다.

그는 학교 업무에 대한 얘기는 하지 않았다. 선생님 구인 광고는 내 결제를 받아 진행해야 할 일이었다. 그는 그것을 알고 있었다. 하지만 나는 박선생의 말을 듣고 별다른 내색을 하지 않았다. 그런 사소한 일은 아무래도 좋았다.

핸드폰을 만지다가 사진 카페에 들어갔다. 내가 올린 글에 댓글이 여럿 붙어 있었다. 그곳에 사진을 올리고 분석을 부탁한 사실을 깜박 잊고 있었다. 낭떠러지 위에 걸린 천 조각의 정체가 밝혀졌다. 그것은 군복무늬가 있는 천으로 만든 해병대 정글모자였다. 한 회원이 자기 댓글 밑에 멀리서 찍은 정글모자 사진을 올려놓았다. 영락없이 내가 올린 사진이었다. 절벽의 나뭇가지에 모자가 걸렸고, 그 광경을 매년 찍은 것이었다.

다음은 양선생의 서랍에서 발견한 사진과 피멍이 든 허벅지 사진이었다. 하나는 일곱 명의 뒷모습이었고, 또 하나는 두 시간 뒤 여섯 명의 모습이었다. 두 장은 같은 날 저녁에 두 시간의 간격을 두고 찍었다. 하지만 사람 수는 동일하지 않았다. 두 사진을 분석한 댓글은 많았다. 사진을 피멍이 든 허벅지 사진과 나란히 올려 회원들의 관심을 불러일으킨 모양이었다. 범죄 냄새가 물씬 풍긴다는 댓글이 줄을 이었다. 그것은 내가 게시판에 남긴 글의 내용이기도 했다. 한 회원이 조금 긴 글로 사진의 상황을 추리했다. 먼저 일곱 명의 사진 중 한 사람이 정글모자를 쓰고 있었는데, 그 사람이 두 번째 사진에서는 사라졌다는 것이었다. 그가 쓰고 있던 정글모자가 낭떠러지에 나뭇가지에 걸렸다고 했다. 단정할 수는 없었지만 그렇게 되면 이야기가 분명해졌다.

사 년 전, 4월 30일 저녁 한 무리의 남자들이 해병대 정글모자를 쓴 누군가를 데리고 나갔다. 두 시간 뒤에 그들은 제자리에 돌아왔다. 하지만 그때 정글모자의 남자는 없었다. 그렇다면 굳이 피멍이 든 허벅지 사진은 설명할 필요가 없었다.

파출소장이 잘포리 아낙을 불러놓고 또다시 다그친 모양이었다. 그래서 앞니 깨진 중년이 파출소를 찾아가 사람을 연행하려면 정당한 이유가 있어야지 않느냐고 따져 물었다고 했다. 이에 파출소장은 그가 수사를 방해한다며 파출소에 있는 작은 철창에 가두어버렸다. 그 때문에 사람들이 몰려와 항의를 하고 집기를 부수었다. 궁지에 몰린 파출소장은 앞니 깨진 중년을 끌고 나와 파출소에서 행패를 부리지 않는다는 각서를 쓰라고 다그쳤다. 그것을 받아야 풀어주겠다고 했다. 하지만 앞니 깨진 중년은 자신이 그런 일을 한 적이 없다고 우겼다. 화가 난 파출소장은 사람들이 보는 앞에서 보초도 제대로 못 선다고 의경 둘의 빰을 사정없이 때렸다. 그러자 이들은 몽둥이로 사람들을 파출소에서 몰아내고 문을 닫았다는 것이었다.

나는 누워 있을 것이 아니라 뭔가 일을 해야 할 것 같았다. 인터넷으로 남해 쪽에 철수가 갈 만한 학교를 찾았다. 소년이 풍도 분교를 다니지 않겠다면 가까운 육지로 보낼 생각이었다. 마을에서 아비를 잃은 아이에게 이 정도의 배려는 해줄 것 같았다. 또 태국여자와 그녀의 딸, 천자를 함께 가르칠 말더듬 교정 교본을 찾아 인터넷 서점을 뒤졌다. 그녀에게 필요한 일은 다른 것인지 모른다. 하지만 그것이 뭔지 알 수 없었다. 우선 그녀가 자연스럽게 말을 할 수 있도록 해줘야 한다. 말더듬이 교정되면 딸과 속 깊은 대화를 할 수 있을 것이다. 천자가 커서 자기 아버지는 누구냐고 물으면 여자는 뭐라고 대답할까? 내가 그 질문을 받은 것처럼 난감하고 가슴이 답답해졌다. 나는 사진들과 양선생의 교사일지, 사진동호회 회원들의 댓글을 출력해 가방 속에 넣었다.

나는 파출소를 향해 걸었다.

바다 위로 이미 짙은 어둠이 내려앉았다. 파출소장에게 자료들을 내밀면서 그동안 수사한 내용을 알려달라고 말할 작정이었다.

"말더듬이 병신년 말만 믿고 멀쩡히 살아 있는 사람을 뒈졌다고 신고를 하는 통에 저 주정뱅이가 미쳐 날뛰고 난리잖아!"

한 아낙이 나를 보자 투덜거렸다. 내가 불이 환하게 밝혀진 파출소 앞에 당도했을 때였다. 나는 대꾸를 하지 않았다. 파출소 앞에 동네 사람들이 모여 있었다. 엊저녁의 소란이 아직 끝나지 않은 모양이었다.

"핵교 샘이면 접장질이나 할 것이지!"

"좀 배운 것들이 항상 문제여!"

"하모, 먹물들은 원래 주둥이가 근질근질해 가만히 못 있어!"

내게로 화살이 쏟아졌다. 너도나도 한마디씩 던졌다.

"당신이 책임져! 채금지란 말이여!"

선장이 소리를 질렀다. 나는 아무런 대꾸를 하지 않았다.

"당신이 채금지고 해결하란 말이다!"

현기 삼촌의 말이 날아들었다. 마을사람들이 한꺼번에 내게로 달려들 것 같았다. 정말 책임이 내게 있는 것일까? 며칠 전에는 무당이 죽었다는 내 판단이 잘못됐다고 믿었다. 하지만 지금은 그가 살아 있다고 자신할 수 없었다. 그렇다면 내 신고는 정당한 것이 아닌가.

그 순간 파출소 문이 열렸다. 파출소장은 바깥의 동정을 살피고 있었다. 그가 눈짓을 하자 의경 둘이 수갑을 꺼내 들고 풍도호 선장을 붙잡아 손목을 비틀었다.

“저 미친놈이 동네 사람한테 수갑을 채운다!”

한 사람이 소리를 지르고 의경에게 다가갔다. 이에 사람들이 달려들어 의경을 말렸다.

탕! 탕!

요란한 총성이 울려 퍼졌다. 파출소장이 허리에서 총을 뽑아 들고 허공을 향해 방아쇠를 당긴 것이다. 그러자 사람들이 기겁을 하고 뒤로 물러섰다. 의경들은 서둘러 선장을 잡아 파출소 앞 철제 기둥에 손목을 둘러 수갑을 채워버렸다.

“내가 니 놈을 그냥 둘 것 같아!”

졸지에 파출소를 지키는 개가 된 선장이 소리를 질렀다.

“개새끼야! 죄 없는 시민을 이래도 되는 기가!”

선장이 수갑을 당기며 다시 소리쳤다. 그러자 파출소장은 몇 발짝 앞으로 걸어가 그의 머리에 총구를 갖다 댔다.

“와, 와, 이라요? 파…… 파출소장님……”

“더 말해봐! 더 크게 짖어봐, 개처럼.”

파출소장이 조용히 입을 열었다. 그리고 총구로 선장의 머리를 밀었다.

“……”

선장은 입을 닫고 몸을 부르르 떨었다. 이어 땅바닥에 주저앉았다. 파출소장이 아랑곳하지 않고 총으로 그의 머리를 더 힘껏 밀자 선장의 바짓가랑이가 젖었다.

“말해봐!”

파출소장이 총부리를 선장의 콧구멍에 집어넣었다. 한순간 파출소 앞에 싸늘한 냉기가 감돌았다.

“말해보라니까! 다시 짖어보라니까!”

“아닙니더.”

“영어로 해봐! 쥐새끼처럼 죽기 싫으면……”

“사…… 살려주이소. 형님예……”

파출소장은 인상을 찡그리고 마을사람들을 둘러보았다. 파출소 앞을 밝힌 환한 불빛 때문에 그의 표정이 선명하게 보였다. 선장의 눈에서 금방이라도 눈물이 쏟아져 내릴 것 같았다. 파출소장은 총부리를 선장의 콧구멍 깊숙이 집어넣고 천천히 방아쇠를 당겼다. 하지만 쇳소리만 요란하게 들릴 뿐이었다. 총알을 두 발만 장전하고 나온 것이다. 여기저기에서 탄성이 터져 나왔다. 선장의 바짓가랑이 사이에서 물이 흘러내려 주변이 흥건히 젖었다. 기세등등해진 파출소장은 자기 허락 없이 선장에게 손끝이라도 대는 놈은 그냥 두지 않겠다고 엄포를 놓았다. 이어 파출소장은 주머니에서 또 다른 수갑을 꺼내 던졌고, 그것을 받아든 의경은 후다닥 달려들어 내 손목에 채웠다. 나는 우두망찰한 상황 속에서 당했다.

“분교장, 아직도 무당이 살아 있다고 믿소?”

책상을 사이에 두고 마주 앉아 파출소장이 물었다. 그의 입에서 술 냄새가 풍겼고, 바닥에 몇 개의 소주병이 나뒹굴었다. 나는 수갑을 찬 채로 취조를 받았다.

“분교장! 왜 말이 없어! 그새 벙어리가 됐나!”

“……”

나는 뭐라고 대꾸할 자신이 없었다. 숲속에서 무당을 본 이후 그가 인근 섬으로 갔을 것이라 믿었다. 그런데 이엉꾼마저 사라져 그런 확신이 생기지 않았다.

"본서에 연락하고 공개수사를 하세요."

"공개수사?"

"그렇소. 무당과 양선생의 실종과 철수 아버지의 죽음에 관련된 사람들을 모두 불러 직접 수사를 하란 말입니다."

"그런 판단은 내가 알아서 해! 알아? 당신이 끼어들 일이 아니란 말이야. 지금 그것을 까발리면 아무것도 해결되지 않는단 말이야. 철수 아버지가 수장당하고 나서 경찰이 풍도로 왔지만 뭘 밝혔어? 말해봐! 그때 박수무당이 그 사건을 밝히겠다고 얼마나 설치고 다닌 줄 알아! 그것 때문에 송림도 경찰서에 구금까지 됐소. 헛소리하고 다닌다고!"

"무당이 철수 아버지 죽음을 밝히려 했다고요?"

"그렇소. 내가 부임하던 날 나를 찾아와 내게 직접 한 말이요. 나도 오랫동안 동네 사람들 말만 믿고, 박수무당의 말은 믿지 않았지. 그놈 행실이 워낙 추잡해서 말이요."

"그럼, 무당이 진실을 알고 있었나보군요."

"무당이 진실을 알았든 몰랐든 당신이 관여할 바가 아니요. 당신이 분수 모르고 설치고 다니니까, 오히려 사건이 오리무중이 되잖아! 내가 접장 노릇이나 잘하라고 말하지 않았어! 철수는 찾았어? 학생은 찾았냐 말이야?"

그는 갑자기 탁자를 치면서 고함을 질렀다.

"……"

"당신 말이야. 철수는 안 찾고, 이장 찾아가서 뭐라고 했어? 그 때문에 수사 정보가 새어나갔단 말이야! 당신이 책임질 수 있어? 그럴 자신 없으면 아가리 닥치고 가만히 있어! 공개수사? 말더듬이 년한테 침이나 흘리고 다니는 주제에 말이 많아! 하긴 병신이라도 얼굴 반반하니 꼴리기도 하겠지! 그년은 막 대주니까 벌써 먹었는지 모르지! 발정이 난 수캐처럼 암내만 찾아다니니, 철수를 찾아 학교로 데려올 시간이나 있겠어. 당신 그러다가 무당처럼 쥐도 새도 모르게 가는 수가 있어. 풍도 사람들은 위협하고 협박하고 그런 거 없어. 그냥 훅 보내버린다고. 알아? 여기는 집성촌이라고 했잖아! 그러니, 범인이 누군지 알아도 못 잡아! 씨팔! 뭘 알고 설치고 다니는 거야."

이때 밖에서 쿵쿵거리는 문소리가 더욱 요란하게 들렸다. 누군가가 주먹으로 파출소의 문짝을 두드리는 모양이었다. 잘포리에 다녀온 방회장과 청년회 회원들이 부랴부랴 달려왔지만 파출소장은 눈도 깜짝하지 않았다. 이미 그들이 수습할 상황이 아니었다. 동네 사람들은 이장을 찾았다. 마을 책임자인 이장이라면 파출소장도 무시할 수 없을 것이다. 하지만 그녀는 몸이 편찮아 송기사를 데리고 병원에 간다고 섬을 떠났다. 파출소장은 사람들이 뭐라고 하든 말든 밤새도록 사람들을 들볶았다. 그 때문에 가지고 간 사진이나 자료를 그에게 주지도 못했다. 그럴 상황이 아니었다.

미역섬에서 생긴 일

풍도호가 방향을 틀어 곽도(藿島) 선착장으로 다가섰다.

무인도였던 섬을 풍도 사람들이 공동으로 매입해 돌미역을 채취하는 곳이다. 이곳의 자연산 미역은 마을사람들이 따서 팔았다. 하지만 그보다도 미역 따기 행사로 도시 사람들과 함께 미역을 채취하는 경우가 훨씬 많았다. 그들은 이 행사를 위해 아이들을 데리고 와서 곽도의 펜션에서 하루나 이틀 정도 머물렀다. 그리고 행사 기간 동안 도시와 풍도 아이들이 섞여 함께 생활한다. 풍도 사람들이 굳이 미역 따기 행사에 학교 아이들을 참석시키는 것은 그들의 영어 실력을 도시 사람들에게 보여주기 위해서였다.

배를 정착하려는 구조물 밑에 미역이 물결처럼 출렁거렸다. 오랫동안 뜯지 않아 가까운 주변이 온통 검은 형체로 뒤덮였다. 물속의 짙은 미역 줄기들이 무섭게 느껴졌다. 심하게 흔들리는 배 때문에 속이 울렁거렸다. 뱃멀미가 느껴졌다. 나는 아직 몸이 개운하게 좋아진 것이 아니었다. 아이들이 한꺼번에 뱃머리로 몰려들자 선장은 학생들이 질서도 모르냐고 짜증을 냈다. 송기사가 인상을 찡그리며 그를 노려보았다. 선장은 헛기침을 하고 누그러진 음성으로 아이들에게 조심하라고 영어로 말했다. 그는 말을 하면서도 고개를 돌려 송기사의 눈치를 살폈다. 지난번 칼부림 난동 후, 두 사람 사이는 예전 같지 않았다.

"풍도, 참 독특한 섬이지요?"

파출소장이 내게 다가서며 물었다. 선착장에 내린 아이들이 송기사의 뒤를 따라 걸어갔다. 섬 뒤편 펜션 앞 얕은 바다가 돌미역밭이라고 했다. 파출소장은 배를 탈 때부터 내게 말을 걸려고 기회를 노린 듯했다.

"네, 조금……"

나는 건성으로 대답하고 선착장에 내렸다. 그가 뒤를 따랐다.

"그제 일은 사과하겠소. 내가 술이 좀 과했소. 공무 중엔 조심을 해야 하는데 말입니다."

"아닙니다. 제가 잘 알지도 못하면서 남의 업무에 끼어들었죠."

"이해해주니 고맙소."

"……"

"풍도 인간들이 죽은 행대감을 닮았는지 외지인을 아주 우습게 알아요. 잘포리 문둥이들도 대부분 밖에서 들어왔잖아요. 여기 살았던 송씨도 몇 명 있었지만요."

"시골은 다 그렇잖아요?"

"풍도는 좀 달라요. 난 공무를 수행하러 온 경찰인데도, 사람을 얼마나 무시하는 줄 알아요?"

그는 말을 하다가 앞장선 사람들을 쳐다보았다. 이어 목소리를 낮추었다.

"조만간 무당 실종사건의 전말이 밝혀질 것이요."

"어디서 시체를 찾았습니까?"

"물속에서."

"양선생님은요?"

"그 여자는 곽도 어디에 묻은 것 같소. 시체를 바다에 던지는 것은 능사가 아니요. 바닷속의 사체는 떠오르기 마련이니까요."

그는 내게 다가와 말했다.

"그것 때문에 여기에?"

"그렇소. 풍도 인간들은 타지 사람을 못 잡아먹어 안달이야! 선생님한테도 행패를 부리는 것 봐요! 짐승 같은 것들…… 이번에 아주 뿐대를 보여줄 생각이요."

그는 말을 하고 이를 꽉 다물었다. 나는 침을 삼켰다.

"분교장, 풍도에서 봅시다."

파출소장은 반대편 길로 걸어갔다. 멀리 콘크리트 구조물이 보였다. 무인 초소인 모양이었다. 풍도호에 탈 때는 오늘 여기에 순찰이 있다고 했다. 순찰은 핑계인가? 정말로 양선생의 사체가 이 섬에 묻혀 있을까? 하지만 파출소장은 신뢰할 수 없는 사람이었다. 그는 걸어가다 말고 뒤돌아 손을 들어 미소를 지었다. 그는 하숙집 주인, 소피아의 정부였다. 잡무 때문에 늦게 방으로 들어가다가 담을 넘어 주인 여자의 방으로 들어가는 그를 보았다. 소피아는 정부가 있다는 것을 굳이 숨기려 하지 않았다. 다만 그 남자가 파출소장이란 사실은 감추고 싶은 눈치였다. 그녀는 마당에서 빨래를 널거나 미역을 말리다가도 옆집 골목으로 파출소장이 나타나면 자리를 피했다. 그 때문에 한동안 두 사람 사이를 눈치채지 못한 것이다. 두 사람의 관계를 나만 알고 있는 것도 아니었다. 아낙들이 은밀히 쑥덕거렸다.

곽도 뒤편으로 거대한 돌미역밭이 펼쳐졌다. 어른 발목이 잠길 정도의 널따란 해변이 섬을 두르고 있었다. 물밑에서 새까만 미역이 출렁거렸다. 풍도 사람들과 미역 따기 행사에 온 외지인들이 함께 어울려 미역을 채취했다. 수심이 깊지 않은 넓은 미역밭이라 아이들이 작업하기에 안성맞춤이었다. 풍도교 아이들이 주고받는 영어 때문에 도시 사람들은 모두 입을 다물지 못했다. 어떤 도시 아이는 섬 아이들에게 영어로 말을 걸어왔다. 어른들은 아이들의 영어 실력에 감탄하느라 미역 채취는 뒷전이었다. 사람들이 작업에 지쳤을 때쯤에 바다 앞으로 마을사람이 배를 몰고 나타났다. 뒤에는 수달 여러 마리가 따라왔다. 미역 채취를 하던 마을사람들이 바다 위에 생선을 던졌다. 수달들이 미역 채취하는 곳으로 마구 달려왔다. 도시 아이들은 비명을 질렀다. 이어 물 밖으로 뛰어나가 엄마에게 핸드폰을 달라고 해 사진을 찍느라고 한바탕 소란이 벌어졌다. 아이들의 흥분이 가라앉자 선장이 핸드 마이크를 들고 와서 영어로 점심시간이라고 말했다.

나는 점심을 먹은 후, 유치원에 다니는 아이들의 부모를 따로 불러 영어 교육에 관한 조언도 해주었다. 사실은 태국여자에게 자연스럽게 말을 건네기 위한 핑곗거리였다. 앞자리에 태국여자와 천자가 앉아 있었다. 쉬는 시간에 그녀에게 전화번호 하나를 내밀면서 무당의 핸드폰 번호가 맞는지 물었다. 여자는 고개를 끄덕였다. 내게 사진을 보낸 사람은 무당이었다. 그는 사진을 보내고 나서 사라졌다. 양선생에게 사진을 준 사람도 무당일 것이다. 그것은 그가 죽을 이유가 될 수도 있었다.

나는 유치원 아이들과 부모를 펜션에 남겨두고 해변으로 갔다. 박선생이 송기사와 함께 얕은 해변에서 미역을 뜯는 아이들을 돌보았다. 아직 도시 아이들은 물에 들어오지 않았다. 올리비아와 소피아 선생님도 낫을 들고 일을 했다. 둘 다 많이 해본 솜씨였다.

"니들도 여기 살라면 갯일을 배워야제."

갯일을 하러 오면서도 화장을 한 정미였다.

"그럼, 앞으로 풍도에서 천년만년 살 텐데……"

현기 삼촌이었다.

"이제 풍도는 멸치파시 때보다 훨씬 더 잘살 텐데. 왜 밖으로 나가요."

방회장이 미역 줄기를 입에 물고 말했다. 서울에서 왔다는 그도 풍도 사람들처럼 낫으로 능숙하게 미역 줄기를 잘랐다.

"하모, 풍도는 이제 섬이 아인기라."

선장 마누라인 구포댁도 거들었다.

"하모! 하모!"

여기저기서 하모라는 말들이 쏟아졌다. 이들은 그동안 풍도가 무인도로 변할지도 모른다는 공포를 느꼈다. 이제 그 공포가 사라지고 있었다. 천자와 태국여자도 도시 사람들과 함께 물속으로 들어왔다. 그들은 금방 어울려 미역을 채취했다. 정미는 태국여자가 도무지 마음에 들지 않는 모양이었다. 밝은 표정이다가도 그녀를 보면 인상을 찡그리고 입을 비쭉거렸다.

"샘예, 풍도에 들어오실 때 힘들었지예?"

성호 할아버지가 뜬금없이 물어왔다.

"네, 안개에 뱃멀미에…… 먹을 걸 다 게우고 쓰러졌습니다."

"나가는 것도 쉬운 일은 아닐 김니더."

"나가는 것도 쉽지 않아요?"

내가 물었다.

"그럼예, 쉬운 일이 아니지예."

또 다른 노인이었다. 그 말을 듣는 순간 머리카락이 쭈뼛 솟아올랐다.

"뱃멀미를 조심해야 한다는 거지예."

앞니 깨진 중년이었다. 그는 말을 하고 웃었다. 나갈 때는 정기연락선을 타면 뱃멀미 없이 쉽게 나갈 수 있는 것이 아닌가?

"그, 그, 그래야죠."

나는 말을 더듬었다. 앞니 깨진 중년이 나를 쳐다보았다. 온몸에 소름이 돋으면서 알 수 없는 한기가 밀려왔다. 성호 할아버지가 낫으로 미역을 잘라 광주리 속에 넣었다. 일하는 모습은 늙은이가 아니라 영락없이 청년이었다.

아이들은 저녁에 펜션으로 가서 도시 사람들이 준비한 밥을 먹고 함께 놀았다. 나는 도시 사람들의 부름을 받고 다른 펜션으로 갔다. 그들은 상까지 차려놓고 풍도 아이들이 어떻게 영어 공부를 하는지 물었다. 그들과 얘기를 하고 질문도 받았다. 자리는 약간 흥겨웠다. 그 때문에 무거웠던 머리가 한결 맑아졌다. 실은 하루 종일 머리가 아팠고, 아랫배도 당겼다.

나는 방회장의 안내를 받아 섬 아이들이 있는 펜션으로 찾아갔다. 방으로 들어서자 아이들은 이미 잠이 들었다. 낮 동안의 작업이 힘들었던 모양이었다. 아이들의 거처는 깨끗하게 정리되어 모기장이 쳐져 있었다. 펜션 앞에는 섬에 사람이 살았을 때, 집도 그대로 있었다. 손님이 많을 때를 대비하여 사용할 수 있도록 손질해놓았다. 그 집에도 아이들이 자고 있었다. 방이며 부엌으로 사용했을 법한 헛간, 재래식 화장실이긴 해도 깔끔했다. 마당의 풀도 죄다 뽑아 한쪽에 놓여 있었다. 송기사가 며칠 동안 섬을 들락거리며 마당이며 집을 손질한 것이라고 했다. 모기장도 사람들이 밥을 먹고 쉬는 동안 송기사가 혼자 와서 친 것이다. 그는 풍도의 숨은 일꾼이었다. 한쪽 구석에 돌아누워 있던 숙희가 영어로 잠꼬대를 했다. 그러자 역시 잠을 자던 다른 아이가 영어로 대꾸했다. 박선생은 저녁을 먹기 전에 창도로 돌아갔다. 집안 식구 중 누가 편찮다고 했다.

나는 또 다른 방으로 들어갔다. 모기장 안에 아이들이 자고 있었다. 그들 중에는 천자도 보였다. 현기 삼촌과 올리비아 선생이 아이들을 데리고 나타났다. 나는 아이들을 송기사에게 맡기고, 방회장과 함께 어른들의 거처로 갔다. 피곤해 빨리 자리에 눕고 싶었다. 송기사는 넓은 마당에 텐트를 치고 자겠다고 했다. 아이들이 많아 자신이 잘 공간이 없었다. 그는 아이들의 진짜 선생님이었다. 또한 자신이 태어나 자란 섬이 그냥 좋은 모양이었다. 송기사의 최종 학력은 고졸이었다. 그 고졸이라는 훈장도 섬에서 오로지 혼자 검정고시를 공부하며 얻어낸 것이었다. 그는 자기 삶을 여기서 일구고 싶은 것이었다.

며칠 전, 송기사에게 박선생에 대한 호칭을 고쳐달라고 부탁했다. 처음엔 뚱한 표정을 지었지만 이내 말버릇은 말할 것도 없고 태도까지 달라졌다. 정말 소탈한 사람이었다.

나는 방회장의 뒤를 따랐다. 그도 피곤한지 말없이 걸었다. 어른들의 거처는 곽도 사람들이 살던 낡은 집이었다. 펜션은 미역 따기 행사에 찾아온 사람들로 꽉 들어찼다는 것이다. 그런데 풀숲을 지날 때였다. 사람들이 자는 집 앞, 덤불 속에서 뭔가가 움직였다. 처음에는 무슨 짐승일 거라고 여겼다.

"방회장님…… 저기 사람 같은데요. 누가 이 시간에?"

나는 목소리를 낮추었다.

"파출소장일 겁니다. 저 사람 항상 저래요. 저러다가 언젠간 한번 된통 당할 겁니다."

그는 대수롭지 않은 듯이 앞서 걸었다.

한밤중이었다. 초저녁에 잠시 깊은 잠이 들었지만 두 번이나 눈을 떴다. 옆에 누운 노인들이 코를 하도 골아 잠을 잘 수가 없었다. 아랫배가 슬슬 아파왔다. 나는 일어나 담배와 화장지를 들고 마당을 돌아서 뒷간으로 갔다. 그런데 문을 열자 숨이 막혀 도저히 들어갈 수가 없었다. 오랫동안 똥을 푸지 않은 것이었다. 잠시 망설이다 아이들의 거처로 걸어갔다. 그곳의 뒷간은 깨끗했다.

나는 풀벌레 소리가 요란한 들판을 지나 아이들이 자는 집으로 걸어갔다. 그곳은 그리 멀지 않았다. 텐트 하나만 달랑 세워진 마당으로 들어서려다가 급히 몸을 숨겼다. 태국여자가 윗도리를 걸치면서 헛간에서 나왔다. 이어 송기사가 뒤를 따랐다. 위태롭게 매달린 헛간 문이 요란한 소리를 냈다. 무엇을 잘못 본 것이라고 여기고 손으로 한쪽 눈을 가렸다. 분명히 두 사람이었다. 눈앞의 광경이 믿어지지 않았다. 헛간 앞에

선 태국여자가 송기사의 뒷머리를 거머쥐고 격렬한 입맞춤을 퍼부었다. 잠시 후 그녀가 옷을 추스르고 뒤쪽으로 사라졌다. 송기사는 마당의 텐트 속으로 들어갔다. 나는 멍하니 한동안 그 자리에 있었다. 처음도 아닌 것 같았다. 격렬한 입맞춤은 연분의 깊이를 말해주었다.

깃발나무 숲

총소리였다.

몇 번째인가? 다시 총성이 울렸다. 소리가 바람에 휘어 이상하게 들렸다. 동굴 쪽이다. 나는 풀숲을 가로질러 산으로 뛰어올랐다. 역시 파출소장이었다. 그가 아니면 풍도에서 총을 쏠 사람이 없었다. 의경들을 데리고 산을 올라온 것이다. 의경 두 명이 언덕을 뛰어 다녔다. 그들은 염소를 뒤쫓고 있었다. 파출소장은 이엉꾼이 방목하는 염소를 사냥하는 중이었다. 그의 발아래 새카만 놈이 꼬꾸라져 있었다. 두 명의 의경이 언덕에서 내려왔다. 파출소장은 나를 쳐다보지도 않았다.

“소장님예, 도망가버렸십니더!

의경이 말했다. 다른 의경은 나와 눈이 마주치자 고개를 돌렸다.

“이놈이라도 들고 가자!

파출소장이 소총을 쥐고 내려갔다. 파출소 앞에서 경계 근무를 설 때,

의경이 들고 있던 총이었다. 의경 둘은 죽어가는 염소를 들었다. 이미 발목은 묶여 있었다. 땅바닥으로 흘러내리던 피가 바람에 날렸다.

"분교장, 조만간 본서 강력계 형사들이 풍도로 들이닥칠 것이요. 궁금하면 저녁에 파출소로 오세요. 술 한잔 하면서 조용히 얘기합시다."

파출소장은 걷다가 뒤돌아보고 말했다.

"이엉꾼은 어디 갔어요?"

나는 의경에게 물었다.

"……"

그들은 대답이 없었다.

"혹시 철수 봤어요?"

역시 말이 없었다.

"임자가 있는 염소를 이런 식으로 사냥하면 어떡해요?"

내가 따져 물었다. 염소는 이엉꾼의 재산이다. 그것은 섬사람들이 다 아는 사실이었다.

"우린 그런 거 몰라예. 소장님이 시키는 대로 하면 그만이지예!"

"회오리바람이 올랑가?"

의경이 말을 하고 하늘을 올려다보았다.

"샘도 산을 내려가이소. 여기 회오리바람은 위험합니더. 재수 없으면 사고를 당할 수도 있습니더. 괜히 풍도가 아닙니더."

그는 나를 쳐다보면서 걱정스럽게 말했다. 그사이 파출소장은 산 아래로 내려가버렸다.

나는 산을 넘어갔다. 하늘에는 갈매기가 한 마리도 보이지 않았다. 먼 바다 위로 먹구름이 보였다. 그날은 단단히 각오를 하고 동굴을 찾아나섰다. 철수가 어떻게 지내는지 알아볼 참이었다. 더구나 이엉꾼이 보이지 않아 나는 철수에게 무슨 일이 생긴 것은 아닌지 불안했다.

이엉꾼이 쥐를 키워 마을에 복수하고 있다는 흉흉한 소문이 나돌았다. 그 때문인지 그는 마을에 나타나지 않은 것일까? 덩달아 소년도 보이지 않았다. 사람들은 이엉꾼과 철수가 쥐를 빨리 자라게 하는 방법을 고안했을 것이라고 수군거렸다. 마을을 움직이는 것은 풍문이었다. 아무도 그것이 진실인지 아닌지 알아보려고 하지 않았다. 동네 사람들의 입에 오르내리면 거짓도 진실로 변했다.

나는 산을 타고 내려와 언덕 위로 올라섰다. 제대로 찾아온 것 같았다. 아래로 동굴 입구가 보였다. 산을 넘을 때 보이던 먹구름이 회오리 모양을 이루었다. 바람이 얼굴을 때렸다. 멀리서 배 한 척이 섬으로 다가오고 있었다. 선상에는 아름다운 초가가 실려 있었다. 갑자기 바람이 사납게 일어났다. 나는 얼굴을 할퀴는 바람을 맞으면서 그대로 있었다. 초가를 실은 배가 흔들리더니 빙글빙글 돌았다. 배 위에 있는 것은 초가가 아니라 초분이었다. 어디서 사람들의 시끄러운 소리가 들렸다. 나는 주위를 둘러보았지만 아무도 보이지 않았다. 몸이 흔들렸다. 엎드려 바위를 잡았다. 바람이 거세져 몸이 날아 갈 것 같았다. 빙글빙글 돌던 배가 바다 위로 날아올랐다. 의경이 말한 회오리바람이었다. 바람 속에서 사람들의 말이 들려왔다. 나는 온 힘을 다해 바위를 움켜쥐었다. 앞으로 보이는 언덕 위의 나무들이 꺾일 것처럼 휘청거렸다. 이어 한순간 나무들이 비대칭을 이루면서 깃발로 변했다. 언덕 위에 나무가 아니라 깃발을 꽂아놓은 것 같았다. 나는 바위를 붙자고 푸른 깃발을 쳐다보았다.

물줄기가 머리 위로 쏟아졌다. 누가 어깨를 잡아당기는 것 같았다. 그것은 견디기 힘든 바람이었다. 무서웠다. 차가운 기운이 전신을 휘감았다. 한쪽 어깨가 바위에서 떨어졌다. 나는 바위를 당겼다. 바람 소리가 아니라 사람들의 목소리였다. 시끄러운 소리 때문에 고막이 터질 것 같았다. 그래도 바위를 움켜쥔 손을 놓지 않았다. 어느 순간 사람의 목소리가 바람 소리로 바뀌었다. 온몸에 소름이 돋았다. 바람에 날려갈 것처럼 몸이 흔들렸다. 이 회오리바람에 철수의 부모가 날려간 것인가? 나는 팔에 힘을 주었다. 버텨야 한다. 바위에서 떨어지면 위험하다. 바람에 날릴 수도 있을 것 같았다. 얼마나 지났을까? 다시 물줄기가 머리 위로 떨어지자 바람이 누그러졌다. 옷이 물에 젖었다. 겨우 몸을 추슬렀다. 나는 고개를 들었다. 빙글빙글 돌던 배가 허공으로 떠올랐다. 반대편 먼바다 위로 물거품이 일었다. 곧이어 물줄기가 수면 위로 튀는가 싶더니 물속에서 뭔가가 나타났다. 하늘로 거대한 회오리가 솟아올랐다. 괴물이었다. 해룡이 몸을 뒤틀면서 허공에 매달린 배를 끌고 구름 속으로 사라졌다. 무당은 저 장면을 찍어 벽에 붙였다.

나는 한숨을 내쉬고 비탈길을 걸어갔다. 바람이 조금만 더 세차게 몰아쳤으면 몸이 날려 바다에 처박혔을 것이다. 아래로 내려가자 평지가 보였다. 들판 위에 서자 눈앞이 환해졌다. 나무들이 푸른 깃발처럼 바람에 나부끼는 언덕이었다. 정말 아름다운 숲이었다. 마을사람들이 깃발나무 숲이라고 부를 만했다. 그런데 산꼭대기에 우뚝 선 통신사 기지국과 설비들만이 아무렇지도 않게 우뚝 솟아 있었다. 그것들은 바람도 어쩔 수 없는 철탑이었다.

나는 동굴 입구를 둘러보았다. 소나무 한 그루가 서 있었다. 철수를 찾아왔던 그날도 나무가 나를 맞아주었다. 동굴로 들어갔다. 안으로 들어가면 두 사람을 만날 것 같았다. 들쥐 한 마리가 구멍에서 머리를 내밀었다가 사라졌다. 뭔가 지저분한 것들이 흩어져 있었다. 사람이 살았던 흔적인지 알 수 없었다. 긴 동굴이었다. 들어갈수록 어두워졌다. 잘못 찾아온 것이 아닐까? 길게 뻗은 동굴이 방향을 틀었다. 잠시 망설이다가 꼬인 길을 따라 들어갔다. 동굴이 다시 휘어졌다. 얼마나 걸었을까? 나는 라이터를 꺼내 불을 밝혔다. 꽤 깊이 들어온 것 같았지만 끝이 보이지 않았다. 바깥으로 나가야 할 것 같았다. 잠시 망설이다가 되돌아왔던 길로 한참을 걸었다.

그러나 입구는 보이지 않았고, 엉뚱한 길을 만났다. 나는 되돌아온 것이 아니라 전혀 다른 방향으로 들어와 헤매고 있었다. 라이터 불이 꺼졌다. 몇 번 불을 댕겨보았지만 허사였다. 연료가 바닥났다. 어떡해야 하나? 어디로 나가야 하는 것일까? 난감하다. 다시 뒤돌아 걷다가 방향을 잃었다. 동굴 바닥에 주저앉아 이마를 훔치자 손바닥에서 땀방울이 축축하게 묻어 나왔다. 목에도 등에도 땀이 느껴졌다. 캄캄한 동굴 속이 후텁지근했다. 실은 동굴 속이 더운 것이 아니라 긴장과 공포 때문에 몸에서 열이 난 것이었다.

제법 시간이 지난 것 같았다. 다리가 심하게 후들거렸다. 속옷이 젖었다. 나는 걷다가 무엇에 걸려 넘어져 앞으로 꼬꾸라졌다. 주머니에서 쇳소리가 들렸다. 핸드폰이 어디에 부딪혀 나는 소리였다. 너무 긴장해 주머니에 있는 폰도 잊었다. 온몸에 땀이었다. 나는 주머니를 뒤져 폰을 꺼내 들었다. 플래시를 켜서 주변을 살폈다.

멀리서 냄새가 풍겼다. 냄새를 따라 걸었다. 발길에 돌부리가 밟히고 앞으로 나갈수록 냄새가 고약해졌다. 코를 막자 숨소리가 희미하게 들렸다. 근처에 생명체가 있었다. 핸드폰 불빛을 구석으로 들이밀었다. 송아지만 한 검정개였다. 해피가 바위틈에 숨어 숨을 헐떡거렸다. 앞이 잘 보이지 않았다. 놈은 인기척을 느꼈을 텐데, 짖지도 않았다. 나는 핸드폰 불빛을 가까이 가져갔다. 놈이 이미 죽어 있었다. 냄새가 진동했다. 큰 쥐들이 썩어가는 놈의 주위를 서성거렸다. 내가 돌아서려는데, 뭔가가 머리 위로 뛰어올랐다. 이어 놈들이 한꺼번에 달려들었다. 얼떨결에 뒤로 물러섰다. 돌멩이가 아래로 굴러 동굴이 울렸다. 커다란 쥐가 입을 벌리고 달려들었다. 나는 기겁을 하고 뒤로 넘어졌다.

큰 울림이다.

이어 조용해졌다.

다시 맑고 긴 울림이 이어졌다. 뭔가가 눈 위로 떨어졌다. 눈을 떴다. 정신을 잃었던 모양이었다. 머리가 맑아왔다. 맞은편에서 빛이 보였다. 위에서 물방울이 떨어졌다. 나는 늪 속에 빠져 있었다. 끈적끈적한 기운이 몸을 감싸고돌았다. 한쪽이 환했다. 동굴 끝에 도달한 것이었다. 천장에서 물방울이 떨어졌다. 소리가 울림으로 변해 흩어졌다. 어두운 허공으로 쥐들이 지나갔다. 박쥐였다. 동굴 위로 박쥐들이 날아다녔다.

나는 몸을 일으켰다. 늪이 아니라 웅덩이였다. 내 몸을 감고 있던 것은 해초였다. 발목을 삐었는지 다리가 불편했다. 천천히 빛을 향해 걸어갔다. 눈앞으로 바다가 펼쳐졌다. 목 넘어 섬이 있었다. 발에 뭐가 밟혀 아래를 내려다보았다. 바다와 맞닿은 여기저기에 하얀 뼈가 흩어져 있었다. 바위틈에서 죽은 쥐가 썩어가고 있었다. 토막 난 쥐도 보였다. 다음 순간 어두운 구석에 시커먼 물체가 꿈틀거렸다. 그것이 후다닥 물가로 튀어나갔다. 하나가 아니었다. 나는 놀라 주춤거렸다. 수달 가족이었다. 큰 놈 한 마리와 새끼 세 마리가 물속으로 들어갔다. 놈들의 거처였다.

나는 앞으로 걸어갔다. 수달이 지나간 동굴 바닥에 박힌 쇳조각이 번뜩거렸다. 바닷가로 나갔다. 수달은 천연기념물이며 풍도에서 보호종으로 지정해 관리하고 있으니 포획하면 처벌을 받는다는 내용의 동판이었다. 그곳에도 QR코드가 새겨져 있었다. 수달이 사라진 해변에는 미역 줄기가 출렁거렸다. 낭떠러지를 발견한 것은 바로 그 순간이었다. 고개를 들자 그 절벽이 눈에 들어왔다. 오랫동안 보아와서 익숙한 장소였다. 나는 핸드폰으로 절벽을 찍었다.

저곳이 사진 속의 낭떠러지였다. 무당은 여기 서서 사진을 찍었다. 핸드폰에 저장된 사진을 열었다. 내가 찍은 것과 무당이 찍은 사진을 비교해보았다. 똑같은 공간이었다. 무당의 사진 속에 있는 정글모자가 내 사진 속에는 보이지 않았다. 사 년 동안 그 자리에 걸려 있던 천 조각이 왜 불현듯 사라진 것일까? 나는 주변을 둘러보았다. 이 근처가 철수 아버지의 미역 양식장이었다. 그는 그곳에서 동네 사람들과 다투다가 물에 빠졌다고 했다.

그 말은 거짓이었다. 저 낭떠러지에서 철수 아버지가 떨어져 죽었다. 동네 사람들이 철수 아버지를 집에서 불러내 저곳으로 데려가 밀어 떨어뜨렸다. 그리고 그들은 돌아갔다. 어떤 연유인지는 모르겠지만 그 과정을 말해주는 사진을 무당이 찍었다. 그것은 사 년 전, 4월 28일 밤이었다. 사진 속에서 사라진 한 남자, 그가 철수 아버지였다. 그런데 사람들은 철수 아버지의 해병대 정글모자가 절벽 나뭇가지에 걸려 있었던 사실을 까마득히 몰랐다. 무당은 낭떠러지 나뭇가지에 걸려 사람들의 눈에 잘 띄지 않았던 철수 아버지의 모자를 찍어두었다. 그것도 매년 같은 날짜에 맞춰 제사를 지내듯이 낡아가는 물증을 카메라에 담았다. 절벽은 회오리바람이 밀려오는 바다를 등지고 있었다. 낚시터에서 핸드폰 속의 사진을 보고 송기사가 기겁을 한 이유가 있었다. 그제야 정글모자의 존재를 알게 되었다. 이엉꾼 역시 범죄 내용을 알고 있었다. 무당집에서 주운 피멍 사진 뒷면에는 이엉꾼의 이름이 적혀 있었다. 이엉꾼은 양선생에게 철수 아버지의 죽음이 익사가 아니라 추락사라고 설명해주었다. 무당이 사진으로 남겨둔 사건현장을 다시 올려다보았다. 그곳을 정확히 보기 위해 한쪽 눈을 감았다. 이제 해병대 정글모자는 사라졌다. 범행을 저지른 자들은 자신들도 몰랐던 증거를 몇 년 만에 알고 없앤 것일까? 그것은 경찰이 밝힐 일이었다.

올빼미의 밤

태국여자는 설날에나 입을 고운 한복을 차려입고 교실에 나타났다. 그녀는 손짓으로 결혼식 흉내를 냈다. 풍도에 들어와 혼례를 할 때 입었던 옷인 듯했다. 오늘 이 옷을 세 번째 입는다고 했다. 그 소리를 듣고 나는 마음이 아팠다. 그 옷을 입고 올린 결혼식은 실패로 끝났다. 두 번 다 여자의 잘못이 아니었다. 그래도 태국여자는 결혼식 예복이 좋은지 얼굴에 웃음이 한 아름이었다. 딸도 덩달아 신이나 미소를 지으면서 교무실로 들어왔다.

박선생이 천자의 머리가 비상하다는 얘기를 자주했다. 언어를 익히는 속도가 너무 빠르고 뛰어나다는 것이다. 모녀가 같은 내용을 동시에 익히면 학습효과도 빠르게 나타날 것이다.

나는 공부를 시작하기 전에 여자에게 고향이 정확히 어딘지 물었다. 천자를 중간에 끼워 들은 대답은, 자신은 모켄 족이고 태국과 미얀마의 국경지대에 있는 수린 섬에서 태어났고, 어린 시절을 배 위에서 보냈다는 것이었다. 모켄 족은 그렇게 사는 모양이었다. 아빠가 죽은 바람에 물 위에서 살 수 없어 태국으로 갔다고 했다. 그녀의 말을 듣다가 문득 같은 얘기를 그 여자에게 들은 기억이 났다. 내가 언제 여자와 그런 말을 주고받았나. 절벽에서 떨어져 동굴에 함께 있었을 때인가.

그녀는 딸과 같이 수업을 하자 좋아했다. 그 때문인지 내용을 익히는 속도가 무척이나 빨랐다. 천자는 어머니가 발음을 제대로 못하면 자신이 입을 크게 벌려 정확히 발음하고 엄마에게 따라해보라고 채근했다. 나중에는 두 명이 말더듬이를 가르치는 꼴이 되었다. 그녀는 자신을 가르치는 딸을 자랑스럽게 여겼다.

나는 방회장에게서 받은 녹음기를 건네주었다. 그에게 태국여자의 말더듬을 고쳐주고 싶다고 말하자, 동네 사람들에게 관심을 가져 고맙다고 했다. 그리고 필요한 것은 지원하겠다고 약속했다. 실제로 녹음된 자신의 말을 듣는 것 자체가 교정 훈련이었다. 며칠 전에는 육지에서 온 커다란 거울을 송기사를 시켜 보냈다. 말을 더듬는 자신을 쳐다보면서 좀 꾸짖으라고 말했다. 앞으로 가능한 한 천자와 함께 다니면서 아이의 말을 따라서 해보라고 했다.

그렇지만 첫날 수업이 마지막이 되어버렸다. 그 일은 태국여자에게 예고된 일이었다. 내가 좀 더 사려 깊은 인간이었다면 그녀에게 닥쳐올 불행을 미리 꿰뚫어보고 준비했어야 옳았다. 내가 여자의 말더듬을 고쳐주겠다고 설치는 바람에 기회를 놓쳤다. 그러지 않았다면 그녀는 태풍이 오기 전에 천자를 데리고 몰래 풍도를 빠져 나갔을 것이다. 그녀는 이엉꾼이 없어지자 자신에게 다가올 위험을 감지하고 있었다. 그녀는 나와 작별 인사를 하고 싶었는지 모른다. 하지만 모두 부질없는 후회일 뿐이다.

자동차 불빛이 정문을 통과해 운동장 안으로 들어왔다. 송기사가 모녀를 집에 실어다주고 돌아오는 길이었다. 그냥 걸어가려는 이들을 억지로 차에 태워 보냈다. 날이 어두워지자 불어닥친 바람은 아이 하나 정도는 바다로 날려 보낼 기세였다. 운동장을 두르고 선 나무들이 머리를 풀어헤쳤다. 나무들은 어둠을 뒤집어쓰고 있는데도 휘청거림이 확연히 눈에 들어왔다. 바람은 가지를 죄다 꺾어버릴 것처럼 달려들었다. 동굴 위에 깃발처럼 꽂혀 있던 나무들이 떠올랐다. 운동장 나무도 깃발로 변할 것 같았다.

나는 말더듬 교정 교본을 들고 운동장으로 걸어 나갔다. 하숙방으로 들어가 다음 시간에 공부할 내용을 봐두고 자리에 누울 생각이었다.

송기사가 트럭을 세우고 짐칸에 놓인 두꺼운 노끈을 내렸다. 그는 창고를 묶고 올 테니 잠시만 기다리라고 말하고 건물 뒤로 뛰어갔다. 창고의 지붕을 묶으러 가는 길이었다. 교구(校具)가 많아져 철거할 계획인 낡은 창고에 임시로 지붕을 덮어 사용하고 있었다. 나는 트럭 문을 열어 책을 의자 위에 던져두고 창고로 달려가 위험하다고 그를 말렸다. 송기사는 사다리를 놓더니 망치를 입에 물고 위로 올라갔다. 지붕에서 요란한 소리가 났다. 바람이 베니어합판을 뒤집어놓고 지나간 것이다. 잠시 후 지붕에서 내려오는 송기사의 한쪽 손에는 피가 흐르고 있었다. 나는 수건을 갖다주었다.

"창고가 그런 줄은 몰랐습니다."

나는 미안한 마음이 들었다.

"아님니더. 그런 일은 제가 해야지예."

송기사가 말을 하고, 차에 올라앉자 핸드폰이 울렸다. 그는 핸드폰을 받으면서 가방에서 아이패드를 꺼냈다. 전화를 끊고 곧바로 아이패드를 펼쳤다. 잠시 후, 길게 한숨을 쉬었다. 그는 트위터를 보고 있었다. 그의 표정이 굳어졌다.

"무슨 일입니까?"

"지난번에 여행 블로그에 있었던 글과 비슷한 글이 트위터를 통해 돌아다니고 있심니더. 이번에는 밤에 키스하는 장면까지 찍어 올려놓았네예. 풍도에 애인이랑 함께 갔다가 그 동네 여자한테 남자 빼앗기겠다는 글도 있어예. 큰일났심니더."

송기사가 말을 하고 아이패드를 내밀었다. 화면 위에 피가 한 방울 떨어져 있었다. 나는 옆에 놓인 화장지로 그것을 닦고 화면 속의 그림을 눌러 크게 만들었다. 남자와 키스하고 있는 사람은 태국여자 같았다. 더 확대해보았다. 그녀가 분명했다.

"지난번에 블로그에 글을 올린 그 사람인가요?"

나는 아이패드를 계속 들여다보면서 물었다.

"그 사람은 아닐 깁니더. 다시는 그런 내용을 올리지 않겠다고 약속했거든예."

"누굴까요?"

"이런 글이나 사진을 실명으로 올렸겠심니꺼? 트위터에 떴으니 익명일 깁니더. 작년에 오지 여행 동호회에서 다녀갔는데, 그들 같기도 하고예. 이제 일이 터졌는데, 글이나 사진을 올린 트위터 유저가 누군들 무슨 상관입니꺼!"

"천자 뒷모습도 찍어 올렸네요."

나는 아이패드를 보고 놀라며 말했다.

"그게 문제가 아니라 걔가 사생아라는 사실도 밝혀놓았십니더. 한번 넘겨보이소예."

송기사의 말은 사실이었다.

"걱정입니다."

"네, 비슷한 내용이 나온 지가 좀 됐십니더. 그것이 이렇게 빨리 SNS를 탈 줄은 몰랐십니더. 저랑 방회장이 그것을 막으려고 백방으로 노력했는데……"

"마을사람들이 이걸 봤을까요?"

"젊은 사람들은 벌써 봤지예. 마을사람들 죄다 스마트폰 갖고 있는데예. 대부분 트위터 계정 있고예. 그들은 외지인이 섬에 대해 무슨 글을 쓰는지 어떤 사진을 찍어 올리는지 온통 신경이 그쪽으로 가 있십니더. 주파수가 그쪽으로 고정돼 있어예. 행대감 사건 때 같은 일이 일어날까 봐예."

"어떡하죠?"

"그러게 말입니더."

송기사가 말을 하고 트럭을 출발시켰다. 그의 표정이 어두웠다. 나는 아이패드를 옆에 놓았다. 송기사의 왼손에 감긴 수건이 붉게 물들었다. 나는 그것도 모르고 있었다.

"송기사님, 차 좀 세워요."

"뭘 두고 왔십니꺼?"

그는 브레이크를 밟았다. 손에서 나온 피가 핸들을 적셨다.

"학교로 가서 응급 처치를 하고 가야겠어요."

"붕대랑 연고는 여기도 있어예."

송기사가 의자 밑에서 약통을 꺼냈다. 나는 얼른 약통을 받아 들고 뚜껑을 열었다. 그는 담배를 피워 물며 피 묻은 천을 풀었다. 피부가 길게 찢어졌다. 그것을 보자 미안한 마음이 들었다. 낡은 창고 지붕은 바람이 불기 전에 내가 단속을 해뒀어야 했다. 나는 그의 손바닥에 약을 바르고 붕대를 감았다.

"병원에 가서 꿰매야 할 것 같은데요."

내가 말했다. 송기사는 말없이 인상을 찡그렸다.

"바람이 한풀 꺾였십니더."

송기사가 말을 하고 입술을 깨물었다. 통증이 심한 모양이었다. 나는 주위를 돌아보았다. 정말 변덕스러운 바다였다. 송기사가 액셀러레이터를 밟자 차가 요란하게 출발하다가 기우뚱했다. 두 사람의 몸이 앞으로 쏠렸다가 제자리로 돌아왔다. 한쪽에 둔 말더듬 교정 교본, 구급약통까지 의자 밑으로 쏟아졌다. 송기사가 차문을 열고 밖으로 나갔다. 길가에 무엇이 있었던 모양이었다.

곽도에서 통정 현장을 목격한 이후 송기사와 말을 하기도 싫었다. 그가 사람들에게 보여주는 착한 심성까지 탐탁지 않게 여겨졌다. 곽도에서 풍도로 배를 타고 오면서부터 그의 물음에 아무런 대꾸도 하지 않았다. 살아남기 위해선 다른 선택이 없었던 태국여자는 그럴 수 있어도, 마을에서 책임 있는 일을 보는 사람이 그런 행동을 하면 안 된다고 여겼다. 하지만 그것은 질투였다. 오히려 부끄러워해야 할 사람은 자신이었다. 송기사가 길바닥에 놓인 나무를 치우고 다시 차를 출발시켰다. 바람이 심한데도 면사무소 앞에 사람들이 모여 있었다.

"또 무슨 일이 터진 것 같은데예."

송기사가 속도를 줄이며 말했다. 나는 지난번에 당한 봉변 때문에 가능한 한 여기를 피해 다녔다.

"파출소로 가자!"

현기 삼촌이 목소리를 높였다. 그의 손에는 몽둥이가 들려 있었다.

"그랍시더. 저 미친놈을 절단 냅시다."

그 말을 하는 여자의 얼굴은 제대로 보이지 않았다. 제법 많은 아낙들이 함께 있었다. 지난번에 파출소에서 봉변을 당한 사람들이었다. 아낙뿐만 아니라 대부분의 풍도 사람들이 파출소장에게 불려가 고초를 겪었다.

"잡혀가기 전에 맛을 보여줘야 합니더."

선장이었다.

그들은 파출소로 달려갔다.

송기사가 트럭에서 내렸다.

나는 말더듬 교정 교본을 챙겨 뒤를 따랐다. 그런데 면사무소 앞의 게시판에 마을 운영위원회가 작성한 방이 나붙었다. 그곳에는 파출소장이 직권 남용으로 고소를 당했다고 적혀 있었다. 그동안의 죄상이 비교적 소상하게 기록되었다. 마을을 대표해 그를 고소한 사람은 이장과 방회장이었다. 또한 앞으로 섬에서 도덕적인 문란행위를 용납하지 않는다고 했다. 위의 고소와는 별로 상관없는 생뚱맞은 내용이었다.

글은 아래로 내려갈수록 섬사람들의 도덕성에 관한 문제로 흘렀다. 파출소장의 직권 남용을 응징하고 섬에서 외지인의 눈에 거슬리는 문란한 행위를 엄단하겠다는 것이었다.

사람들이 파출소 앞에 굳게 닫힌 철문을 부수기 시작했다. 바람이 멈추었다. 송기사가 보이지 않았다. 파출소 앞으로 갔다가 다시 봉변을 당할지도 모른다는 두려움에 나는 하숙집으로 뛰어갔다.

"선상님, 불은 켜지 마이소."

아낙의 음성이었다. 나는 방으로 들어서다가 화들짝 놀랐다.

"누…… 누구십니까?"

어둠 속에 두 사람의 형체가 어렴풋이 드러났다.

"우리 손주 머리 좀 올려주이소!"

현기 할매, 이장 할머니였다.

"무슨 말씀인지……"

나는 사람의 정체를 알게 되자 마음이 약간 놓였다. 손에 들고 있던 교정 교본을 방바닥에 내려놓았다. 또 다른 여자는 조만간 결혼식을 올린다는 손녀, 현기 누나였다. 창문으로 들어온 희미한 불빛에 비친 여자의 얼굴은 그녀였다.

"신방을 차리기 전에 선상님이 먼저 처녀 딱지를 떼달란 깁니더."

이장 할머니가 애원조로 말했다. 나는 무슨 말인지 이해가 되지 않았다.

"네?"

"선상님, 지이발 부탁입니더. 그래야 우리 손녀가 좋은 씨도 받고, 지 남편도 바다에서 별 탈 없이 지낼 거 아닙니꺼. 신랑이랑 손녀가 동성동본이라예. 그런데도 죽고 못 사니 어찌 하겠십니꺼. 남편도 이해하고 선상님을 추천했십니더."

이장은 손녀가 신방을 치르기 전에 나와 합방을 해달라는 것이었다.

나는 어안이 벙벙해 입을 다물 수가 없었다.

"그걸 하필 저한테……"

나는 얼떨결에 입을 열었다.

"무당은 어디로 갔는지 모리겠고…… 무당이 있어도 아무래도 선상님이……"

나는 망연자실했다. 이 자리를 피할 엄두가 나지 않았다. 이장 할머니가 내 손을 덥석 움켜쥐었다. 나는 바닥에 주저앉았다.

"왜 이러십니까?"

나는 소리를 높였다.

"사람 차별하는 김니꺼? 참나리 벼랑 아래서 말더듬이 년이랑 했잖아예! 근데 우리 손녀랑은 와 안 됩니꺼?"

"태…… 태국여자랑?"

나는 놀라 말을 더듬었다. 그것은 꿈이 아니었다. 내가 낭떠러지에서 떨어졌을 때처럼 그날 우리는 몸을 섞었다. 그 뽀얀 피부도 꿈에서 본 것이 아니었다.

나는 숨이 막혔다. 풍도에서 있었던 모든 일들은 꿈이기도 했고, 현실이기도 했다. 참으로 알 수 없는 섬이었다.

"선상님, 눈 딱 감고 그냥 하소!"

이장 할머니가 단호하게 말했다.

나는 자리에서 일어나 문을 박차고 밖으로 뛰쳐나갔다. 마당을 나서자 사람들의 웅성거림이 들렸다. 골목으로 사람들이 들어오고 있었다. 나를 잡으러 오는 모양이었다. 어두운 위채 뒤로 몸을 숨기고 호흡을 가다듬었다. 소리가 점점 크게 들렸다. 한 무리의 사람들이 마당으로 몰려들었다. 다행히 옆집이었다. 이어 방문이 살그머니 열리고, 이장 할머니와 현기 누나가 밖으로 나왔다. 두 사람은 머리를 낮추고 골목을 걸어 나갔다.

그들은 어둠 속으로 사라졌다. 옆집에서 옹기 깨지는 소리가 났다. 아낙들의 고함소리도 들렸다. 파출소장을 찾지 못한 것이었다. 나는 가슴이 마구 뛰었다. 사내들의 손에는 횃불이 들려 있었다. 분풀이할 대상을 찾지 못한 저들이 무슨 짓을 할지 모른다. 어디로 몸을 피해야 한다. 몽둥이를 든 사내들이 낮은 담을 허물고 넘어올 것 같았다. 이마에서 식은 땀이 흘렀다. 옆집 마당에 모인 사람들이 요란하게 웅성거렸다. 나는 숨을 죽이고 기다렸다.

잠시 후, 소리가 작아지고 마당을 점령한 사내들이 골목을 빠져나갔다. 나는 손등으로 땀을 훔쳤다. 마당으로 바람 소리가 울려 퍼졌다. 나는 초조하게 기다렸다. 바람 소리가 잦아들었다. 위채는 비어 있었다. 파출소장과 소피아는 벌써 섬을 빠져나갔을 것이다. 마당으로 가려고 일어서려는데 핸드폰이 울렸다.

"분교장님예, 괜찮으십니꺼?"

송기사의 목소리였다. 내가 폰을 들고 마당으로 걸어 나가자 담장 위에 앉아 있는 그가 보였다.

"걱정이 돼 왔십니더."

송기사가 폰을 주머니에 넣고 담을 넘으면서 말했다.

"들어오세요."

나는 방으로 들어갔다.

"전, 가봐야겠십니더. 또 사람들이 무슨 일을 저지를지 모리잖아예."

송기사가 골목을 뛰어나갔다. 나는 책상 위에다 윗도리를 벗어놓았다. 그에게 미안한 마음이 들었다. 나 역시 송기사나 동네 사내들과 별반 다를 것이 없었다. 나야말로 진짜 위선자였다. 그리고 내가 송기사에 대해 오해를 하고 있는지도 모른다. 그는 마을사람들의 집단 범죄에 관여하지 않았을 수도 있었다. 왠지 그런 느낌이 들었다. 그러나 경찰이 밝히기 전에는 무엇도 알 수 없었다.

나는 침대에 누웠다. 문득 태국여자의 얼굴이 스쳤다. 마을사람들 중 일부는 소피아와 파출소장의 관계를 알고 있었다. 그들이 나와 태국여자와의 관계도 알고 있다면? 얼굴이 후끈 달아올랐다. 나를 참나리 군락지가 있는 섬으로 초대한 이는 청년회 사람들이었다. 그들이 내게 여자와 통정을 주선한 것이 아닐까? 그럴 수도 있었다. 풍도는 무서운 마을이었다. 그러다가 트럭에서 송기사가 보여준 트위터의 내용이 생각났다. 그리고 면사무소 앞 게시판에 붙은 방이 떠올랐다. 그들이 노리는 사람은 태국여자였다. 나는 자리에서 벌떡 일어났다. 후닥닥 윗도리를 챙겨 입고 송기사를 쫓아갔다.

화장기 없는 정미가 손에 아이패드를 들고 있었다. 마을사람들이 태국여자와 천자를 땅바닥에 꿇어 앉혀놓고 둘러서 있었다. 파출소 앞의 불이 밝혀져 있어 주위가 환했다.

"이년이 태풍이 아니었으면 쥐도 새도 몰래 풍도를 빠져나갔을 기다! 집에 가니 아예 보따리를 챙겨놓고 태풍이 끝나길 기다리고 있더마!"

선장이었다.

"이거 함 보이소."

정미가 아이패드를 내밀었다.

"올 여름 장사 끝장날지도 몰라예."

그녀의 말에 사람들이 아이패드를 보겠다고 머리를 들이밀었다.

"내가 뭐라했노! 이년을 마을에서 쫓아내버려야 한다고 했잖아!"

선장이 소리를 질렀다. 그는 이미 SNS에 돌고 있는 내용을 알고 있었다.

"트위터에 이년이 서방질하는 사진이 올랐네."

"풍도 오면 저년한테 자기 애인 빼앗길까봐 무서워 못 오겠다는 글도 있네."

아낙들이 아이패드를 보고 중얼거렸다.

"참말로 올 여름 장사는 힘들겠네."

아낙 하나가 말했다.

"영어도 못하는 이년이 왜 풍도를 떠나지 않은 줄 알아예? 우리가 가라꼬, 나가라꼬, 그렇게 등을 떠밀었는데, 이 동네 사내들 맛을 안 기라예. 그것 때문에 떠날 수가 없었던 기라!"

정미였다. 다른 아낙들도 맞장구를 쳤다.

"이제 풍도를 나갈 김니더."

천자가 소리를 질렀다.

"이 화냥년이 이엉꾼이랑 붙어묵었어예."

파출소장에게 고초를 겪은 아낙이었다. 주위에 모인 남자들이 놀란 표정을 지었다.

"이년이 동네엔 더 이상 따먹을 사내가 없으니께, 병신끼리 붙어묵고 댕기는구먼. 이제 그 이엉꾼도 없으니께 마을을 떠나겠단 말이제!"

선장이었다. 남자들은 헛기침을 하고 고개를 돌렸다.

"참말, 참말이요. 이엉꾼이랑!"

현기 삼촌이었다.

"이년이 나한테 소박맞고 억하심정으로다가, 온 동네 사내한테 가랑이를 벌리고 댕겨 사생아를 떡허니 낳더마, 이제 문둥이랑 붙어묵네!"

그는 숨을 몰아쉬었다. 마치 자기 아내가 바람을 피운 현장이라도 목격한 표정이었다. 미루나무 위에서 파란 불빛이 보였다. 올빼미였다.

"이엉꾼이 문둥이 아니지!"

성호 할아버지였다.

"할배예. 생긴 게 문둥이면 문둥이지예."

현기 삼촌이 소리를 질렀다.

"어…… 응……"

태국여자는 말을 하려고 몸부림을 쳤다. 전남편의 말을 알아듣고, 아니란 표현을 하려는 것 같았다. 하지만 공포 때문에 입이 열리지 않았다.

"아닙니더. 우리 어머이는 이엉꾼 아재랑 그런 사이 아닙니더!"

천자가 목멘 음성으로 말했다.

"저년이 사람들한테 허락도 안 받고 초분을 풀어 뼈다귀를 빻아 바다에 뿌렸어."

선장이었다.

"그런 걸 누구한테 허락을 받아야 할 일은 아니지!"

앞니 깨진 중년이었다.

"그래도, 그건 아니지예. 초분은 죄다 마을 재산 아닙니꺼."

현기 삼촌이 다시 소리를 질렀다. 앞니 깨진 중년이 대거리를 하려다가 현기 삼촌의 기세에 헛기침만 하고 뒤로 물러났다.

"저년이 공동묘지에 초분들 지붕을 죄다 벗겨버렸다는데예."

선장이었다.

"참말이요?"

현기 삼촌이었다.

"그것은 바람 때문에 생긴 일 아닌가?"

앞니 깨진 중년이었다.

"맞심니더. 태풍이 온 날, 초분이 모두 이엉을 잃고 추위에 떨고 있었담니더. 지가 친구들이랑 봤심니더. 우리 어머이는 그런 짓 안 했심니더."

천자가 소리를 질렀다.

"이제 행대감 때 꼴 나게 생겼어."

뒤에서 아이패드를 보고 있던 노인들 중 하나였다.

"무슨 말이야?"

"몰라서 물어, 이 사진이 트위터에 돌았다고, 이거 봐! 풍도에 가면 갈보년이 하나 있다고."

노인이 아이패드를 보며 중얼거렸다.

"이 일을 어째, 내 전 재산 털어 펜션을 지었는데!"

"우리 아들은 어짜노! 올해 빚을 못 갚으면 거리에 나앉는다고 했는데!"

한 할아버지가 말을 하고 노인에게 다가갔다.

"우리 딸은 이혼당한다고 했다."

이번에는 다른 할머니였다. 그녀는 사람들의 말을 듣고 울음을 터뜨렸다.

“그러니까, 이년을 조져야 합니더.”

정미가 거품을 물었다.

“이년이 인자 새끼까지 시켜갖고 거짓말을 해! 이런 갈보년은 바다에 처넣어야 동네가 조용해지지!”

선장이었다. 태국여자가 앞니 깨진 중년에게 달라붙어 애원을 하다가 그대로 땅바닥에 쓰러졌다. 그는 담배를 피워 물더니 사람들 뒤로 빠져 나갔다. 어디서 새 울음소리가 들렸다. 올빼미 소리였다.

“여름에 손님들 몰려오기 전에 저년을 없애야 합니더. 여름 장사 망치기 싫으면……”

낮은 목소리가 들렸다.

나는 목소리의 주인을 찾아 주위를 두리번거렸다. 하지만 그가 누군지 알 수 없었다. 미루나무 위에서 파란 불빛이 아래를 내려다보고 있었다. 스마트폰을 꺼내 이 장면을 찍고 싶었다. 하지만 폰의 불빛이 보이는 순간 사람들은 내게로 달려들 것이다.

“살려주이소! 우리 어머이를 살려주이소!”

천자가 정미의 바짓가랑이를 당겼다. 아이가 통사정을 하자 아낙은 태국여자의 머리를 쥐어박았다.

“무당, 이엉꾼, 태국년, 이 연놈들은 예전에 문둥이들보다 더 흉악한 풍도의 적인 기라!”

사람들은 자기 입에서 나오는 대로 악담을 뱉었다. 나는 송기사를 찾았다. 하지만 그는 보이지 않았다. 하는 수 없이 내가 앞으로 나섰다.

“이제 그만하시죠.”

나는 사람들을 밀치고 천자에게 다가가 아이를 일으키며 말했다.

"옳지! 선상님도 이넌 맛을 본 게로구먼!"

선장이 말했다.

"봤겠지예. 이 동네 왔는데 안 봤을 리가 있나!"

정미였다. 그녀는 나를 뚫어지게 쳐다보았다. 당장이라도 달려들 것 같은 표정이었다. 나는 침착해야 한다고 마음속으로 되뇌었다. 사람들은 모두 흥분해 있었다. 감정을 자제하고, 이들을 설득해야 한다. 다시 송기사를 찾아 주위를 살펴보았다. 그는 어디로 갔는지 눈에 띄지 않았다. 부도덕한 행위를 용납하지 않고, 지난 과거 행위를 단죄하고 싶다면 태국여자나 무당만 벌을 받아야 하는 것이 아니다. 동네 아낙들과 송기사, 내게도 죄를 물어야 한다. 천자가 울먹였다. 산발한 여자는 딸을 안고 오들오들 떨었다. 수업시간에 입고 왔던 한복도 누더기가 되었다.

"선장님, 이제 천자 엄마도 충분히 알아들었을 겁니다."

나는 끓어오르는 감정을 억눌렀다. 날이 밝으면 이장이나 방회장을 만나 오늘 밤 일을 문제 삼을 것이다. 이것은 엄연한 약자에 대한 폭력이었다. 한동네에서 오랫동안 함께 살아온 여자에게 이럴 수는 없었다. 만일 지금 막 내가 봤던 것을 SNS에 올린다면 풍도 사람들은 진짜로 알거지가 될 것이다. 오래전에 일어났던 양민학살 사건을 문제 삼아 섬을 찾지 않은 사람들이라면 이런 부도덕한 일을 용납하지 않을 것이다. 도대체 파출소장이 말한 강력계 형사들은 왜 이렇게 오지 않는 것일까? 그들은 풍도에서의 일을 알고 있기나 할까? 파출소장이 보고를 하지 않았을지도 모른다. 그들이 보고를 받았다면 바람이 불기 전에 섬으로 들어왔을 것이다.

"당신이 끼어들 일이 아니라예."

뒤로 물러나 있던 앞니 깨진 중년이었다.

"이건 동네일입니더."

성호 할아버지였다. 그 옆에 있던 노인이 헛기침을 하며 고개를 돌렸다. 이어 그는 자리를 떠났다. 성호 할아버지도 뒤를 따랐다. 그들은 이런 일에 말려들고 싶지 않는 것이었다.

"저분은 제 학생입니다."

"학생!"

정미가 소리를 질렀다.

"그렇소. 그리고 누구에게도 이럴 권리는 없습니다."

"권리! 권리, 권리가 뭐고."

현기 삼촌이었다.

"샘이라 유식하네. 권리! 권리는 무슨 권리고. 이년 때문에 동네가 발칵 뒤집혔는데……"

선장이 말을 하고 태국여자를 발로 찼다. 울먹이고 있던 천자가 울음을 터뜨렸다.

"누구한테 발길질이야! 이게 범법행위라는 거 몰라."

나는 선장의 멱살을 거머쥐었다.

"범법행위 좋아하네."

그의 주먹이 날아들었다. 그것을 피하자 몽둥이가 등을 내려쳤다.

"선상이라 법을 엄청 좋아하네."

"원래 샘들은 법을 좋아해."

"예전 샘도 그랬잖아."

주먹이 복부를 가격했다.

선장의 눈이 파랗게 타올랐다. 완전히 파란 불덩이로 변했다. 그것은 인간의 눈이 아니었다. 머리 위로 몽둥이가 쏟아졌다. 나는 퍽 하는 소리와 함께 앞으로 고꾸라졌다.

"어머이! 어머이! 우리 어머이 살려주이소."

몽롱한 의식 속으로 천자의 목소리가 파고들었다. 태국여자의 비명이 뒤따랐다. 잠시 후, 고막이 터질 것 같은 천자의 울음소리가 메아리쳤다. 나는 감기는 눈을 뜨려고 안간힘을 썼고, 온 힘을 다해 몸을 일으켰다. 다음 순간 날카로운 송곳이 머리 위로 떨어졌다. 울음소리가 귓가를 맴돌았다.

Hello! I'm at Poongdo

조용한 바다.

크고 작은 배들이 있는 부둣가였다. 남해전자호가 풍랑이 이는 바다 물결을 가르고 방파제를 지나 부두로 다가왔다. 배 안에는 새카만 홍합들이 담겨 있었다. 그 배에는 무당, 이엉꾼, 태국여자가 타고 있었다. 그들이 풍도를 향해 손을 흔들었다. 배 위에 흩어져 있는 물건들은 홍합이 아니었다. 그것들에는 검은색 바탕에 흰색의 영문 이름이 새겨져 있었다. 최근 마을의 집집마다 붙기 시작한 문패였다.

나는 화들짝 놀라 눈을 떴다. 하숙집 방 안이었다. 이불이 땀으로 젖어 있었다. 머리가 둘로 쪼개지는 것처럼 아팠다. 바깥에서 요란한 바람 소리가 들렸다. 바람 소리가 아니라 울음소리였다. 부두에서 일어난 사건이 어렴풋이 떠올랐다. 그것이 꿈인지 생시인지 알 수 없었다. 풍도에서 일어난 모든 일이 현실로 느껴지지 않았다. 오랫동안 긴 악몽을 꾼 것 같았다.

누가 등에 대못을 박아놓은 것일까? 통증이 등줄기를 타고 눈으로 전해졌다. 나는 이불을 걷고 자리에서 일어났다. 눈알이 빠질 것처럼 아파왔다. 혹시 안구가 빠진 것이 아닌가 싶어 눈을 만졌다. 하지만 눈은 그대로 있었다. 머리도 한없이 무거웠다. 나는 불을 켜고 옆에 놓인 주전자의 물을 들이켰다.

나는 핸드폰을 챙겨 들고 방문을 열었다. 멀쩡한 한쪽 눈을 깜박거렸다. 어둠이 시야로 들어왔다. 누가 지키고 있을지도 모른다. 바깥을 두리번거렸지만 아무도 보이지 않았다. 신발을 신고 마당으로 나섰다. 텅 빈 위채는 어둠에 휩싸였다.

어두운 마당을 걸어 나가자 대문이 서 있었다. 그동안 공사가 끝난 줄도 몰랐다. 나는 골목을 나가다 말고 뒤를 돌아보았다. 마당으로 들어가는 사람을 감시라도 하려는 듯이 높다랗게 솟은 기둥에는 문패가 붙어 있었다. 흰색의 알파벳이 어렴풋이 보였다. 그것은 내 이름이 아니었다. 다시 등이 아파왔다. 그 통증이 눈으로 옮겨졌다. 멀리서 울음소리가 들렸다. 방금 꿈에서 봤던 문패들이 눈앞에 어른거렸다.

"천자 울음소리 같다!"

담 안에서 아낙의 목소리가 희미하게 들렸다.

"그러게 말이다! 근데 천자는 아직 살아 있제!"

또 다른 아낙의 목소리였다. 그것은 꿈이 아니었다. 태국여자가 죽었다. 나는 달렸다. 온몸의 피가 머리 위로 솟구쳤다. 머리카락이 꼿꼿하게 섰다.

"아이고! 이게 무슨 소리고! 무서버라!"

성호 할아버지가 혼잣말로 중얼거리면서 걸어갔다. 그는 나를 피하느라 고개를 돌렸다. 나는 멈춰 서서 핸드폰을 꺼내 송림 경찰서를 찾았다. 하지만 전화가 연결이 되지 않았다. 바람 때문인지 핸드폰이 터지지 않았다. 저쪽에 파출소가 보였다. 나는 파출소로 들어가 의경을 밀치고 수화기를 들었다.

"여보세요. 거기 송림경찰서죠. 여기 살인사건이……"

내가 말을 하는데 의경이 전화 코드를 뽑았다.

"선상님, 지금 뜬금없이 무슨 말씀하시는 김니꺼."

"니들도 봤잖아. 천자 엄마 죽는 거. 저 소리 안 들려?"

나는 소리를 질렀다. 의경은 무슨 소리냐는 표정으로 지들끼리 얼굴을 쳐다보았다. 초소의 책상 위에 놓인 지방신문이 눈에 띄었다. 다도해 풍도에 태풍으로 주민 몇 명이 실종됐다는 굵은 머리기사가 눈에 들어왔다. 그 속에 내 이름도 있었다. 나는 신문을 손에 쥐고 다시 확인했다. 분명히 내 이름이었다. 하숙방을 나서면서 봤던 영어 문패가 떠올랐다. 그것은 내 이름이 아니었다. 그럼, 내가 죽은 것인가? 나는 이 세상 사람이 아니란 말인가? 갑자기 숨이 막혔다.

어디서 소리가 희미하게 들렸다. 이장의 목소린가? 바람이 소리를 삼켰다가 다시 이어졌다. 밤늦게 강풍이 불 것이니 집 안 단속을 하라는 이장의 안내 방송이었다.

파출소 앞엔 수달 몇 마리가 널려 있었다. 죽은 놈들이었다. 바닷가에서 누군가가 수달을 끌어올리고 있었다. 발길에 죽은 쥐들이 마구 채였다. 나는 태국여자의 집을 향해 달렸다. 하도 급하게 뛰어 금방 이마에서 땀방울이 솟았다. 바람 소리가 멀어졌다. 천자를 데리고 섬을 떠날 것이다. 여기서 언제 올지도 모르는 강력계 형사를 마냥 기다릴 순 없었다.

나는 태국여자의 집으로 들어섰다. 영정이 놓인 방 안에는 사람들이 둘러앉아 술을 마시고 있었다. 남새밭 가운데 김이 모락모락 피어오르는 가마솥 하나가 걸려 있었다. 울타리 너머로 피어 있던 참나리가 보이지 않았다. 한 아낙이 가마솥 뚜껑을 열어 삶은 고기를 꺼내 커다란 도마 위에 올리고, 칼로 듬성듬성 썰었다. 돼지고기였다. 그것을 아낙들의 밥상 위에 올려놓았다. 마당에 있던 돼지가 보이지 않았다. 하얀 소복을 입은 천자가 사람들 틈에 끼어 젓가락으로 고기 한 점을 집었다.

"분교장님……"

송기사였다.

몇 명의 아낙들이 나를 쳐다보았다. 짙은 화장을 한 정미도 앉아 있었다. 선장도 보였다. 나는 뒷걸음질 쳤다. 사람들이 밖으로 나왔다. 도망가야 한다. 잘포리를 향해 달렸다. 아낙네들이 쫓아왔다. 나는 숨이 찰 때까지 뛰었다. 여전히 아낙들이 보였다. 위로 올라가 숲으로 들어갔다. 풀을 헤치고 안으로 들어가려다 말고 멈춰 섰다. 쥐 떼였다. 번개가 쳤다. 주위가 환해지더니 사방이 쥐들로 가득 차 있었다.

나는 주춤거리면서 뒤로 물러섰다. 이것은 내 각막혼탁 때문에 생긴 증세가 아닐까? 그러고 보니 정상인 눈에 까만 점이 보였던 것 같았다. 안경을 옷에 문지르고 주머니를 뒤졌다. 서둘러 스마트폰을 켜 주변을 밝혔다. 검은 점이 선명했다. 눈을 깜박거렸지만 사라지지 않았다. 쥐가 눈으로 뛰어 들어간 것인가? 흑점의 모양이 영락없는 쥐새끼다. 망막박리이다. 멀쩡하던 눈에도 박리가 일어났다. 의사는 그럴 수도 있다고 했다. 더 진행되기 전에 병원에 가야 한다. 빨리 가지 않으면 나는 맹인이 될 것이다.

그 순간 뒤에서 요란한 소리가 들렸다. 달려오던 아낙들이 쥐떼에 놀라 비명을 지르면서 줄행랑을 놓았다. 번개가 다시 주변을 환하게 밝혔다. 쥐가 길을 안내하는 표지판 위로 뛰어올랐다. 어디에서 쥐가 쏟아져 나왔다. 나는 뛰었다.

나는 구멍가게를 지났다. 마을 가운데 솟아 있는 미루나무 앞에 다다랐다. 숨을 몰아쉬면서 나무에 기대섰다.

"무슨 일임니꺼?"

의경이었다.

"……"

나는 숨을 몰아쉬었다. 쥐 떼가 여기까지 밀고 오진 않을 것이다. 의경이 앞으로 걸어갔다. 미루나무 위에서 울음소리가 들렸다. 나는 고개를 들었다. 파란 불빛이었다. 나뭇가지에 엄청나게 큰 올빼미 한 마리가 앉아 꾸벅꾸벅 졸고 있었다. 나뭇가지 여기저기에는 온몸이 찢겨 핏자국이 선연한 들쥐들이 걸려 있었다. 나무 아래에는 흰 뼛조각이 소복이 쌓여 있었다. 놈이 소화시킨 잔해였다. 토막 난 쥐들의 몸통도 있었다.

"선상님예, 지 말문이 열렸심니더."

태국여자였다. 그녀가 바닷가에 죽어 널브러진 수달을 끌어올리고 있었다.

"……"

나는 놀라 주춤하며 뒤로 물러났다.

"와, 겁나예?"

"죽은 기 아닙니꺼?"

"말문이 열렸다니께예."

"그럼, 살아 있었심니꺼?"

내 입에서 사투리가 튀어나왔다. 한쪽 눈에 박힌 검은 점이 아까보다 훨씬 커졌다. 그 때문에 시야가 좁아졌다. 다른 쪽 눈은 이미 보이지 않았다.

"선상님, 말문을 열어줘 고맙심니더."

그녀가 웃었다.

"고맙긴예. 당연히 제 할 일을 했는데예."

"함께 가입시더."

"어, 어, 어딜예?"

내가 말을 더듬었다.

이때 구멍가게 근처에서 사람들이 요란하게 웅성거렸다. 파출소 앞에서 있던 다른 의경이 걸어왔다. 그는 어둠 속으로 뛰어가려다가 기겁을 하며 물러섰다. 어둠 속에 시커먼 쥐들이 보였다. 천둥소리가 들렸다. 섬이 대낮처럼 환해졌다. 사방이 쥐들이었다. 거대한 쥐떼였다. 나는 미루나무를 올려다보았다. 그사이 올빼미가 사라져버렸다. 태국여자도 보이지 않았다. 나는 주위를 두리번거렸다. 저만치 멀어진 태국여자가 걸어가다 말고 고개를 돌렸다.

"처…… 천…… 천자 어머이……"

나는 침을 삼키고 중얼거렸다. 번갯불이 다시 주위를 밝혔다. 물결이 새카맣게 일렁거렸다. 이어 하늘에서 거대한 폭포수가 쏟아졌다. 일찍이 본 적이 없는 장관이었다. 비문증을 앓은 이후로 이런 향연은 처음이었다. 다시 주위가 환해졌다. 사방에서 새카만 쥐떼가 몰려들었다. 해변 여기저기에 쥐들이었다.

"지도 데려가주이소!"

나는 고함을 질렀다. 한 사람이 뒤돌아 손을 흔들었다. 오래전에 죽은 누나였다. 태국여자 혼자 걷는 것이 아니었다. 그들을 따라가면 괜찮을 것 같았다. 누나와 태국여자가 손을 잡고 걸었다. 나도 그들의 뒤를 따랐다. 뒤에서 웬 여자가 걸어갔다. 한 번도 본 적이 없지만 낯익은 얼굴이었다. 전임 분교장, 양선생이었다.

천둥소리가 바다를 덮었다. 나는 쥐떼가 무서웠다. 앞서 걷던 이들이 하나둘 쥐로 변했다. 나도 검은 털을 뒤집어썼다. 누나도 태국여자도 마찬가지였다. 내 몸을 감싼 털이 탐스러웠다. 이제 쥐가 무섭지 않았다. 뒤꽁무니에 개만 한 쥐 한 마리가 따라왔다. 놈은 이엉꾼의 송아지만 한 개, 해피였다. 그 뒤로 역시 쥐로 변한 이엉꾼이 따라왔다. 나는 고개를 들었다. 선착장에 대형 전광판이 매달려 있었다. 화면과 함께 내레이션이 흘렀다.

"현재와 과거가 함께 살아가는 마을."

초분이 나왔다가 화면이 갯벌로 바뀐다. 그곳에서 일을 하는 이주여성들의 얼굴이 보인다.

"남해안 외딴섬, 초분의 땅, 갯벌의 섬, 영어 공화국으로 오세요."

갯벌 위에서 이주여성이 스마트폰을 들고 영어로 말을 한다.

"Here is Poongdo, not in Philippine but in Korea." (여기는 풍도입니다. 필리핀이 아니고, 대한민국입니다.)

화면 밑으로 한글 자막이 깔린다. 곧이어 화면 가득히 아이들이 나타났다. 바닷가에서 천진난만하게 뛰놀며 영어로 말하는 장면이었다. 아이들 속에서 천자도 환하게 웃으며 영어로 중얼거렸다.

선장이 손에 쥔 낙지를 공중으로 들어올렸다. 그의 주머니에서 전화벨이 울리자 스마트폰을 꺼내든다.

"Hello! Welcome to Poongdo, the island of wind and tideland, the land of Choboon and immigrants, and the republic of English. (바람과 개펄의 섬, 초분과 이주민의 땅, 그리고 영어 공화국, 여기는 풍도입니다!)"

"Hello, I'm at Poongdo! (여기는 풍도입니다!)"

아이들이 영어로 노래를 불렀다. 화면에 초분이 보이고, 카메라가 뒤로 물러나면서 바다 위의 죽방렴이 보였다. 다시 안개가 뒤덮인 아름다운 섬, 풍도가 불쑥 나타났다.

섬으로 들어오려고 풍도호에 올랐던 광경이 떠올랐다. 바다 위로 마지막을 고하는 여인의 손끝처럼 부드러운 안개가 자욱하고, 나는 저멀리 점점이 박혀 있는 섬을 향해 출발했다. 배 위에서 시시덕거리던 풍도의 아낙들. 그녀들의 웃음소리. 주근깨가 박혀 있던 태국여자의 얼굴. 모든 것들이 아주 선명하게 보였다. 이 장면들은 초분 앞에 붙어 있는 QR코드 속으로 들어간 것인가? 이들은 그 속에서 관광객을 만날 것인가? 하지만 그것들은 폭포수 속으로 차츰 사라져갔다.

그때 내가 본 것은 무엇인가? 육지로 떠나기 싫어 자기들만의 울타리를 이루고 사는 집성촌 사람들인가? 아니면 내가 본 모든 것은 헛것인가? 아무것도 알 수 없다. 내 망막이 점점 더 어두워졌다. 나는 아주 먼 길을 떠나왔다. 그리고 더 먼 길을 가려는 모양이다.

작가의 말

아무리 착한 개인이라도 집단에 속하게 되면 내면에 숨겨져 있던 타인에 대한 공격성이 드러나게 마련이다. 나는 어릴 적부터 그런 경험을 자주 했다. 어떤 때는 약자를 공격하는 무리의 일원이 되기도 했고, 반대로 그 집단의 공격을 받는 가련한 약자가 되기도 했다. 한동안은 그런 일들이 미성년 사회에서만 일어나는 일인 줄로만 알았다. 또한 독재자의 출현 역시 그 집단의 정치적 낙후성 때문에 생기는 걸로 여겨졌다. 그런데 왜 우리 사회에서 이런 문제들이 끊이지 않고 생겨나는 것일까? 왜 개인성이 존중되는 SNS 시대에 예전보다 더 심각한 타인에 대한 공격성이 활개를 치고 있을까? 이 작품은 그런 문제의식에서 출발했다.

이 작품에서 묘사되는 풍경은 내가 나고 자랐던 삼천포 앞바다, 작은 섬 신수도의 기억에서 가져온 것이다. 나는 남해안 거친 물결 위에 둥실 떠 있는 가상의 섬 풍도, 그 작은 공간에 우리 사회의 현주소를 그려 넣고 싶었다. 풍도는 바람이 지배하는 섬이다. 그 바람 속에서 살아남기 위해 남을 배척하고 영어와 인터넷에 광적으로 집착하는 사람들. 그들은 더 큰 바람을 이겨내기 위해 자신들도 바람이 되었다. 물론 소설 속 사건들은 작가의 상상이다. 하지만 풍도의 상징 권력인 '행대감'이나 그에 열광하고 씌어 있는 풍도의 사람들은 반드시 가공된 캐릭터들이라고만은 할 수 없을 것이다.

특히 그들의 의식을 지배하는 행대감은 낯선 존재가 아니다. 구체적 모습은 조금씩 다를지라도 우리 옆에서 쉽게 만날 수 있는 사람이다. 그런데 우리는 이런 인물에게 묘한 매력을 느낀다. 왜, 이런 인물에게 친숙함을 느끼고 열광하게 되는 것일까? 그것은 혹시 그가 우리 욕망의 거울이기 때문은 아닐까.

우리는 종종 타인에 대해 행대감이 된다. 이 땅의 민주주의가 더욱 발전하고 우리가 상상할 수 없었던 문명이 도래하면 그런 권력자가 사라질까? 하지만 우리는 안다. 그것이 희망일 뿐이란 걸.

우리가 소설 속 행대감에게서 자유로워질 수 있는 방법이란 딱 하나뿐이다. 그가 우리 마음속에서 함께 살아가는 존재임을 인정하는 것. 또한 그가 언제든 마음만 먹으면 우리의 지배자가 될 수 있다는 각성이다. 그것만이 행대감의 그림자에서 벗어나는 길이다.

《올빼미 무덤》은 초고를 써놓고 오랫동안 잊고 지낸 작품이다. 그런데 원고를 찾아 다시 읽어보니 그렇게 오래전에 쓴 작품이란 생각이 들지 않았다. 아마도 우리가 여전히 이 소설의 세계 속에 머물러 있기 때문일 것이다. 처음 이 작품을 쓸 때는 인터넷 환경이 요즘 같지 않았다. 그래서 그 부분을 수정하고 아울러 다른 설정도 추가했다.

작품을 읽어준 친구 김미숙, 이삼섭, 김진섭에게 감사의 말을 전한다.

2016년 11월

강희진

올빼미 무덤

1판 1쇄 인쇄 2016년 11월 28일
1판 1쇄 발행 2016년 12월 5일

지은이 · 강희진

사장 · 주연선 | 발행인 · 이진희
책임편집 · 강건모
편집 · 심하은 백다흠 이경란 윤이든 강승현 양석한
디자인 · 이승욱 김서영 권예진
마케팅 · 장병수 김한밀 정재은 김다은
관리 · 김두만 유효정 신민영

(주)은행나무
04035 서울특별시 마포구 양화로11길 54
전화 · 02)3143-0651~3 | 팩스 · 02)3143-0654
신고번호 · 제 1997-000168호(1997. 12. 12)
www.ehbook.co.kr
ehbook@ehbook.co.kr

잘못된 책은 바꿔드립니다.

ISBN 978-89-5660-589-0 03810

• 이 작품은 한국출판문화산업진흥원 2016년 〈우수출판콘텐츠 제작 지원〉 사업 선정작입니다.